AF140051

Larissa Harold

Lost in doubts

TWENTYSIX – Der Self-Publishing-Verlag

Eine Kooperation zwischen der Verlagsgruppe Random House und BoD – Books on Demand

© 2018 Harold, Larissa

Herstellung und Verlag:

BoD – Books on Demand, Norderstedt.

ISBN: 9783740745592

Prolog

Ich war dem Tod schon oft näher, als ich es mir eingestehen würde. Zu groß war die Versuchung, einfach loszulassen. Aber diesmal war es ganz anders als sonst. Ich wollte nicht sterben, doch mein Leben war das Einzige, was ich ihm geben konnte. Um ihn in Sicherheit zu wissen, war Loslassen die einzige Option, die mir richtig erschien.

Kapitel 1

Marissa...Kannst du mich hören?...Helft ihr doch...

Hastige Schritte... lautes Gemurmel... Dunkelheit.

Mühsam öffne ich meine Augen. Das grelle Krankenhauslicht blendet mich so stark, dass ich nur blinzeln kann. Als ich versuche mich aufzusetzen, durchfährt mich ein ziehender Schmerz. Schockiert stelle ich fest, dass mein Bein eingegipst ist und ich einen Verband um meinem Kopf habe. Verwirrt sehe ich mich hektisch blinzelnd um. »Schwester, sie ist aufgewacht.«

Brian setzt sich mit einem erleichterten Blick auf den Rand meines Bettes und drückt zaghaft meine Hand. »Du hast uns einen ganz schönen Schrecken eingejagt«, murmelt er und legt die Stirn in Falten. Ich höre, wie sich Schritte meinem Zimmer nähern, kann meinen Kopf aber nicht drehen, da jede kleinste Bewegung mit einem bohrenden Schmerz bestraft wird. »Was...was ist passiert?«, flüstere ich. Ich habe Mühe, überhaupt einen Laut herauszubringen, da sich mein Mund staubtrocken anfühlt. »Mrs. Harper, ich bin Dr. Dearborn. Ich möchte Sie gern untersuchen«, sagt die junge Ärztin freundlich und leuchtet mir mit einer kleinen Taschenlampe in die Augen. Sie bittet Brian höflich, einen Augenblick das Zimmer zu verlassen, checkt meine Vitalwerte und begutachtet meine Kopfverletzung. Als sie damit fertig ist, lächelt sie zufrieden. »Sie hatten ganz schönes Glück. Wenn Sie sich weiterhin so schnell erholen, dürfen Sie in den nächsten Tagen nach Hause.« Sie öffnet die Tür und bittet Brian wieder herein. »Ihrer Frau wird es bald besser gehen«, sagt sie zuversichtlich und tätschelt beruhigend seinen Arm. Dann ist sie verschwunden. »Hast du gehört mein Schatz? Bald bist du wieder auf den Beinen.« Brian strahlt. »Was ist passiert?«, frage ich erneut. Brian rutscht unruhig auf dem Bett herum und sieht mich mit ernster Miene an. »Die Ärzte erwähnten bereits, dass du dich möglicherweise nicht mehr an alles erinnern kannst. Was ist das Letzte, das du noch weißt?« Er hebt argwöhnisch eine Augenbraue. Angestrengt denke ich einen Augenblick nach. »Wir hatten uns gestritten, dann habe ich das Apartment verlassen...« Ich versuche mich zu erinnern, wie dieser Tag weiterging, doch ich kann diese Erinnerung nicht abrufen. »Ich weiß es nicht mehr«, sage ich frustriert und sehe ihn verzweifelt an. »Marissa, das ist schon Monate her«, ruft er ungläubig aus. Ich meine, über seinem Gesicht ein Lächeln huschen zu sehen, aber das ergibt keinen Sinn. Wahrscheinlich bin ich nur groggy von den ganzen Schmerzmitteln. »Du erinnerst dich also nicht mehr an James?«, fragt er prüfend. »Wer ist James?« Umständlich versuche ich mich aufzusetzen, doch es gelingt mir nicht. »Das ist so ein irrer Typ, der dir das angetan hat Marissa. Er hat dich monatelang belästigt und als du ihm klarmachen wolltest, dass er uns endlich in Ruhe lassen soll, hat er dich angegriffen. Er hat dich in den Schacht auf dem Firmengelände geschubst und du hast nur um Haaresbreite überlebt.« Etwas verwirrt versuche ich angestrengt, mir diesen James in Erinnerung zu rufen, doch ich erinnere mich nicht, jemanden mit diesem Namen je gekannt zu haben. »Wieso hatte es dieser James denn auf mich abgesehen?«, frage ich, noch immer steht mir ein Fragezeichen ins Gesicht geschrieben. »Damit solltest du dich jetzt nicht belasten«, wiegelt Brian ab. »Schlaf noch ein wenig Marissa. In Kürze werden wir wieder unser gewohntes Leben genießen können.« Er sieht mich einen Augenblick an und verlässt mit dem Anflug eines Grinsens das Zimmer. Widerstrebend schließe ich die Augen und versuche mich mit vollster Konzentration an den Unfall zu erinnern. Wieso sollte mich ein wildfremder Mann belästigen und sogar umbringen wollen? Und was mich noch viel mehr beschäftigt, wo haben wir uns kennengelernt? Ich verlasse aufgrund meiner

Angststörung doch ohnehin kaum das Apartment. Wieso hat Brian mich nicht geschützt, wenn es so ein Wahnsinniger auf mich abgesehen hatte? Diese Überlegungen ergeben für mich einfach keinen Sinn. Die ganze Art, wie Brian besorgt an meinem Bett saß und wie er mich angesehen hat, verschafft mir ein mulmiges Bauchgefühl.

»Wie ich sehe, freuen Sie sich auf Ihre Entlassung«, stellt Dr. Dearborn fest und lächelt mir freundlich zu. Mit einem Bein angewinkelt, das andere gestreckt wegen dem Gips, sitze ich auf dem Krankenhausbett vor meinen gepackten Sachen und warte auf Brian, der mich schon vor zwanzig Minuten abholen wollte. Gedankenverloren streiche ich über den harten Gips, der mein rechtes Bein bis zum Oberschenkel bedeckt. »Ja, eine Woche auf der Krankenstation reicht mir wirklich«, antworte ich und lächle entschuldigen. »Ich habe Schwester Margret Bescheid gegeben. Sie hat noch eine Box mit Ihren persönlichen Sachen. Ich wünsche Ihnen alles Gute«, verabschiedet sie sich und verlässt den Raum. Wie aufs Stichwort betritt Schwester Margret, eine ältere, stämmige Frau mittleren Alters, mit vollständig ergrautem Haar das Zimmer und lächelt mich wie gewohnt herzlich an. »Wir werden Sie vermissen Mrs. Harper. Sie haben wirklich eine angenehme Persönlichkeit«, sagt sie und tätschelt mir mütterlich den Kopf. Etwas verlegen grinse ich sie an. »Das ist lieb, ich habe mich hier auch wirklich gut aufgehoben gefühlt, aber zuhause ist es doch am Schönsten«, entgegne ich schüchtern. »Hier sind Ihre Sachen, die wir Ihnen nach dem Unfall abgenommen haben. Sie können die Box einfach auf dem Bett stehen lassen. Machen Sie es gut.« Sie streckt mir höflich ihre Hand entgegen, die ich nur vorsichtig, da mir noch immer jeder Knochen in meinem Körper weh tut, ergreife. Als ich alleine bin, schaue ich gespannt in die kleine, weiße Box. Dort liegen nur ein paar zerknitterte 5 Dollar Scheine, mein total beschädigtes Handy, ein Schlüsselbund und eine Kette mit einem herzförmigen Stein. Behutsam nehme ich den Stein zwischen Daumen und Zeigefinger und betrachte ihn mit vollster Aufmerksamkeit. *Try it harder, Marissa.* Diese vier Wörter sind dort in winzig kleiner Schrift eingraviert. Mit gerunzelter Stirn betrachte ich die Kette eindringlich. Ich kann mich nicht erinnern, dass ich so ein Schmuckstück je besessen habe. Plötzlich höre ich, wie sich die Zimmertür öffnet und verstaue die Kette geistesgegenwärtig in meiner Jackentasche. »Du bist ja schon fertig«, ruft Brian überrascht aus. Als ich mich zu ihm herumdrehe huscht wieder dieser merkwürdige Ausdruck über sein Gesicht. »Ja, ich habe dich auch bereits vor dreißig Minuten erwartet«, erkläre ich. Brian stöhnt kurz auf und sieht mich genervt an, doch dann kontrolliert er seine Mimik wieder und setzt ein freundliches Lächeln auf. »Ich hatte noch einiges in der Firma zu tun, es ging nicht schneller. Und jetzt komm, bringen wir dich endlich wieder nach Hause.« Etwas umständlich hieve ich mich In den Rollstuhl, der vor meinem Bett steht, damit Brian mich bis zum Parkplatz schieben kann. Dort angekommen wirft er schwungvoll meine Krankenhaustasche in den Kofferraum und öffnet die Beifahrertür. Etwas unsanft greift er nach meinem Arm und hilft mir, im Porsche Platz zu nehmen. Als er um den Wagen herumgeht, sehe ich im Rückspiegel, wie er verärgert den Kopf schüttelt. Wie es aussieht, hat sich zwischen uns nichts verändert. Er ist mir gegenüber sogar noch übellauniger als zuvor. Intuitiv greife ich an meine Jackentasche und ertaste dabei den Stein an meiner Kette. *Woher habe ich diese Kette? Und wer hat sie mir geschenkt?* Mein Bauchgefühl rät mir, Brian nicht darauf anzusprechen. Ich muss dringend mit Ava sprechen, vielleicht kann sie Licht ins Dunkel bringen.

Im Apartment angekommen fühle ich mich unverzüglich fremd, fast beengt, als gäbe es hier nicht genug Sauerstoff. Brian reicht mir meine Krücken und lässt meine große Krankenhaustasche mitten im Eingang stehen. »Im Kühlschrank ist etwas Wasser und Joghurt«, sagt er und öffnet als Beweis die Kühlschranktür. »Brauchst du sonst noch etwas? Ich muss bis heute Abend noch einige Dinge in der Firma erledigen.« Stirnrunzelnd schüttle ich den Kopf und nehme umständlich am Küchentisch Platz. »Würdest du mich schnell von deinem Handy telefonieren lassen? Du weißt doch, dass meins kaputt ist und ich würde Ava gern Bescheid geben, dass ich wieder zuhause bin.« *Wieso hat sie mich im Krankenhaus eigentlich nicht besucht?* Brian wirft mir einen kritischen Blick zu und schüttelt entschieden den Kopf. »Ich habe ihre Nummer doch gar nicht. Oder kennst du die etwa auswendig?« Er sieht mich prüfend an. »Ehrlich gesagt nicht«, gebe ich enttäuscht zu. »Würdest du mich später, wenn du wieder da bist, an ihrer Wohnung absetzen? Ich würde wirklich gern mit ihr reden«, beharre ich. »Heute wird es sicher spät Marissa und du sollst dich ausruhen. Auf dem Rückweg klingle ich bei ihr an und hole sie ab, wenn sie zu Hause ist, okay?«, schlägt er vor und lächelt, doch das Lächeln erreicht seine Augen nicht. »Das ist nett, ich danke dir«, entgegne ich dankbar, doch ich kann mir aus seinem Verhalten keinen Reim machen. Er beugt sich zu mir rüber, drückt mir einen flüchtigen Kuss auf die Stirn und verlässt zügig das Apartment.

Die letzten sieben Wochen sind immer dem gleichen Ablauf gefolgt. Ich stehe auf und mache Brian sein Frühstück, er geht in die Firma, ich sitze den ganzen Tag wie eine Gefangene in dem Apartment und mache brav auf Krücken alles sauber. Irgendwann am späten Abend kommt Brian wieder und schenkt mir, wie so oft in der Vergangenheit, keine Beachtung. Jeden Tag der letzten neunundvierzig Tage habe ich nach Ava gefragt, doch angeblich konnte er sie nie erreichen. Er weigert sich stur, mich an ihrer Wohnung abzusetzen, daher beschleicht mich allmählich der Verdacht, dass er den Kontakt zu ihr unbedingt verhindern will. Seit drei Tagen bin ich endlich meinen Gips los und ich habe keine Gelegenheit ausgelassen, mich unten vor die Tür zu setzen, sobald Brian außer Haus war. Es ist früher Nachmittag und ich stehe frisch geduscht und bekleidet mit meinem Schlüssel in der Hand an der Apartmenttür. Langsam zähle ich gedanklich bis fünf und verlasse mit vertraut mulmigen Gefühl das Apartment. Heute habe ich mir vorgenommen, ein wenig spazieren zu gehen. Seit meinem Krankenhausaufenthalt sind meine Ängste längst nicht mehr so ausgeprägt, wie noch vor ein paar Wochen. Immer wieder habe ich versucht, mir in der Zwischenzeit meine Erinnerungen ins Gedächtnis zu rufen, doch nach wie vor sind die letzten Monate vor dem Unfall wie ausgelöscht. Als ich unten im Hausflur angekommen bin, sehe ich, dass ein kleiner, weißer Umschlag aus dem Briefkastenschlitz lugt. Neugierig öffne ich den Briefkasten und stelle verwundert fest, dass der Brief an mich adressiert ist. Absender: James Evans, Halefordcity Staatsgefängnis. *James? Der Mann, der für meinen Unfall verantwortlich sein soll?* Mit zittrigen Fingern öffne ich den Umschlag und setze mich auf die Treppe.

Liebe Marissa,

ich hoffe, dieser Brief erreicht Dich überhaupt. Es ist nicht der erste Brief, den ich Dir schicke. Ich habe von meinem Anwalt erfahren, dass Du keine Aussage gegen mich machen wirst, da Du Dich an die letzten Monate nicht erinnern kannst. Ist das wirklich wahr? Ich habe Dich nicht in den Schacht gestoßen, ich hätte Dir niemals weh getan. Vor einigen Monaten haben wir uns vor dem örtlichen Café kennengelernt. Du hattest einen Streit mit Brian und warst völlig verzweifelt. Ich habe Dich getröstet und Dich nach Deiner Handynummer gefragt und einige Tage später sind wir zusammengekommen. Du hast Dich von Brian getrennt, Marissa! Er ist für Deinen Unfall verantwortlich. Ich weiß, dass es Dir bestimmt unglaublich erscheint, aber bitte gib mir eine Chance, Dir alles zu erklären. Du stehst auf meiner Besucherliste! Ich weiß, dass Du es schaffen kannst, wenn Du es wirklich willst.

Ich liebe Dich! James

Seit zwanzig Minuten sitze ich wie angewurzelt auf der kühlen Steintreppe im Hausflur und lese James' Brief, immer und immer wieder. *Er liebt mich?* Was ist das für ein krankes Spiel? Und woher kennt er mich? Nachdenklich falte ich den Zettel und stecke ihn in die

Hintertasche meiner Jeans. Niedergeschlagen reibe ich mir die Augen und habe das dringende Bedürfnis, mich einfach hier auf die Treppe zu legen und auf der Stelle einzuschlafen. Wieso kann ich mich nicht einfach wieder erinnern? Ein Teil von mir spielt ernsthaft mit dem Gedanken, diesen James mal einen Besuch abzustatten. Eine Mischung aus Neugier und Entsetzen drängt mich, diesen Typ mal genauer unter die Lupe zu nehmen. Aber bin ich wirklich bereit dazu, ihn kennenzulernen? Skeptisch schüttle ich den Kopf. Der Weg ins Staatsgefängnis ist auch nicht mal eben um die Ecke, ich wäre auf jeden Fall auf den Bus angewiesen. Und da ich schon seit Jahren nicht mehr mit öffentlichen Verkehrsmitteln gefahren bin, verursacht schon allein der Gedanke daran eine bleierne Übelkeit. *»Ich weiß, dass du es schaffen kannst, wenn du es wirklich willst.«* Dieser Satz hat meine Aufmerksamkeit ganz besonders erregt. Weiß er von meiner Angststörung? Mir fällt keine andere Möglichkeit ein, wie er diesen Satz sonst hätte meinen können. Und wenn er darüber Bescheid weiß, *muss* ich ihn gekannt und ihm vertraut haben. Gefrustet umschlinge ich meine Knie, lege meinen Kopf darauf und bete innerlich, dass ich meine Erinnerungen so schnell wie möglich wiederbekomme.

Kapitel 2

Das schrille Klingeln meines Weckers reißt mich aus einem aufwühlenden Traum. Schläfrig betätige ich den Ausschalter und setze mich stirnrunzelnd im Bett auf. Obwohl ich mich nicht detailliert an meinen Traum erinnern kann, hat er trotzdem einen faden Beigeschmack hinterlassen. Stutzig bemerke ich, dass die Betthälfte neben mir unbenutzt ist. Nachdem ich gestern diesen mysteriösen Brief erhalten habe, bin ich völlig erledigt ins Bett gesunken und habe scheinbar fünfzehn Stunden am Stück geschlafen. Wieso hat Brian mich nicht geweckt als er nach Hause gekommen ist? Aus dem Bad nehme ich gedämpfte Geräusche wahr, anscheinend macht sich Brian gerade für seinen Arbeitstag zurecht. Da mein Bein noch immer nicht so funktionsfähig wie vor dem Unfall ist, verlasse ich mit höchster Vorsicht das Schlafzimmer, um mir in der Küche einen Tee und Brian sein Frühstück zu machen. Als ich gerade dabei bin, Kaffeepulver in die Maschine zu löffeln, betritt Brian die Küche. »Guten Morgen«, hauche ich und wende mich ihm zu. Anstatt etwas zu entgegnen, blickt er mich nur eisig an. Sofort bekomme ich ein flaues Gefühl in der Magengegend und frage mich, wieso er offensichtlich so schlecht gelaunt ist. »Was ist das?«, fragt er gereizt und legt vor mir die Kreditkartenabrechnung auf die Anrichte. Beklommen schaue ich mir das Schriftstück an und zucke unsicher mit den Schultern, da ich nichts Merkwürdiges entdecken kann. »Lieferservice«, schreit er mich an und deutet mit dem Zeigefinger auf das Papier. »Ich habe mir nur ein paar Lebensmittel bestellt, da du zu beschäftigt warst, um einkaufen zu gehen. Mit meinem Bein kann ich so weite Strecken nicht laufen«, erkläre ich kleinlaut und fühle mich schlagartig unheimlich schuldig. Erbost rückt er mit seinem Gesicht ganz dicht an meines. »Schiebe es nicht auf dein Bein, Marissa! Gib doch einfach zu, dass du wieder unfähig warst in den Supermarkt zu gehen.« In seiner Stimme schwingt etwas Bedrohliches mit. Verletzt und beschämt zugleich trete ich einen Schritt zurück und wende meinen Blick von ihm ab. *Wieso wirft er mir meine Angststörung plötzlich wieder vor?* Herrisch hebt er mein Kinn etwas an und blickt mir eisig in die Augen. »Das hört jetzt auf, Marissa. Ich gehe nicht den ganzen Tag arbeiten, damit du *mein* Geld aus dem Fenster wirfst.« »Es waren doch nur 20 Dollar«, versuche ich mich zu verteidigen. »Wenn du selber arbeiten gehen würdest, wüsstest du den Wert des Geldes vielleicht auch zu schätzen. Damit ist jetzt Schluss!« Die ganze Zeit über blickt er mich kaltschnäuzig an, während bei dem letzten Satz ein Macht demonstrierendes Lächeln über sein Gesicht huscht. Verunsichert erwidere ich seinen Blick und weiß nicht genau, was er mir damit sagen will. »Es tut mir leid, dass ich dich verärgert habe«, entschuldige ich mich mit einsichtiger Stimme, doch ich merke, dass ich es in Wahrheit nicht so meine. Am liebsten würde ich ihn fragen, ob er jetzt völlig durchdreht. Seitdem wir zusammen sind, haben wir unser Einkommen zusammengelegt und als ich aufgrund meiner Angststörung nicht mehr arbeiten gehen konnte, hatte er nie ein Problem damit, wenn ich Geld für den Haushalt verwendet habe. Seine Launen sind so wechselhaft und undurchschaubar, dass ich nicht weiß, wie es mit uns weitergehen soll. Schlagartig bemerke ich, dass ich gar kein Interesse mehr habe, hier länger bei ihm zu sein. Allerdings hat er in einem Punkt Recht, ich besitze kein eigenes Geld. Also, wo soll ich hin? Ich wünschte wirklich, dass ich mich mit Ava austauschen könnte. Sie wüsste ganz sicher, was zu tun ist. Grimmig greift Brian nach der Kaffeekanne und stellt sie geräuschvoll auf den Tisch. Dann holt er wortlos eine Tasse aus dem Schrank und setzt sich an den Küchentisch. Gedankenverloren reibt er sich übers Kinn und lässt seinen Blick träge durch den Raum schweifen. Mit einem Mal erscheint ein boshafter Ausdruck in seinen Augen, doch dann lächelt er kaum merklich, so als ob ihm eine brillante Idee gekommen wäre. Da er weiterhin kein Wort sagt und mich auch keines Blickes würdigt, gehe ich langsam Richtung Wohnzimmer. Gerade als ich mitten im Türrahmen stehe, räuspert sich Brian lautstark. Verunsichert drehe ich mich herum und sehe, dass er mich mit skeptischer Miene beäugt. Es ist eine ganze Weile unangenehm still im Raum, während wir uns wortlos einander ansehen. »Ich erwarte, dass du hier bist, wenn ich nach Hause komme«, sagt er schließlich bestimmend, steht auf, schiebt mich ein wenig zur Seite und verlässt rasch das Apartment. Ein wenig verwirrt stehe ich nach wie vor im Türrahmen und frage mich, was diese Aussage zu bedeuten hat. *War ich jemals nicht hier, wenn er nach Hause gekommen ist?* Ich muss dringend mit Ava sprechen, denn seitdem ich das Krankenhaus verlassen habe, habe ich mit niemandem außer Brian geredet und er rückt einfach nicht mit der Sprache raus. Außerdem finde ich es seltsam, dass sich Ava bis jetzt nicht bei mir gemeldet hat, das ist gar nicht ihre Art. Kurzentschlossen schnappe ich mir meine Handtasche, schlüpfe in meinen schwarzen Strickmantel und fasse den Entschluss, mich auf den Weg zu ihr zu machen.

Den ganzen Weg über sehe ich mich aufmerksam um und konzentriere mich angestrengt auf meine Atmung. Es macht mich ein wenig nervös, dass ich kein Handy mehr habe und niemanden anrufen könnte, wenn es mir unterwegs zu viel wird. Andererseits, wen sollte ich schon anrufen? Brian? Mit einem bitteren Lächeln schüttle ich den Kopf. Als ich in die „Pearlstreet" einbiege, sehe ich zu meiner Erleichterung schon Avas Haus. Automatisch gehe ich einen Schritt schneller und klingle hektisch, als ich die Haustür erreicht habe. Gespannt warte ich vor geschlossener Tür, doch als sie auch nach geschlagenen zehn Minuten und wiederholtem Klingeln nicht öffnet, gebe ich niedergeschlagen auf. Frustriert lehne ich meinen Kopf an die kühle Glastür und schließe einen kurzen Augenblick die Augen. *»Danke für die Begleitung«*, ertönt meine eigene Stimme ohrenbetäubend laut in meinem Kopf. Entgeistert reiße ich meine Lider auf und blicke mich erschrocken um. Vor meinem geistigen Auge sehe ich, wie ich genau hier mit einem unglaublich attraktiven Mann stehe und ihn verliebt

18

anlächle. Durcheinander kneife ich meine Augen zu und setze mich auf den Boden. Mit ein wenig Nachdruck presse ich meine Hände gegen die Schläfen und atme konzentriert fünf Sekunden tief ein und acht Sekunden wieder aus. Als sich mein Herzschlag allmählich wieder beruhigt, öffne ich meine Augen und stehe, noch immer verstört, langsam wieder auf. *Was war das?* War das ein Traum? Unmöglich, schließlich bin ich hellwach. Wer ist dieser Mann? Und sind es tatsächlich meine Erinnerungen oder fange ich gerade zu fantasieren an? Frustriert mache ich mich mit zittrigen Beinen auf den Weg zurück in mein Apartment

Mittlerweile ist es später Nachmittag und ich frage mich, wo Brian steckt. Wie er es von mir erwartet, habe ich sein Essen inzwischen fertig angerichtet und das Apartment nach seinen Wünschen aufgeräumt. Auch wenn er mir immer wieder sagt, dass ihm Ordnung nicht wichtig ist, möchte ich ihm keinen weiteren Grund geben, eine Angriffsfläche zu finden. Ich fühle mich eingesperrt und habe das dringende Bedürfnis, nach draußen zu gehen. *Woher kommt neuerdings dieser Freiheitsdrang?* Erschöpft setze ich mich an den Küchentisch und lege meinen Kopf deprimiert auf die kühle Tischplatte. In dem Moment, als ich die Augen schließe, erscheint ein großer, blonder, gut gebauter Mann vor meinem geistigen Auge, der mich arrogant anlächelt. Verwirrt setze ich mich kerzengerade hin und sauge angespannt Luft durch den Mund ein. Freiheitsdrang, Geistesblitze und eine tiefe

Frustration bestimmen seit Tagen mein Leben und nur eins der drei Dinge kommt mir vertraut vor: die Frustration. Was ist nur in diesen letzten Wochen, die wie ausgelöscht sind, geschehen?

Ausgelaugt lege ich mich ins Bett und ziehe mir die Bettdecke bis zum Kinn. Ich bin völlig übermüdet, aber mein Kopf dröhnt so stark, dass an Schlaf kaum zu denken ist. Verzweifelt drehe ich mich vom Rücken auf die Seite, dann wieder von der Seite zurück auf den Rücken. Meine Augen füllen sich mit Tränen, doch nicht, weil ich wie so oft das Bedürfnis habe zu weinen, sondern weil mich ein immer wiederkehrender, stechender Schmerz in der Schläfe durchzuckt. Schmerzerfüllt presse ich die Lippen aufeinander und versuche ganz entspannt durch die Nase tief einzuatmen, so als ob der Schmerz mir nichts anhaben könnte. Während ich gezielt in meinen Bauch atme, merke ich, wie meine Lider immer schwerer werden und ich langsam aber sicher ins Traumland gesogen werde. Jetzt nehme ich den Schmerz nur noch sehr dumpf wahr, so als wäre er nur eine entfernte Erinnerung. Erleichtert gebe ich mich diesem Gefühl hin und ziehe meine Decke noch ein Stück weiter nach oben, bis sie meine Nasenspitze erreicht. Als ich beinahe weggetreten bin, dringen plötzlich laute Stimmen und Musik in meine Ohren, die mich sofort vollständig erwachen lassen. Gereizt öffne ich die Augen, schließe sie aber sofort wieder, als mich dieser bohrende Schmerz durchzuckt. Die Geräusche scheinen aus Brians Arbeitszimmer zu kommen. Entkräftet setze ich mich im Bett auf und zwinge meine Augen sich zu öffnen, um einen Blick auf den Wecker zu werfen. Es ist 02:15 Uhr. Was macht er so spät noch am PC und wieso tut er es bei so einer Lautstärke? Als ich versuche aufzustehen, wird mir so übel, dass ich mich direkt wieder hinlegen muss. »Brian, Schatz? Würdest du den Lautstärkeregler bitte etwas runterdrehen? Ich habe furchtbare Migräne«, rufe ich angestrengt zu ihm herüber. Einige Augenblicke später betritt er das Schlafzimmer. »*Was* ist dein Problem?«, brüllt er mich an und haut geräuschvoll auf den Lichtschalter. Als das Zimmer vom Licht erhellt wird, halte ich mir reflexartig die Hände vors Gesicht. »Mir geht es wirklich nicht gut, ich möchte gern schlafen. Ich habe dich doch nur gefragt, ob du deinen Ton am PC etwas mäßigen kannst«, sage ich im sanften Tonfall und bete innerlich, dass er es einfach gut sein lässt. »Pass mal auf du Fotze, *du* hast über mich nicht zu bestimmen, damit das mal klar ist! Wenn ich am PC etwas hören will, dann mache ich das auch!«, fährt er mich eisig an. Fassungslos blinzle ich ihn an und versuche zu begreifen, wieso er schon wieder so abwertend und boshaft zu mir ist. Obwohl ich das dringende Verlangen habe mich ENDLICH gegen ihn zur Wehr zu setzen, bleibe ich ganz sachlich, denn noch mehr Stress erträgt mein Gemüt einfach nicht. »Bitte sei doch nicht gleich wieder so sauer. Ich wollte doch nur versuchen zu schlafen und der Lärm hat mich gestört«, erkläre ich träge. »Der Lärm??«, schreit er so laut, dass ich unwillkürlich zusammenzucke. »Keine Ahnung, was in deinem kranken Kopf vor sich geht, aber hier war kein Lärm. Deine Spinnereien gehen mir so dermaßen auf den Sack, manchmal ziehe ich echt in Erwägung, dass du bei deinem Sturz einen schwerwiegenden Hirnschaden erlitten hast.« Nun zwinge ich mich erneut, meine Augen zu öffnen, um Brian anzusehen. Was hat er da gerade zu mir gesagt? Ist das sein Ernst? Er funkelt mich zornig an und verlässt, noch ehe ich etwas sagen kann, den Raum. Erneut füllen sich meine Augen mit Tränen, doch diesmal nicht wegen dem körperlichen Schmerz. Konzentriert versuche ich meine Fassung wiederzuerlangen und ignoriere das hämmernde Gefühl in meinem Kopf, als ich schleichend das Arbeitszimmer betrete. Sofort als Brian mich bemerkt, macht er eine wegwerfende Handbewegung. »Ich habe keinen Bock auf Diskussionen Marissa. Verpiss dich!«, zischt Brian. Obwohl mir bewusst ist, dass es besser wäre, wenn ich gehe, kann ich es nicht akzeptieren, seine Gemeinheiten so auf mir sitzen zu lassen. Er soll endlich aufhören, mich so zu behandeln und ein vernünftiges Gespräch mit mir führen. Das ist doch nicht zu viel verlangt. »Brian, was ist mit dir los? Wieso bist du so zu mir?«, frage ich zögerlich. Wutentbrannt dreht er sich zu mir und sieht mich so hasserfüllt an, dass ich es mit der Angst zu tun bekomme. » Wieso *hörst* du nicht auf mich? Ich habe dir gesagt, dass du dich verpissen sollst, ich habe so die Schnauze voll von dir!« Zornig betätigt er den Ausschalter am PC und stapft ins Schlafzimmer. Völlig verdutzt gehe ich ihm wortlos hinterher. Dann drückt er mir eilig Decke und Kissen in die Hand und schlägt mir die Tür vor der Nase zu. »Wage es ja nicht, mich noch einmal anzusprechen«, ruft er durch die ge-

22

schlossene Tür. Wie in Trance gehe ich ins Wohnzimmer und setze mich auf die Couch. Da mein Kopf noch immer so dröhnt, als wäre ein Zug drübergefahren, denke ich angestrengt nach, ob das gerade wirklich passiert ist und womit ich es verdammt nochmal verdient habe, so behandelt zu werden.

Kapitel 3

Wie jeden Morgen in den letzten zwei Wochen verlasse ich das Apartment, sobald Brian in der Firma ist. Im Treppenhaus angekommen, springt mir erneut ein Briefumschlag ins Auge, der ungefähr zwei Zentimeter aus dem Briefkasten ragt. Gespannt öffne ich den Umschlag und setze mich mit einem flauen Gefühl im Bauch auf die kühle Steintreppe im Treppenhaus.

Liebe Marissa,

bitte melde Dich bei mir. Ich kann verstehen, dass es Dir merkwürdig vorkommt, von einem völlig Fremden Briefe zu erhalten, aber ich verspreche Dir, ich kann das alles aufklären. Ich vermisse Dich schrecklich! Falls Du es noch nicht getan hast, wovon ich wegen Deiner Abwesenheit ausgehe, sprich mit Ava. Sie kann Dir alles erklären. Ich liebe Dich Marissa und ich brauche Dich!

Dein James

Ava? Er weiß von Ava? Okay, entweder ist er wirklich ein verrückter, penetranter Stalker oder Brian hat mich belogen. Verzweifelt schließe ich die Augen und und drücke den Brief reflexartig gegen meinen Brustkorb. Obwohl ich James noch nie gesehen habe, oder mich zumindest nicht an ihn erinnern kann, kommt mir jedes Wort von ihm aufrichtig vor. Gibt es tatsächlich einen Menschen, der mich liebt und vermisst? Und dann vergesse ich ihn einfach? *Ja, das passt zu mir.* Resigniert schlage ich mir die Hände vors Gesicht, doch dann fasse ich einen Entschluss. Entschieden haste ich die Stufen hoch, krame ein wenig Kleingeld aus der Haushaltsbox und beschließe mit raschem Herzschlag, spontan ins Halefordcity Staatsgefängnis zu fahren.

Die Busfahrt war der reinste Horror. Ich musste zwei Mal aussteigen, da ich das Gefühl hatte, zwischen den ganzen Menschen zu ersticken. Dennoch bin ich am Ziel angekommen und stehe nun völlig planlos vor dem großen Gefängnisgebäude. Zögernd gehe ich zu dem großen, metallischen Tor und drücke zaghaft auf den roten, ausgeschilderten Knopf. *„Besucher bitte hier klingeln."* Einige Augenblicke später surrt es kurz und die Metalltüren öffnen sich. Mit zittrigen Beinen laufe ich zügig einen schmalen Gang entlang, bis ich vor einem kleinen Eingang stehen bleiben muss. Ab hier geht es nicht weiter. *Was mache ich hier überhaupt?* Abrupt öffnet sich die kleine, sichtlich schwere Glastür und ein Mann in Uniform empfängt mich sachlich. »Was kann ich für Sie tun?«, fragt er gelangweilt. »Hi. Äh, ich würde gern einen James Evans besuchen«, stammle ich. »Haben Sie einen Besucherausweis?«, fragt er und beäugt mich skeptisch. »Einen was? Äh... nein, habe ich nicht«, stottere ich mit zittriger Stimme. Genervt stöhnt der Mann auf und verdreht kaum merklich die Augen. »Dann kann ich Sie auch nicht reinlassen«, erklärt er prompt. Augenblicklich fängt mein gesamter Körper zu zittern an, das darf doch nicht wahr sein. Der ganze Weg, all die Qualen, für nichts und wieder nichts? *Reiß dich zusammen Marissa!* »Sir, bitte. Mr. Evans hatte mir geschrieben, dass ich auf seiner Besucherliste vermerkt bin. Würden Sie freundlicherweise einmal für mich nachsehen? Mein Name ist Marissa Harper.« Ich versuche, mir meine Verzweiflung nicht anmerken zu lassen und lächle ihn, so liebreizend ich nur kann, an. »Einen Moment bitte«, sagt er stöhnend und verschwindet im Gebäude. Ungefähr fünf Minuten später, die mir wie Stunden vorkommen, erscheint er mit einer kleinen Karte und einem Papierstück wieder am Eingang und drückt mir beides in die Hand. »Sie müssen hier unterschreiben und den hier immer bei sich tragen«, erklärt er und reicht mir einen Stift und den Besucherausweis. Ohne das Schriftstück zu lesen, unterschreibe ich es und bemühe mich, das Zittern meiner Hände zu ignorieren. »Die Besuchszeit beginnt in zehn Minuten. Bitte nehmen Sie dort Platz und warten Sie, bis Sie aufgerufen werden«, erklärt er monoton und deutet auf ein paar rostige Metallstühle mitten im Eingang. »Haben Sie eine Toilette?«, frage ich mit angehaltenem Atem. Er nickt kurz zu den Besuchertoiletten rüber, die unverkennbar ausgeschildert sind und verschwindet aus meinem Blickfeld. Eilig betrete ich den Vorraum der leicht ungepflegten Besuchertoilette und stütze mich am Waschbeckenrand ab. Dort verweile ich so lange, bis die zehn Minuten um sind und bemühe mich, meinen rasenden Herzschlag unter Kontrolle zu bringen. Aufgelöst gehe ich zurück in den Besucherraum, wo ich schon von einer uniformierten Frau erwartet werde. »Mrs. Harper?«, fragt sie, als auf sie zugehe. »Ja, das bin ich.«, sage ich kurz angebunden und halte zum Beweis meinen Besucherausweis so, dass sie ihn sehen kann. »Folgen Sie mir bitte.« Mit wackeligen Beinen gehe ich ihr hinterher und atme so konzentriert es geht in meinen Bauch hinein. Ich darf jetzt nicht ohnmächtig werden! Unauffällig reibe ich mir mit meinen verschwitzen Handflächen über die Hosenbeine. Überraschend bleibt sie stehen und beginnt mich abzutasten, woraufhin ich sie verwirrt ansehe. »Standardprozedur«, erklärt sie wortkarg. Danach führt sie mich in einen Raum, wo zirka fünfzehn Männer in einer hellblauen Gefängnisgarderobe an vereinzelten Tischen sitzen und sich dort mit vermutlich Angehörigen unterhalten. Nur ein Mann sitzt alleine dort, er sticht sofort aus der Masse heraus. Er hat knapp schulterlange, blonde Haare und sieht mich mit seinen blauen Augen durchdringend an. Seine Mundwinkel umspielen ein erleichtertes Lächeln. *Das ist der Mann aus meinen Erinnerungen!* Sofort beginnt mein Herz erneut wie wild zu hämmern. Verunsichert, aber entschlossen zugleich, nehme ich gegenüber von ihm Platz und weiß nicht, wie ich mich verhalten soll. Die Justizvollzugsbeamtin setzt sich auf einen Stuhl neben der Tür, von wo aus sie den gesamten Raum überblicken kann und beginnt gelangweilt auf ihrem Handy herumzutippen. »Hi«, sagt James und sieht mich liebevoll an. Ich schenke ihm ein kurzes, zurückhaltendes Lächeln und versuche angestrengt, ihn mir in Erinnerung zu rufen, doch da ist nichts. Vorsichtig greift er über den Tisch nach meiner Hand. Obwohl ich ihm in der ersten Sekunde reflexartig meine Hand entziehen möchte, tue ich es nicht. Es fühlt sich augenblicklich vertraut an. *WIESO FÜHLT SICH DAS VERDAMMT NOCHMAL VERTRAUT AN?* Doch James scheint meine Verunsicherung nicht zu entgehen. »Erinnerst du dich denn wirklich an gar nichts?«, fragt er niedergeschlagen und gleichermaßen hoffnungsvoll. Resigniert schüttle ich den Kopf und betrachte ihn mit angestrengter Miene. Das erste, was mir auffällt ist, dass er einfach unglaublich attraktiv aussieht, selbst in diesem schäbigen, blauen Einteiler. Es ist schwer vorstellbar, dass ich mich an jemanden wie ihn nicht erinnern kann, doch noch unvorstellbarer ist es für mich, dass er mich angeblich liebt. »Ich bin jetzt hier, so wie du mich gebeten hast. Bitte klär mich auf«, flüstere ich. Noch immer sieht er mich mit so einem verliebten Ausdruck in den Augen an, dass ich das Gefühl habe, dass mir die Luft wegbleibt. Allerdings ist es kein beängstigendes oder gar unangenehmes Gefühl. »Ich bin so froh, dich wiederzusehen«, sagt er und grinst mich schüchtern an. Dann sieht er auf die große Uhr gleich neben der Tür und drückt meine Hand angespannt ein wenig fester. »Wir haben nicht viel Zeit Marissa. Das Wichtigste zuerst. Ich habe dich nicht in den Schacht gestoßen! Das hätte ich niemals getan. Wir haben uns vor einigen Monaten kennengelernt, nachdem du einen Streit mit deinem Mann hattest. So fing alles an. Wir haben uns immer wieder getroffen und schließlich sind wir zusammengekommen. Wir haben sogar zusammengewohnt, nachdem du dich von Brian getrennt hast.« Die ganze Zeit über sieht er mir direkt in die Augen. Sein Blick wirkt aufrichtig und ehrlich, dennoch ist es so, als würde er mir ein Märchen erzählen. Ich war mit ihm zusammen? Und von Brian getrennt? Wie sollte das möglich sein? Unwillkürlich entziehe ich ihm meine Hand und blicke zu Boden. »James, ich *erinnere* mich nicht an dich und auch an nichts von dem, was du mir gerade erzählt hast«, entgegne ich verwirrt. Unbeirrt greift er erneut nach meiner Hand und sieht mir ernst in die Augen. »Ist dir der Weg hierher schwergefallen?«, fragt er. Stirnrunzelnd nicke ich und sehe ihn fragend an. »Das liegt an deiner Angststörung. Richtig?«, fährt er fort. Irritiert schüttle ich den Kopf, entziehe ihm meine Hand und beginne, nervös an einer meiner Haarsträhnen herumzuspielen. »Woher weißt du das alles? Hat Ava dir davon erzählt? Und wieso ist Ava so plötzlich verschwunden? Hast du damit auch etwas zu tun?«, frage ich gefrustet und sehe ihm dabei direkt in die Augen. Doch gleich nachdem ich meinen Satz beendet habe, würde ich am liebsten alles sofort wieder zurücknehmen. James sieht aus, als hätte ich ihm eine schallende Ohrfeige verpasst. Sein großer, offensichtlich durchtrainierter Körper, kommt mir plötzlich um einiges kleiner vor, sein Gesichtsausdruck ist der eines gebrochenen Mannes. »Entschuldigung«, sage ich reumütig.

Zaghaft verzieht er die Lippen zu einem müden Lächeln. »Du musst dich nicht ständig entschuldigen Marissa, aber das sagte ich dir ja bereits schon sehr oft.« »James«, hauche ich. Augenblicklich überkommt mich das dringende Bedürfnis, meine Arme um ihn zu schließen, doch ich bleibe wie gelähmt gegenüber von ihm sitzen. Unverhofft ertönt ein lautes Geräusch, eine Art Klingeln und die Besucher um uns herum beginnen, sich eilig zu verabschieden. Schließlich steht auch James widerwillig auf und reiht sich in die Reihe der anderen Inhaftierten vor dem Eingang ein. »Sprich mit Ava!«, ruft er mir nach, ehe er den Besucherraum folgsam verlässt.

Völlig durcheinander stehe ich nun seit einer Stunde vor meiner Apartmenttür und kann mich nicht überwinden, dort hineinzugehen. Mir kommt es so vor, als wäre mein gesamtes Leben auf einer Lüge aufgebaut und als würde ich mich in meinem Apartment nur vor der Wahrheit verstecken. Ungeduldig gehe ich im Hausflur auf und ab und weiß nichts mit mir anzufangen. Resigniert öffne ich schließlich die Tür, laufe einmal quer durch das gesamte Apartment und setze mich orientierungslos im Wohnzimmer auf den Boden. Die ganze Zeit über denke ich nur an James. Ich habe ein unüberwindbares Verlangen ihn so schnell wie möglich wiederzusehen. Es fühlt sich so an, als würde in meinem Brustkorb ein riesiges Loch klaffen, das nur er wieder füllen kann. Nur wie kann das sein? Ich kenne ihn doch gar nicht! Auf einmal klingelt es an der Tür, was mich sofort aus meinen verzweifelten Gedanken herausreißt. Einige Sekunden später klopft es. Da Brian noch in der Firma ist und immer seinen Schlüssel dabeihat, überkommt mich ein ungutes Gefühl. Skeptisch öffne ich die Tür und kann es kaum fassen, wen ich dort vor mir sehe.

Kapitel 4

»Wow, was machst du denn hier?«, piepse ich und kämpfe gegen den Drang an, in Tränen auszubrechen. »Wieso bist du seit *Monaten* nicht erreichbar und antwortest auf keine meiner Mails?«, ruft Ava empört aus und schließt mich sofort in ihre Arme. »Ich habe mir echt Sorgen gemacht Marissa. Und dich dann hier anzutreffen, bei ihm...« Verwirrt schüttelt sie den Kopf und sieht mich vorwurfsvoll an. »Was machst du denn hier? Ich habe es bei James versucht, aber da ich dort auch gestern niemanden angetroffen habe und du auch nicht bei mir in der Wohnung warst, wusste ich in meiner Verzweiflung nicht weiter und dachte, ich versuche es einfach mal hier.« Meine Gedanken überschlagen sich in so einem raschen Tempo, dass ich Ava kaum folgen kann. Ungeduldig packe ich sie am Arm und ziehe sie in die Küche, stelle zwei Gläser mit Wasser vor uns ab und sehe sie aufgelöst an. Verständnislos erwidert sie meinen Blick und streicht sich sichtlich angespannt eine ihrer blonden Strähnen hinters Ohr. »Was ist denn los, Marissa?« »Sag du mir das! Wieso weißt du von James? Und *was* weißt du über ihn? Warum dachtest du, ich wäre bei ihm? Und wo warst du verdammt noch mal die ganze Zeit über?« Die Fragen sprudeln nur so aus mir heraus und ich hätte noch einige mehr, doch ich beschließe, Ava erst mal zu Wort kommenzulassen. »Was ist los mit dir, Marissa?«, fragt sie besorgt und legt die Stirn in Falten.

»Kurzfassung? Ich hatte vor einigen Monaten einen Unfall. Dieser James soll mich angeblich in einen Schacht gestoßen haben, ich lag mit einer schweren Kopfverletzung und einem gebrochenen Bein im Krankenhaus. Und seitdem ich wieder zuhause bin, schreibt er mir Briefe aus dem Gefängnis und beteuert beharrlich seine Unschuld. Sag du mir was hier los ist Ava«, fordere ich sie verzweifelt auf. Ungläubig blickt sie mich an und legt sich geschockt die Hände auf den Brustkorb. »Du hattest einen Unfall?« Erschüttert schnappt sie nach Luft. »Und du kannst dich an nichts erinnern?«, ruft sie zweifelnd aus. Deprimiert schüttle ich den Kopf und reibe mir niedergeschlagen die schmerzenden Schläfen. Sie erzählt mir kurz angebunden von ihrem Auslandsstudium und dass sie nur meinetwegen übers Wochenende hergefahren ist, da sie mich nicht erreichen konnte und Brian all ihre Anrufe weggedrückt und ignoriert hat. Danach berichtet sie von James, doch wirklich viele Informationen hat sie scheinbar nicht, da sie ihn wohl nie persönlich kennen gelernt hat. »Wir waren also ein richtiges Paar?«, frage ich atemlos. Energisch nickt sie mir zu und greift über die Tischplatte nach meinen Händen. »Ich habe dich nie so glücklich erlebt, wie in der Zeit mit ihm, Marissa. Du hattest deine Angststörung einigermaßen im Griff und hast endlich wieder gelächelt«, erklärt sie traurig. »Also habe ich ihn geliebt?«, stoße ich mit angehaltenen Atem hervor. Sie schenkt mir ein betrübtes Lächeln und nickt erneut. »Hör auf dein Herz Marissa. Du kannst doch nicht wirklich alles vergessen haben.« Sie blickt mich so niedergeschlagen an, dass es mir einen Stich versetzt. Ava ist die verlässlichste und beständigste Person in meinem Leben und das schon von Kindesbeinen an. Bei ihr weiß ich, dass ihr mein Glück am Herzen liegt und ich bin so unendlich dankbar, sie jetzt gerade hier bei mir zu haben. Mein Leben kommt mir einfach so unglaublich zerbrechlich und durcheinander vor. »Ich erinnere mich nicht an James, aber ich habe ihn heute im Gefängnis besucht«, sage ich trübselig. »Und ich vermisse ihn«, gestehe ich leise, als ich mir diesen bildschönen Mann ins Gedächtnis rufe. Ava setzt einen nachdenklichen Gesichtsausdruck auf und blickt hektisch auf die Uhr. »Wann kommt Brian von der Arbeit?«, fragt sie im drängenden Tonfall. »Ich denke erst gegen Abend. Wieso?«, frage ich irritiert. Ruckartig steht sie auf und hetzt ins Schlafzimmer. Verwirrt folge ich ihr und beobachte, wie sie meine Kleidungsstücke nach und nach in meine große Reisetasche verstaut. »Was machst du da?« Ich sehe sie verwirrt an, doch sie packt meine Sachen unbeirrt weiter. »Ava?«, frage ich eine Tonspur lauter. »Du ziehst wieder zu mir. Du kannst auf keinen Fall länger bei diesem Psychopathen bleiben«, antwortet sie ohne mich anzusehen. »Und wie stellst du dir das vor? Ich meine, du musst übermorgen wieder fahren und ich bin alleine doch komplett aufgeschmissen.« Augenblicklich hält sie in der Bewegung inne, kommt auf mich zu und legt ihre Hände auf meine Schultern. »Es tut mir leid, dass ich nicht so für dich da sein kann, wie ich es gerne würde. Aber so einen Schwachsinn will ich nicht mehr hören. Du bist die ganzen letzten Monate auch allein zurechtgekommen, verstanden?« Gefrustet seufze ich kaum hörbar auf. »Ich war doch gar nicht alleine Ava, ich hatte doch James«, gebe ich geknickt zu. Auch wenn ich mich an unsere gemeinsame Zeit nicht erinnern kann, erscheint es nur logisch, dass ich nach Jahren der Isolation und Einsamkeit meinen Weg nicht ohne Hilfe bewältigt haben kann. Ava setzt sich auf die Bettkante und zieht mich behutsam am Arm, damit ich neben ihr Platz nehme. Dann sieht sie mir eindringlich in die Augen und atmet einmal hörbar aus. »Marissa, ich kann mir gar nicht vorstellen, wie du dich fühlst, wie es ist, sämtliche Erinnerungen verloren zu haben. Aber Brian meint es nicht gut mit dir, das muss dir doch bewusst sein. Er hat dich dazu gebracht, von hier zu verschwinden, obwohl das ein Schritt war, den du nie in Erwägung gezogen hättest. Und in dieser schweren Zeit stand James dir bedingungslos zur Seite. Du hast Dinge geschafft die du gerade wahrscheinlich gar nicht für möglich hältst, aber genau so war es. Nun braucht er dich, doch vorher musst du wieder anfangen, dich selbst zu schützen. Bitte, du darfst keine Angst haben und musst nun für euch beide kämpfen.« Sie nickt mir motivierend zu und lässt mich völlig perplex auf der Bettkante sitzen, während sie weiter meine Sachen zusammenpackt. Schwermütig schlendere ich in den Flur, wo Ava inzwischen bereit zum Aufbrechen steht und mir ungeduldig meinen schwarzen Strickmantel entgegenhält. Als ich ihn anziehe und reflexartig an meine Tasche fasse, ertaste ich die Kette mit dem Stein im Inneren. Sofort nehme ich die Kette heraus und halte sie Ava unter die Nase. »Habe ich die von James?« Behutsam betrachtet sie die Kette und liest mit dem Hauch eines Grinsens die Gravur. »Die hast du ganz sicher von ihm«, entgegnet sie und legt mir die Kette wie selbstverständlich um den Hals. Verunsichert ziehe ich die Apartmenttür hinter mir zu, gehe schwerfällig die Stufen hinunter und steige zu Ava ins Auto.

»Home sweet home«, trällert Ava und überlässt mir den Vortritt. Unruhig gehe ich durchs Wohnzimmer und denke angestrengt nach. »Meinst du, das war ein kluger Schachzug? Ich weiß noch nicht mal, wie ich auf mich allein gestellt überleben soll Ava. Vielleicht wäre es besser, wenn ich einfach zurück zu Brian gehe, bevor er merkt, dass ich verschwunden bin«, sage ich beschämt. »Spinnst du? Um Geld brauchst du dir vorerst keine Gedanken zu machen und den Rest bekommst du schon hin«, sagt sie und stellt sich auf Zehenspitzen, um nach einem Buch ganz oben auf dem hölzernen Regal zu greifen. Dann zückt sie mehrere hundert Dollar Scheine hervor und hält sie mir hin. »Das sind 1200 Dollar. Die habe ich für schlechte Zeiten gespart. Hier, nimm!«, sagt sie und lächelt mich liebevoll an. Abwehrend hebe ich die Hände und schüttle entschieden den Kopf. »Nein Ava, das kann ich auf gar keinen Fall annehmen. Du bist ja verrückt«, rufe ich atemlos aus. »Ach. Und was wäre die Alternative? Marissa, es ist mein Ernst. Ich liebe dich wie eine Schwester und jetzt nimm es. Das ist das Mindeste, was ich für dich tun kann.« Noch immer stehe ich in meiner Abwehrhaltung vor ihr. Das geht einfach nicht, es ist zu viel. »Ich werde kein Nein akzeptieren, also gib dich geschlagen und wir haken es ab«, lacht sie und rollt mit den Augen. Schwermütig seufze ich auf und nehme widerwillig das Geld entgegen. »Ich zahle dir alles bis auf den letzten Cent zurück Ava, das schwöre ich dir«, sage ich gerührt und schließe sie in meine Arme. »Darüber mache ich mir gar keine Gedanken. Gleich morgen eröffnen wir dir ein Konto und zahlen das Geld ein. Und jetzt komm, ich koche uns erst mal einen Tee.«

Nachdem wir schweigsam unseren Tee getrunken haben, beschließt Ava die Stille zu durchbrechen. »Was hat James eigentlich gesagt, als ihr euch getroffen habt? Und wie hat er auf dich reagiert?« Nach einem tiefen Atemzug erzähle ich ihr detailliert von meinem Gespräch mit James. »Er hätte dir niemals etwas angetan«, bekräftigt sie seine Aussage. »Was hast du denn empfunden, als du ihn das erste Mal wiedergesehen hast?« Einen kurzen Augenblick denke ich intensiv nach und fasse reflexartig an meine Kette. »Ich habe ihn gesehen und hatte das Gefühl, mein Herz explodiert.« Verträumt lasse ich meinen Blick durch den Raum schweifen und rufe mir James' durchdringende, blauen Augen ins Gedächtnis, sein langes, blondes Haar und sein freches Grinsen. Unwillkürlich verzieht sich mein Mund zu einem kleinen Lächeln. »Doch es ist so idiotisch, denn eigentlich kenne ich diesen Mann doch überhaupt nicht. Und dennoch hat ein Blick in seinen Augen ausgereicht, um mir einen kurzen Moment den Kopf zu verdrehen«, gebe ich ein wenig beschämt zu. Ava strahlt übers ganze Gesicht. »Anscheinend erinnert sich dein Herz noch sehr genau an ihn«, sagt sie und sieht mich tröstend an. *Oh nein, jetzt lässt sie gleich die geheime Esoterikerin in ihr heraushängen,* denke ich sarkastisch. »Ich brauche einfach etwas Zeit. Zeit zum Nachdenken und Zeit, um meine Gedanken und Gefühle zu sortieren. Mein ganzes Leben kommt mir im Augenblick wie eine einzige Freakshow vor«, sage ich betrübt, lege meine Ellenbogen auf den Tisch und stütze meinen Kopf mit den Händen. »Das verstehe ich. Mir würde es in deiner Situation wohl kaum anders gehen«, haucht Ava mitfühlend. »Ich muss erst morgen Abend wieder fahren, das heißt, wir haben noch einen ganzen Tag, um zu reden oder auch einfach nur um uns abzulenken.« Mit einem dankbaren Lächeln nicke ich ihr zu, dieses Angebot hört sich verlockend an.

Kapitel 5

Das Läuten an der Wohnungstür reißt mich, vor Schreck zusammenzuckend, aus meinem viel zu kurz gekommenen Schlaf. Nervös ziehe ich mir einen grauen Bademantel über und bleibe mitten im Flur stehen, meinen Blick starr auf den rot blinkenden Punkt der Gegensprechanlage gerichtet. Da Ava gestern wieder fahren musste, bin ich nun auf mich allein gestellt, und genauso komme ich mir auch vor... *allein.* Als es erneut klingelt, entschließe ich mich kurzerhand herauszufinden, wer unten vor der Tür steht. *Was soll mir hinter einer zugeschlossenen Tür schon passieren?* »Hallo?«, melde ich mich leise. »Marissa, bist du das?« Ich erkenne Brians Stimme sofort, doch ich antworte nicht. »Bitte, lass mich herein, damit wir uns unterhalten können.« Ich ringe einen Augenblick mit mir, doch dann beschließe ich, ihm kommentarlos die Tür zu öffnen. Brian ist ein Arschloch, ohne jeden Zweifel, dennoch fände ich es fairer, wenn wir einen sauberen Schlussstrich ziehen und ich nicht jedes Mal, wenn es klingelt, einen halben Herzinfarkt bekommen müsste. Als er oben angekommen ist, steht er mit einem deprimierten Gesichtsausdruck vor mir, ein Ausdruck, den ich in unserer gesamten Ehe noch nie gesehen habe. »Darf ich reinkommen?«, fragt er und bleibt höflich im Eingang stehen. Nach einer kurzen Bedenkzeit zucke ich gleichgültig mit den Schultern und trete einen Schritt zur Seite, damit er eintreten kann. Mit zielstrebigen Schritten gehe ich in die Küche, um mir einen Tee zu machen und Brian folgt mir. Wie selbstverständlich setzt er sich an den Küchentisch und sieht mich skeptisch an. »Wieso bist du einfach abgehauen?«, fragt er vorwurfsvoll. Langsam drehe ich mich zu ihm herum und setze mich ihm gegenüber. Er sieht ein wenig gereizt aus, aber irgendwie sieht er das immer. Um keinen Streit zu provozieren, schenke ich ihm ein kleines, liebevolles Lächeln und versuche, mich ihm so deutlich, aber höflich es geht, zu erklären. »Brian, ich habe mit Ava gesprochen...«, beginne ich, doch Brian fällt mir augenblicklich ins Wort. »Hat sie dir das eingeredet? Typisch, diese arrogante Schnepfe«, presst er mit zusammengebissenen Zähnen hervor. Verständnislos sehe ich ihn an. »Nein, sie hat mir gar nichts *eingeredet*! Sie hat mir nur ihre Hilfe angeboten«, verteidige ich sie instinktiv. »Wir waren doch schon lange nicht mehr glücklich Brian.« In seinem Gesicht zeichnet sich purer Unglaube ab, doch es sieht gespielt aus. »Keine Ahnung, was Ava dir eingetrichtert hat, aber wir waren glücklich. Sicher hatten wir in den vergangenen Jahren Unstimmigkeiten, aber doch keine, die eine Trennung rechtfertigen würden. Ich liebe dich Marissa«, säuselt er und verzieht den Mund zu einem kleinen Lächeln, welches seine Augen nicht erreicht. Die Atmosphäre um uns herum ändert sich kaum merklich, doch genug, um zur Kenntnis zu nehmen, dass sich alles um uns herum plötzlich falsch und geradezu dunkel anfühlt. Brians grüne Augen starren mich noch immer durchdringend an, auf seinem Gesicht bildet sich ein Ausdruck, den ich nicht deuten kann. Plötzlich überkommt mich ein ungutes Gefühl und ich verspüre das dringende Bedürfnis, allein zu sein. » *Ich* bin aber nicht mehr glücklich mit dir. Ich brauche etwas Abstand«, flüstere ich, ohne ihn anzusehen. *Hoffentlich geht er einfach.* »Na schön«, brüllt er zornig. »Dann sieh zu, wie du ohne mich klarkommst.« Wütend schlägt er mit Faust auf die Tischplatte und stürmt aus dem Raum. Wie erstarrt bleibe ich mit angehaltenem Atem auf meinem Stuhl sitzen und konzentriere mich mit zusammengekniffenen Augen auf seine sich entfernenden Schritte. Auf einmal ist es in der Wohnung beängstigend still. Schleichend stehe ich auf und blicke mich argwöhnisch um. Ich habe nicht gehört, dass Brian hinausgegangen ist, die Wohnungstür wurde nicht geöffnet. Mit rasendem Herzschlag gehe ich erst durch den Flur, dann durch das Wohnzimmer. Beunruhigt stelle ich fest, dass nichts von Brian zu sehen ist. Mein Puls dröhnt mir bis in die Ohren, verängstigt kralle ich mich an den Stein meiner Kette fest. »Brian?«, krächze ich. Es antwortet niemand. *Okay Marissa, entweder bist du jetzt dabei, komplett den Verstand zu verlieren oder Brian versteckt sich im Schlafzimmer.* Ich tendiere stark zu Punkt eins, denn dass sich Brian im Schlafzimmer versteckt, kommt mir viel beängstigender vor. Was soll ich nur tun? Ich könnte theoretisch abhauen, nur wohin? Und falls Brian wirklich schon unten ist und ich einfach nur nicht gehört habe, wie er die Wohnung verlassen hat? Schwer ausatmend schüttle ich den Kopf. Er hat die Tür weder geöffnet, noch wieder geschlossen, das hätte ich gar nicht überhören können. Also ist die logische Schlussfolgerung, dass er noch hier ist. Soll ich jetzt etwa die

Polizei rufen? *Wie denn, ohne Handy, du Genie?*, ätzt meine innere Stimme. Kurzerhand entschließe ich mich einfach nachzusehen, ich kann ja schlecht den ganzen Tag wie angewurzelt im Flur stehen bleiben. Unverhofft nehme ich ein lautes Knarren aus dem Schlafzimmer wahr und erstarre regelrecht vor Schreck. Dieses Geräusch ertönt nur, wenn sich jemand auf dem Fußboden bewegt. Wie in Zeitlupe drehe ich mich Richtung Wohnungstür, mein Fluchtinstinkt ist in höchster Alarmbereitschaft. Als ich bedächtig einen Schritt zurückweiche, erscheint Brian schon im Türrahmen. Er steht dort, mit nacktem Oberkörper und grinst mich boshaft an. Panisch reiße ich meine Augen auf, doch ich bleibe völlig unbewegt im Flur stehen und denke fieberhaft darüber nach, was ich tun soll. »Was machst du denn noch hier?«, frage ich mit piepsender Stimme. »Ich dachte, vielleicht sollte ich dich mal an unsere guten Zeiten erinnern«, sagt er im bedrohlich leisen Tonfall und kommt einen Schritt auf mich zu. Voller Panik stockt mir der Atem. »Ava wird jeden Moment wieder hier sein, ich denke es ist besser, wenn du jetzt gehst«, lüge ich und bemühe mich angestrengt, das Zittern in meiner Stimme zu verbergen. Hämisch zieht er eine Augenbraue hoch und kommt erneut schleichend auf mich zu, bis er schließlich ganz dicht vor mir steht. Langsam streicht er mir mit seinem Zeigefinger eine Strähne hinters Ohr und hebt mein Kinn etwas an, damit ich ihn ansehe. »Ich denke nicht, dass Ava sobald hier auftauchen wird«, zischt er und legt abrupt seine Hand um meinen Hals. Instinktiv versuche ich, seine Hand mit zittrigen Fingern von meinem Hals zu lösen, doch er drückt nur noch fester zu. Dann treibt er mich, seine Hand noch immer fest um meinen Hals geschlungen, vor sich her, bis ich die harte Bettkante in meiner Kniekehle spüre. Verstört blicke ich ihn an und bohre meine Fingernägel so tief wie es mir möglich ist in seine Hand, doch er lässt nicht locker. »Brian, bitte«, krächze ich und versuche mich panisch aus seinem eisernen Griff zu befreien, doch es ist vergebens. Grob stößt er mir gegen die Schultern, sodass ich auf den Rücken fallend genau in Avas Bett lande. Mit zornigen Blick befreit er sich von seiner Hose, dann lässt er seinen Slip vor meinen Augen runter. Nun steht er vollkommen nackt vor mir und ich habe das Gefühl, als stecke ich in einem Albtraum fest. Er will doch nicht tatsächlich das versuchen, was ich gerade denke? Entgeistert kneife ich meine Augen zusammen und gebe mich für eine Sekunde ernsthaft der Fantasie hin, dass ich jeden Moment aufwache. Doch als ich meine Augen wieder öffne, stelle ich geschockt fest, dass Brian arrogant blickend ins Bett kommt und sich direkt auf mich legt. Für den Bruchteil einer Sekunde fühle ich mich wie gelähmt, ich will um mich schlagen, schreien, hinausstürmen und einfach von hier verschwinden. Verzweifelt mobilisiere ich all meine Kraft und versuche ihn von mir zu schieben, doch obwohl er so schmal gebaut ist, ist er mir dennoch körperlich überlegen. Angeekelt boxe ich ihm gegen die Brust und winde mich verzweifelt unter ihm, doch er rührt sich keinen Zentimeter. Als er ungeduldig an meinem Bademantel zerrt, überkommt mich so ein panisches Gefühl, dass ich lauthals anfange loszuschreien. Schäumend vor Wut presst er mir seine Hand auf den Mund und grinst mich bissig an. »Halt die Fresse«, zischt er. Instinktiv beiße ich mich in seiner Hand fest, woraufhin er mit schmerzverzerrten Gesicht von mir ablässt. »Du elende Schlampe. Ich wette, bei diesem James hast du dich nicht so angestellt«, stößt er zwischen zusammengebissenen Zähnen hervor und öffnet gewaltsam meinen Bademantel. Vor meinem geistigen Auge erscheint im Sekundenbruchteil James' Gesicht. *James, wie er mich hingebungsvoll küsst und wie ich ihm verunsichert, aber voller Leidenschaft die Knöpfe seines Hemds öffne.* Also ist es wahr, ich war mit ihm zusammen und Brian wusste von alldem Bescheid. Er hat es ja gerade selbst bestätigt. Ich spüre, wie mir allmählich die Luft ausgeht und meine Kräfte schwinden immer mehr, doch ich wehre mich mit letzter Kraft entschieden gegen Brians Angriff. Als er mir unter meinem Shirt an die Brust fasst und mich gewinnend anblickt, überkommt es mich. Mit einem lauten Würgen übergebe ich mich geräuschvoll und bin so schlagartig von seinem Übergriff befreit. Mit angeekelten Gesichtsausdruck lässt er von mir ab und überprüft hektisch, ob er etwas von meinem Erbrochenen abbekommen hat. Nachdem er festgestellt hat, dass nur das Laken in Mitleidenschaft gezogen wurde, stürmt er erneut wutentbrannt auf mich zu, packt mich am Arm und wirft mich schroff auf den rauen Teppichboden. Noch ehe ich mich auch nur einen Millimeter rühren kann, sitzt er erneut auf mir, hebt meinen Kopf etwas an und schlägt mit seiner gesamten Kraft dreimal in mein angstverzerrtes Gesicht. Sein angestrengtes Röcheln ist das letzte

Geräusch, das ich wahrnehme, ehe ich mein Bewusstsein verliere.

Mühsam versuche ich meine Augen zu öffnen, doch es gelingt mir nicht so recht. Mein linkes Auge fühlt sich geschwollen an und mein Kopf schmerzt wahnsinnig. Entkräftet stütze ich mich auf meinen Ellbogen ab, um mich umzusehen, wo ich bin. Entgeistert stelle ich fest, dass ich in meinem Apartment bin, hier in *Brians* Schlafzimmer. Sofort schießen die Ereignisse der letzten Stunden in mein Gedächtnis und ich lasse meinen Kopf hoffnungslos wieder aufs Kissen sinken. Mit Tränen in den Augen streiche ich vorsichtig über mein Augenlid und bemerke, dass es tatsächlich viel dicker als das andere ist. In all den Jahren hatte Brian mich niemals zuvor geschlagen. Schockiert lege ich mir den Arm auf den Mund, um ein Schluchzen zu unterdrücken. Aus dem Flur höre ich leise Schritte auf mich zukommen, panisch stelle ich mich instinktiv wieder bewusstlos. Die Schritte kommen immer näher, bis Brian schließlich neben mir stehen bleibt. Ich kann seine Blicke regelrecht auf meinen Körper spüren, daher bemühe ich mich, so flach wie es mir möglich ist, zu atmen, um kein Misstrauen zu erwecken. Mein ganzer Körper möchte fliehen, macht sich zum Rennen bereit, so schnell es geht. Da ich den größten Teil meines Daseins mehr oder weniger in meinem selbst errichteten Gefängnis verbracht habe, übermannt mich dieses Gefühl gerade vollkommen. Niemals hätte ich erahnen können, wie intensiv der

Fluchtinstinkt werden kann. Unwillkürlich beschleunigt sich meine Atmung und meine Augenlider fangen unnatürlich zu flattern an. »Marissa?«, fragt Brian und rüttelt mich am Arm. Zögernd öffne ich meine Augen und blicke in sein selbstzufriedenes Gesicht. »Es ist alles okay, du bist zuhause«, raunt er und streicht mir sanft über die Wange. Mit gerunzelter Stirn starre ich ihn wortlos an. Will er jetzt allen Ernstes so tun, als ob nichts vorgefallen wäre? Ich erkenne diesen Mann einfach nicht wieder, was zum Teufel stimmt mit ihm nicht? Ich erinnere mich bruchstückhaft, dass ich mal einen Artikel im Internet gelesen habe, darin stand, dass wenn man entführt wird am sichersten ist, wenn man das Spiel des Täters einfach mitspielt. Denn je mehr man sich wehrt, umso größer sei die Gefahr, dass das böse endet. »Danke, dass du mich nach Hause gebracht hast«, sage ich wenig überzeugend. *Mein Kopf dröhnt.* Dennoch schenkt er mir ein zufriedenes Lächeln. Er setzt sich neben mich aufs Bett, woraufhin ich mich sofort versteife. Dann streicht er mir eine meiner Haarsträhnen aus dem Gesicht und beugt sich mit seinem Gesicht ganz nah an meines heran. Unbewusst bemerke ich, dass ich vollständig bekleidet bin und genau gegenüber von mir meine gepackte Tasche steht, die ich zu Ava mitgenommen hatte. Wie lange war ich ohne Bewusstsein? »Ich muss in die Firma, ich bin spät dran. Im Gefrierfach liegen ein paar Steaks, die hätte ich gern zum Abendessen«, sagt er monoton und verlässt das Schlafzimmer. Wenige Augenblicke später höre ich, wie er die Tür des Apartments zuzieht, dann ist es still.

Regungslos bleibe ich geschlagene zwanzig Minuten im Bett liegen, soll das etwa ein Trick sein? Doch Brian scheint verschwunden zu sein, es ist absolut ruhig im gesamten Apartment. Langsam setze ich mich auf und schleiche auf Zehenspitzen zur Apartmenttür. Als ich die Klinke leise nach unten drücke bemerke ich, dass Brian mich eingeschlossen hat. Hektisch drücke ich die Klinke erneut immer und immer wieder nach unten, doch es gibt kein Entkommen. Panisch durchsuche ich den Schlüsselkasten und alle Jacken, die an der Garderobe hängen, doch es ist sinnlos. Verzweifelt aufstöhnend hocke ich mich auf den kühlen Fußboden im Flur und umklammere meine Knie so fest ich kann. Was soll ich nur tun? Ava ist kilometerweit entfernt und ich habe nicht mal ein Telefon, um Hilfe zu rufen. Plötzlich rüttelt es an der Tür und ich halte gespannt den Atem an. Als ich höre, wie sich der Schlüssel im Schloss dreht, flitze ich in Windeseile in die Küche und mache zur Tarnung den Wasserkocher an, als ob ich gerade einen Tee machen wollte. Wenige Sekunden später betritt ein großer, auffallend gutaussehender Mann, schätzungsweise um die sechsunddreißig Jahre alt, das Zimmer und blickt mich ein wenig verlegen mit seinen braunen Augen an. Er streicht sich eine Strähne seines schwarzbraunen Haars aus dem Gesicht und grinst schief. »Sorry, dass ich hier so reinplatze. Brian schickt mich«, erklärt er. Völlig verdutzt sehe ich ihn an und weiche instinktiv einen Schritt zurück. »Ich bin Jackson Pierce, ich arbeite in der Firma deines Mannes. Du brauchst keine Angst zu haben«, versichert er mir und hebt entschuldigend die Hände. »Und... was genau willst du hier Jackson?«, frage ich unbehaglich.

Langsam greift er in die Innentasche seiner Jacke und sucht darin nach etwas. Panisch halte ich den Atem an und trete noch einen weiteren Schritt zurück, nun spüre ich die kantige Arbeitsplatte direkt in meinem Rücken. »Hier.« Jackson hält mir einen kleinen, blauen Kühlakku entgegen. »Brian wollte verhindern, dass dein Auge noch mehr anschwillt«, erklärt er und sieht mich mitfühlend an. Wortlos nehme ich den Kühlakku entgegen und nicke ihm verunsichert zu. Wie selbstverständlich zieht er seine Jacke aus und hängt sie über den Küchenstuhl. Jetzt kommen seine muskulösen Arme in dem braunen, locker sitzenden T-Shirt zum Vorschein. »Machst du gerade Kaffee oder Tee?«, fragt er und deutet auf den Wasserkocher. »Tee«, antworte ich wie ferngesteuert. *Was zur Hölle wird das?* »Machst du mir auch einen, bitte?« Er sieht mich höflich an. »Entschuldige bitte, aber wie lange bleibst du?«, frage ich angespannt und bleibe weiter wie angewurzelt in der hintersten Ecke des Raumes stehen. »Bis Brian nach Hause kommt«, sagt er mit fester Stimme, doch in seinem Unterton schwingt etwas Entschuldigendes mit. »Sollst du mich etwa beaufsichtigen?« Ich kann das Entsetzen in meiner Stimme kaum verbergen. Jackson sieht mich eine Weile ausdruckslos an, beantwortet meine Frage jedoch nicht. Wie in einer Art Trance nehme ich zwei Tassen aus dem Hängeschrank, hänge je einen Teebeutel in die Tassen und fülle sie mit heißem Wasser auf. Mechanisch stelle ich die Tassen auf den Küchentisch und setze mich. Wenige Sekunden später setzt sich Jackson mir gegenüber und trinkt schweigsam seinen Tee.

Mittlerweile ist es früher Nachmittag und wir sitzen noch immer, unsere geleerten Tassen vor uns, in der Küche und schweigen uns an. Die Stille ist beinahe ohrenbetäubend. Ich fühle mich unermesslich unwohl und traue mich kaum, mich zu bewegen. Obwohl Jackson nahezu genauso unbewegt wie ich hier sitzt und gelangweilt ab und an auf seinem Handy herumtippt, hat er absolut nichts Bedrohliches oder einschüchterndes an sich. Nur wieso tut er das? Hat Brian ihn dafür bezahlt, den Wachhund zu spielen? »Ich muss Brians Essen vorbereiten, darf ich?«, frage ich unbehaglich. Sichtlich unangenehm berührt von meiner Frage, fährt er sich erneut mit der Hand durch die Haare und zuckt einverstanden mit den Schultern. »Ja... klar. Du musst mich nicht fragen, Marissa.« Gereizt hebe ich meine Augenbrauen und stapfe zum Gefrierfach. Geräuschvoll hole ich die Steaks aus dem Fach und knalle sie auf die Anrichte. Dann nehme ich mir eine große Pfanne aus dem Unterschrank und stelle sie lautstark auf die Herdplatte. »Wieso bist du überhaupt hier Jackson? Was hat Brian dir geboten, um mich so dermaßen in meinem Apartment einzuschränken?« Säuerlich verschränke ich die Arme vor der Brust und sehe ihn ratlos an. Träge kommt er auf mich zu und hält mir den mittlerweile abgekühlten Kühlpad sanft an die Schläfe. »Du solltest dein Auge wirklich kühlen«, sagt er nur. Langsam schüttle ich den Kopf und lasse ihn dabei keine Sekunde aus den Augen. »Darf ich zur Toilette gehen?«, frage ich angespannt. Sofort weicht er einen Schritt zur Seite, um mir Platz zu machen. *Das ist meine Chance!* Hastig gehe ich an ihm vorbei und stürme zur Apartmenttür, öffne sie und werde noch ehe ich den Hausflur betreten kann, von hinten gepackt und wieder ins Apartment hineingezogen. »Lass den Scheiß«, keucht Jackson angestrengt und lässt sofort von mir ab, um die Tür wieder zu verschließen. »Was soll das?«, fragt er aufgebracht und sieht mich halb überrascht und halb schockiert an. Schweigsam starre ich ihn entsetzt an, die Atmosphäre um uns herum ist erdrückend. Plötzlich höre ich, wie sich Schritte der Apartmenttür nähern, wenige Sekunden später öffnet sich die Tür und Brian betritt das Apartment. Misstrauisch blickt er mit verengten Augen abwechselnd von Jackson zu mir. »Was ist hier los?«, fragt er schließlich an Jackson gewandt. Ich werfe Jackson einen flehenden Blick zu und halte angespannt den Atem an. Obwohl sich seine Körperhaltung kaum verändert, wirkt er plötzlich bedrohlich, denn die Art wie er seine Schultern strafft und der eiskalte Gesichtsausdruck, den er unversehens aufsetzt, wirken massiv einschüchternd. Ich habe Mühe, meinen rasenden Herzschlag unter Kontrolle zu bringen. »Gar nichts Boss, alles in bester Ordnung«, sagt er überzeugend und würdigt mich keines Blickes. Erleichtert stöhne ich innerlich auf. »Du bist aber früh von der Arbeit zurück, ich hatte dich noch gar nicht erwartet«, sage ich mit Unschuldsmiene und ringe mir ein gekünsteltes Lächeln ab. »Lass uns doch einen Moment allein«, fordert Brian mich auf und macht eine Kopfbewegung zur Küche. »Ich wollte sowieso gerade dein Essen zubereiten«, antworte ich und verlasse zügig den Flur. Wie von mir verlangt, greife ich mit zitternden Händen nach den Steaks, lege sie in die Pfanne und stelle den Herd an. Ich höre die Männer im Flur leise reden, doch ich kann kein einziges Wort deutlich verstehen. Nach ein paar Minuten erscheint Jackson im Türrahmen und blickt mich mit ausdrucksloser Miene an. »Bis morgen dann«, verabschiedet er sich. Dankbar für sein Schweigen nicke ich ihm mit einem resignierten Lächeln zu. Er verzieht seinen Mund zu einem kleinen, schiefen Grinsen und verschwindet genauso schnell aus meinem Blickfeld, wie er aufgetaucht ist.

Kapitel 6

Als ich in der Küche stehe, um Tee zu machen, höre ich, wie sich der Schlüssel, wie jeden Morgen kurz nachdem Brian verschwunden ist, im Schloss dreht. Danach ein kurzes Ruckeln und schon öffnet sich die Apartmenttür. Routiniert befülle ich zwei Tassen mit heißen Wasser und werfe einen Blick auf die Uhr. 08:15 Uhr, Jackson ist spät dran. Die komplette letzte Woche lief immer nach dem gleichen Schema ab. Brian fährt in die Firma, wenige Augenblicke später taucht Jackson auf, ich mache uns einen Tee und wir sitzen uns stundenlang schweigend gegenüber. Es ist keine beängstigende Atmosphäre, wenn er hier ist. Allmählich ist es fast schon langweilig. Und es nervt, denn ich muss endlich wieder Kontakt zu James aufnehmen, ich vermisse ihn. Dennoch muss ich zugeben, dass Jacksons Gesellschaft um ein Vielfaches angenehmer ist als Brians. Obwohl ich die perfekte Ehefrau mime, ihm sein Essen pünktlich auf den Tisch stelle, das Apartment sauber halte, ihm seine Hemden bügle und mir niemals anmerken lasse, wie sehr ich ihn verabscheue, beschimpft er mich manchmal wie aus dem Nichts und lässt seine Launen an mir aus. »Morgen«, begrüßt mich Jackson als er zur Tür hereinkommt. Ich nicke kurz in seine Richtung, stelle die beiden Tassen Tee vor uns auf dem Tisch ab und setze mich. »Danke«, sagt er höflich und nimmt ebenfalls Platz. Dann legt er einen rechteckigen, weißen Umschlag vor mir auf die Tischplatte und sieht mich fragend an. »Halefordcity Gefängnis?«, fragt er überrascht und zieht eine Augenbraue hoch. Sofort zucke ich innerlich zusammen. Der Brief ist von James! »Woher hast du den?«, erkundige ich mich um seine Frage nicht beantworten zu müssen. »Der ragte aus dem Briefkasten«, antwortet er und zuckt mit den Schultern. Nervös stehe ich auf, wende mich von Jackson ab und öffne den Umschlag mit zittrigen Fingern.

Liebe Marissa, es ist nun schon eine Weile vergangen, seitdem Du mich besucht hast und ich habe Neuigkeiten. Ich werde morgen auf Kaution freigelassen, sollte mich Dir aufgrund der Anschuldigungen, laut meines Anwalts, aber besser nicht nähern. Dabei ist das meine größte Motivation gewesen, hier so schnell wie möglich rauszukommen, um Dich endlich wieder bei mir zu haben. Dennoch muss ich Dich sehen, Dir alles detailliert erklären. Bitte komm zu mir ins Apartment, sobald Du kannst. Ich brauche Dich und ich liebe Dich! Ich habe Dir sicherheitshalber meine Adresse hinter diesem Zettel notiert.

Dein James

Er ist wieder raus aus dem Gefängnis? Natürlich will ich ihn sehen. Ich habe größte Mühe, mir meine Vorfreude nicht anmerken zu lassen, doch als ich mich wieder zu Jackson wende, beäugt er mich misstrauisch. »Von wem ist der Brief?«, fragt er erneut. Besorgt setze ich mich zu ihm und werde plötzlich vollkommen von der Befürchtung übermannt, dass das nicht gut ausgeht, wenn Jackson Brian von dem Brief erzählen sollte. Meine einzige Chance ist es, ehrlich zu sein. Jackson scheint kein boshafter oder aggressiver Mensch zu sein, ich muss versuchen an seine Menschlichkeit zu appellieren. »Wieso hat Brian dich beauftragt, mich zu überwachen?«, frage ich geradeaus. Sichtlich unbehaglich streicht er sich durch das lässig fallende Haar und weicht meinem Blick aus. »Das steht hier nicht zur Debatte Marissa. Von wem ist der Brief?«, fragt er erneut. Resigniert seufze ich auf, stütze meine Ellbogen auf dem Tisch und beuge mich ein wenig zu ihm. Wenn ich ihn nicht davon überzeugen kann, dass Brian eine ernste Gefahr für mich darstellt, dann bin ich... *verloren.* »Weißt du überhaupt, wieso du jeden Tag hierherkommen sollst?«, versuche ich es noch einmal. »Mein Freund, der Mann den ich liebe, sitzt im Gefängnis, weil er angeblich versucht haben soll, mich zu töten.« Ich schiebe ihm James Brief über den Tisch zu und versuche seinen schockierten Blick zu ignorieren. »Ich habe Brian verlassen, anscheinend schon zwei Mal. An das erste Mal erinnere ich mich nicht, da ich durch einen beinahe lebensgefährlichen Sturz den wohl wichtigsten und schönsten Teil meines Lebens einfach vergessen habe. Aber an meinen zweiten Versuch von ihm wegzukommen, erinnere ich mich sehr genau.« Unwillkürlich streiche ich mir über das noch immer leicht verfärbte Augenlid. Hoffnungsvoll sehe ich Jackson in die Augen und bete innerlich, dass er begreift, was ich ihm zu erklären versuche. »Brian hat mir keine Auskünfte gegeben, nur den Auftrag, dich nicht aus dem Apartment zu lassen«, gibt Jackson beschämt zu, doch er versucht angestrengt sein Unbehagen zu verbergen. »Und wieso hast du eingewilligt? Ich meine, hast du dich denn nicht gewundert, was das alles soll?« Schuldbewusst wendet er seinen Blick von mir ab und schleicht mit gesenkten Kopf ins Wohnzimmer. Ohne zu zögern gehe ich ihm hinterher, ich *muss* erfahren, was er mit meinem ihm gezwungenermaßen anvertrauten Wissen nun anstellen wird. Schweigend stehen wir uns gegenüber. Er mit den Händen in den Hosentaschen, ich nervös an einer meiner Haarsträhnen spielend. »Wirst du Brian von dem Brief erzählen?«, frage ich, um die Stille zu durchbrechen. Jackson blickt mich eine kurze Weile nachdenklich an, doch dann schüttelt er zu meiner sichtlichen Erleichterung mit dem Kopf. »Danke«, hauche ich. Als Jackson sich auf die Couch setzt, es ist das erste Mal, dass wir überhaupt die Küche verlassen, seitdem er hier täglich als Wachhund fungiert, beschließe ich, ihm Gesellschaft zu leisten und setze mich zu ihm. Nach einer kurzen Zeit der Stille höre ich mich von den Erlebnissen der letzten Wochen berichten. Ich weiß nicht mal, wieso ich mich ihm so öffne, doch mein Mund redet und redet, während mein Verstand angestrengt versucht, meinen Erzählungen zu folgen. Ohne ihn anzusehen erzähle ich ihm von meinem Unfall, wie Brian sich kurzzeitig aufmerksam um mich kümmerte, doch kurze Zeit später sein wahres Gesicht zeigte und mir jeglichen Kontakt zur Außenwelt schier unmöglich machte. Danach schildere ich den genauen Ablauf des Tages, als ich James im Gefängnis besuchte und wie sehr mich das Wiedersehen durcheinandergebracht hat. Dann erzähle ich ihm von Avas aufwühlenden Besuch und davon, dass ich am selben Tag aus dem Apartment ausgezogen bin. Zum Schluss überwinde ich mich, Jackson von dem Morgen zu erzählen, als Brian mich in Avas Wohnung überraschte und wie er mich erniedrigte und schließlich sogar geschlagen hatte. Die ganze Zeit über bleibt Jackson vollends unbewegt neben mir sitzen und hört einfach nur zu. Unerwartet greift er mit einem mitfühlenden Gesichtsausdruck nach meiner Hand und drückt sie ganz kurz leicht. »Es tut mir wirklich leid, was du durchgemacht hast«, flüstert er und sieht mich mit seinen braunen Augen bedauernd an. Schließlich lässt er meine Hand los und wirft einen gedankenverlorenen Blick auf seine Handyuhr. » Brian wird jeden Augenblick wieder hier sein«, stellt er fest und steht von der Couch auf. »Wieso kommt er heute so früh? Davon hat er mir gar nichts gesagt.« Verdutzt sehe ich

Jackson an, der mit fragenden Gesichtsausdruck nur mit den Schultern zuckt. Eilig gehe ich Richtung Küche, um James' Brief zu verstecken, doch im selben Moment höre ich, wie Brian das Apartment betritt. Panisch sehe ich Jackson an und drücke ihm den Umschlag in die Hand. »Bitte«, flehe ich und fordere ihn mit Blicken auf, den Brief in seiner Tasche zu verstauen. Nach kurzem Zögern tut er mir den Gefallen und steckt den gefalteten Umschlag hastig in die Hintertasche seiner Jeans. Als Brian in die Küche kommt, wirkt Jacksons Gesicht augenblicklich verändert. Seine sonst so weichen und mitfühlenden Gesichtszüge verhärten sich unübersehbar. »So eine Scheiße«, flucht Brian und stößt mich grob zur Seite. Erschrocken setze ich mich an den Küchentisch, um ihm nicht im Weg zu stehen. Gereizt öffnet er eine Schublade nach der anderen und durchwühlt sie gehetzt. »Jackson, geh nach draußen, bis ich dich wieder hereinbitte«, weist Brian ihn an. Wie es ihm aufgetragen wurde, verlässt er folgsam das Apartment, wirft mir aber einen besorgten Blick über seine Schulter zu. »Wo sind die scheiß Dokumente?«, fährt Brian mich an, sobald die Tür ins Schloss gefallen ist. »*Wo* die scheiß Dokumente sind, habe ich gefragt, Marissa!«, brüllt er wutentbrannt. Sofort stehe ich auf und fange an, planlos in einer der gegenüberliegenden Schubladen zu suchen, doch ich weiß nicht mal, was ich mir erhoffe zu finden. »Ich war nicht an deinen Sachen dran. Wo hast du die Papiere denn zuletzt gesehen?«, frage ich und räume die Papiere, im Bestreben zu helfen, ohne System auf die Anrichte. »Wenn ich das wüsste, würde ich mich ja wohl kaum an dich wenden«, fährt er mich eisig an.

»Du räumst hier doch ständig auf, jetzt sieh zu, dass ich an meine beschissenen Dokumente komme«, schreit er mich erneut an. Seine Augen verengen sich und seine Lippen sind zu einer grimmigen, schmalen Linie zusammengepresst. Hektisch durchforste ich weiter die Schublade, während Brian eilig ins Arbeitszimmer stürmt. Die ganze Zeit über flucht er lautstark vor sich hin und kommt wenige Minuten später mit einigen Dokumenten in der Hand wieder zurück in die Küche. »Hast du gefunden, wonach du gesucht hast?«, frage ich in der Hoffnung, dass er gleich wieder verschwindet. »Frag nicht so blöd!«, zischt er gereizt. Unweigerlich rolle ich gefrustet mit den Augen, bereue es im selben Moment aber wieder, als ich bemerke, wie Brian mir einen hasserfüllten Blick zuwirft. Eingeschüchtert blicke ich zu Boden und lehne mich mit der Hüfte gegen die Anrichte. Plötzlich macht er einen Satz nach vorn, legt seine Hand um meinen Hals und drückt seine Stirn mit aufeinander gepressten Lippen gegen meine. »Wagst du es je wieder, dich an meinem Zeug zu vergreifen, mach ich dich fertig«, droht er und schlingt seine Finger mit etwas Nachdruck um meine Kehle. Eine gefühlte Ewigkeit später löst er seine Hand von meinem Hals und macht auf dem Absatz kehrt. Als Jackson einen Augenblick später die Küche betritt, sieht er mich aufgebracht an. Ich stehe noch immer an der Anrichte gelehnt und zittere am ganzen Körper. Erst jetzt bemerke ich, dass ich weine, doch ich gebe keinen Laut von mir, sondern lasse die Tränen einfach ungehindert meine Wange hinunterrinnen. »Ich habe Geschrei gehört. Was war denn los?«, fragt Jackson, hebt vorsichtig mein Kinn etwas an und streicht mir fürsorglich mit seinem Daumen eine Träne von der Wange. Eine ganze Weile bleibe ich wortlos, wie erstarrt stehen und konzentriere mich einzig und allein darauf, tief und gleichmäßig Luft zu holen, um nicht in Panik zu verfallen. Doch als ich meinen Blick hebe und in seine besorgten Augen blicke, überkommt es mich. Laut schluchzend sacke ich in mich zusammen, doch ehe ich mich auf dem Boden niederlassen kann, zieht Jackson mich in seine Arme und streicht mir zärtlich über den Hinterkopf. Ungehemmt lasse ich meine Tränen fließen und kralle mich verzweifelt an seinem Shirt fest. *Ich will hier raus, ich will nicht mehr so leben müssen*. Eine scheinbare Ewigkeit gebe ich mich meinen Emotionen voll und ganz hin, während Jackson mich stillschweigend im Arm hält und versucht, mich zu trösten. Überrascht stelle ich fest, dass mir seine Nähe gerade unendlich gut tut, doch eigentlich sind es nicht *seine* Arme, in denen ich liegen möchte. Als ich allmählich meine Fassung wiedererlange, wische ich mir beschämt mit dem Handrücken über die Nase und sehe Jackson dankbar an. Wie paralysiert beginne ich die Papiere, die Brian während des Suchens unordentlich auf den Boden geworfen hat, wieder einzusammeln und verstaue sie in der Schublade. Auf einmal berührt Jackson von hinten meinen Arm, woraufhin ich erschrocken zusammenzucke. »Hör auf damit Marissa und setze dich erst mal.« Hilfsbereit rückt er mir einen Stuhl zurecht und ich setze mich dankbar hin. Dann geht er langsam in die Hocke, legt seine Hände vorsichtig auf meine Oberschenkel und sieht mich einfühlsam an. »Ich will hier raus Jackson, ich kann so nicht mehr leben. Ich bin nicht mehr bereit, Tag für Tag zu heucheln und für Brian ein Leben zu erschaffen, das es so schon längst nicht mehr gibt. Und ich *will* nicht mehr sein Fußabtreter sein, ich schaffe das nicht mehr!«, flüstere ich und kann meine Verzweiflung in der Stimme nicht länger verbergen. Ich **will** sie auch nicht mehr verbergen. Er sieht mir eindringlich in die Augen und nickt kaum merklich. Angespannt halte ich den Atem an und versuche das Zittern meiner Beine unter Kontrolle zu bekommen. Wieso ist Jackson so nett zu mir? Gehört das alles zu seinem Aufgabenbereich und heute Abend, wenn Brian kommt, liefert er mich ans Messer? Plötzlich spüre ich Panik in mir hochkommen und meine Hände, die ich gefaltet in den Schoß gelegt habe, zittern wie Espenlaub. Augenblicklich legt er seine Hand auf meine Hände und sieht mich eindringlich an. »Dann erkläre mir, wie ich dir helfen kann«, sagt er entschieden. Die Entschlossenheit in seinen Augen lässt mich nicht im geringsten zweifeln, wie ernst er es meint.

Kapitel 7

»Soll es losgehen?« Jackson sieht mich mit einer leichten Skepsis im Blick an und öffnet mir die Tür. Entschieden nicke ich ihm dankbar zu und sauge die frische Brise, die an uns vorbeizieht, begierig in meine Lungen. Mit eiligen Schritten machen wir uns auf den Weg zu James' Apartment. Mein Herz rast wie gewöhnlich und erschwert mir damit jeden weiteren Schritt, doch ich möchte mich von nichts in der Welt abhalten lassen, James endlich wiederzusehen und Antworten zu bekommen. Die ganze Nacht habe ich wachgelegen und den Himmel angefleht, dass Jackson seine Meinung, mir zu helfen, nicht ändert. Während des ganzen Weges sieht Jackson sich aufmerksam um, sein Unbehagen ist unübersehbar. »Ich kann kaum in Worte fassen, wie dankbar ich dir für deine Hilfe bin«, sage ich und blicke mit einem kleinen Lächeln zu ihm auf. Er schenkt mir ein schiefes Grinsen und nickt mir kurz zu, doch auf seiner Stirn bilden sich tiefe Sorgenfalten. Nach wenigen Minuten haben wir unser Ziel erreicht und stehen, einander fragend in die Augen blickend, vor James' Apartment. »Darf ich alleine reingehen?«, frage ich mit angehaltenem Atem. »Kann ich mich darauf verlassen, dass du wiederkommst?«, entgegnet er mit besorgter Miene. »Versprochen«, antworte ich ohne zu zögern. Aufgeregt suche ich an den Klingelschildern nach James' Namen, als ich es entdeckt habe, drücke ich angespannt auf den weißen, rechteckigen Knopf. Wenige Sekunden später surrt es und ich gehe mit zittrigen Beinen die ersten Stufen hoch. »Ich warte hier im Hausflur auf dich«, ruft Jackson mir hinterher, woraufhin ich ihm einverstanden zunicke und lautlos ein „Danke" mit dem Mund forme. Nachdem ich im zweiten Stock angekommen bin, sehe ich James skeptisch dreinblickend im Türrahmen stehen. Sofort als er mich erkennt, erhellen sich seine Gesichtszüge und er kommt freudig auf mich zu. Überschwänglich hebt er mich in seine Arme und drückt mich so fest, dass ich das Gefühl habe, dass sämtliche Luft aus meinen Lungen weicht. Kurze Zeit später stellt er mich wieder auf die Füße, schmiegt seine Hände an meine Wangen und lehnt seine Stirn an meine. »Marissa«, haucht er überwältigt und reibt seine Nase leicht an meiner. Etwas unbehaglich von seiner stürmischen Begrüßung weiche ich mit einem schüchternen Lächeln einen Schritt zurück und sehe ihn aufmerksam an. Augenblicklich verzieht er seinen Mund zu einem sexy Grinsen und streckt mir seine Hand auffordernd entgegen. »Möchtest du reinkommen?«, fragt er hoffnungsvoll. Ohne nachzudenken greife ich nach seiner ausgestreckten Hand und begleite ihn ins Apartment.

James stellt eine Tasse Kräutertee vor mir ab, während ich mich noch immer interessiert im Apartment umsehe. Mir erscheint es schier unglaublich, dass ich hier wochenlang mit ihm gewohnt haben soll, mir aber rein gar nichts an diesen Räumen bekannt vorkommt. Die Möbel sind in schwarz und beige Töne gehalten, im weiß gefliesten Wohnzimmer liegt ein riesiger, karamellfarbiger Teppich. Doch was mir als erstes ins Auge fällt, ist sein vor dem Fenster platziertes Klavier. *Er spielt?* Etwas zurückhaltend setzt er sich neben mir auf die Couch und sieht mich einladend und liebevoll zugleich an. Da er nichts sagt, räuspere ich mich kurz und beschließe, das Gespräch zu beginnen. »Ich habe nicht viel Zeit und wäre dir sehr dankbar, wenn du mir alles erzählst was du weißt.« Angespannt blicke ich ihn an und zwirble, wie immer, wenn ich nervös bin, an einer meiner Haarsträhnen herum. »Was bedeutet, du hast nicht viel Zeit?«, fragt er sichtlich enttäuscht und legt die Stirn in Falten. »Ich muss wieder zurück«, erkläre ich kurz angebunden und knete nervös meine Finger. »Zurück?«, wiederholt er langsam, so als ob er dieses Wort noch nie zuvor gehört hätte. Ich straffe meine spitzen Schultern und blicke mich ruhelos um. Irgendwie habe ich mir das alles ganz anders vorgestellt, ich sitze diesem unübersehbar attraktiven Mann, den ich anscheinend liebe und die letzten Tage so unheimlich vermisst habe, gegenüber und er kommt mir wie ein völlig Fremder vor. »Was ist an dem Tag geschehen, als ich im Krankenhaus landete? Ich kann mich an nichts erinnern, es fühlt sich wie eine Geschichte an, die man erzählt bekommt, so als ob mir das Ganze niemals passiert wäre«, sage ich und senke deprimiert meinen Blick. James erhebt sich von der Couch und geht einige Schritte durch den Raum, bis er mit dem Gesicht zu dem großen Fenster steht. Mit dem Rücken zu mir gewandt bleibt er wie versteinert stehen und atmet einmal hörbar aus. Augenscheinlich verändert sich seine Haltung ein wenig, indem er seine Schultern etwas sinken lässt. »Ich wünschte, es wäre niemals passiert«, flüstert er, ohne sich herumzudrehen. »Du warst bei mir zuhause, nicht hier in diesem Apartment, aber das ist eine andere Geschichte und im Moment nicht relevant«, fährt er fort. »Brian hat dir an diesem Tag eine Falle gestellt und dich zur Firmenbaustelle gelockt. Natürlich wusstest du, dass die SMS nicht von mir stammte, doch das hat dich nicht abgehalten, dich meinetwegen in Gefahr zu bringen« Er fährt sich mit der Hand durch die Haare und schüttelt kaum merklich den Kopf. »Brian hatte mich dort eine ganze Weile mit einigen Schlägertypen festgehalten. Doch gerade, als ich eine Chance hatte zu entkommen, bist *du* plötzlich auf der Baustelle aufgetaucht. Es kam zu einem Kampf und als Brian merkte, dass er nicht gewinnen kann, hat er dich in einem unachtsamen Moment feige geschubst. Du hast den Halt verloren und bist nach hinten taumelnd in den Schacht gestürzt. Und ich... ich konnte es nicht verhindern.« Seine Stimme bricht und er senkt den Kopf. Wie in Zeitlupe stehe ich auf und gehe vorsichtig auf ihn zu. »Du hast es irgendwie geschafft, dich an einer herumliegenden Metallkette festzuhalten. Nachdem ich Brian außer Gefecht gesetzt hatte, habe ich versucht dich hochzuziehen. Doch es war mir trotz aller Anstrengungen nicht möglich. Ich habe dich mit aller Kraft festgehalten Marissa, doch es war glatt und ich war verletzt und als du bemerktest, dass ich immer weiter in den Schacht rutsche, hast du einfach losgelassen.« Mitgenommen von seinen Worten lege ich meine Hand auf seine angespannte Rückenmuskulatur. Zaghaft streiche ich ihm über sein Hemd, woraufhin er sich sofort zu mir herumdreht. Seine Augen sind leicht gerötet von seinen unterdrückten Tränen und sein Gesichtsausdruck ist schmerzerfüllt. »Wieso hast du einfach losgelassen?«, flüstert er mit bebender Stimme und sieht mich verzweifelt an. Instinktiv lege ich ihm meine Arme um den Hals und atme seinen herrlichen Geruch ein. Er schließt seine Arme fest um mich und streicht mir mit seiner Hand einfühlsam durchs Haar. Nach einer scheinbaren Ewigkeit weiche ich, ohne von ihm abzulassen, einen Schritt zurück, um ihn ansehen zu können. »Ich wünschte, ich könnte mich erinnern«, sage ich leise. »Ich wünschte, ich könnte es vergessen«, entgegnet er. »Nachdem du in den Schacht gestürzt bist, bin ich an einer Stahlkette zu dir heruntergeklettert und wollte dich so schnell wie möglich ins Krankenhaus bringen. Doch es war schier unmöglich, dich dort herauszutragen, zumal du auch so schwer verletzt warst. Als ich dich in meinen Armen gehalten habe, hast du kaum noch geatmet. Ich dachte wirklich, ich hätte dich verloren.« Bei dieser Erinnerung rinnt ihm eine Träne die Wange herunter. Bedächtig lehne ich meinen Kopf an seinen Brustkorb und versuche, die ganzen Informationen zu verarbeiten. »*Er* hat dir das angetan, Marissa«, sagt er aufgebracht und spannt seinen Unterkiefer zornig an. »Wenige Minuten später kam ein Rettungswagen und hat dich ins Krankenhaus gebracht und Ich wurde von der Polizei abgeführt. Ich durfte nicht mal zu dir oder erfahren, wie es dir geht. Erst durch meinen Anwalt habe ich erfahren, dass du eine Amnesie hast. Als ich diese Information erhalten habe, ist eine Welt für mich zusammengebrochen. Aber in erster Linie war ich unendlich dankbar, dass du überlebt hast.« Mit gesenkten Blick greife ich nach James' Hand und ziehe ihn langsam wieder zurück auf die Couch. Da ich heute noch nichts gegessen habe, fühle ich mich wackeliger auf den Beinen als ohnehin schon und mein Kreislauf macht unsanft auf sich aufmerksam. Unbehaglich schließe ich kurz die Augen und streiche mir mit meiner kühlen Hand, in der Hoffnung dass es hilft, über den Nacken. Mir ist ganz schön übel, nur ob es an dem leeren Magen oder den ganzen Informationen liegt, kann ich nicht mit Gewissheit feststellen. Argwöhnisch blickend rückt James näher an mich heran und hebt mein Kinn etwas an. »Du bist irgendwie noch blasser als sonst«, stellt er besorgt fest. »Hast du heute schon etwas gegessen?«, fragt er mit ernster Miene. Überrascht ziehe ich eine Augenbraue hoch und grinse ihn anerkennend an. »*Das* weißt du also auch von mir?« Peinlich berührt schüttle ich den Kopf. Sanft legt er seine Hände um mein Gesicht und sieht mir eindringlich in die Augen. Ich schlinge meine Hände um seine Handgelenke und erwidere seinen Blick aufmerksam. Seine blauen Augen scheinen mich regelrecht zu durchbohren, so als ob er fähig wäre, mir direkt in die Seele zu blicken. Der herrliche Duft seiner Haut wirkt wie ein Beruhigungsmittel auf mein Gemüt und es fühlt sich einfach nur traumhaft an, hier so nah bei ihm zu sein. Es wundert mich nicht, dass ich mich bedingungslos in ihn verliebt habe. Als er mit seiner Nase zärtlich über meine streicht, beginnt mein Herzschlag sich augenblicklich zu beschleunigen, auf eine angenehme Art und Weise. »Ich weiß so vieles über dich Marissa. Du hast mir von deiner Angststörung und deinen Problemen mit dem Essen erzählt. Du hast mir anvertraut, wie es um deine Ehe stand und wolltest mir immer wieder glaubhaft machen, dass du nicht gut für mich wärst. Wir haben in den letzten Monaten so vieles durchgemacht, das alles kann ich dir kaum in vier oder fünf Sätzen erläutern. Aber das Wichtigste das ich weiß ist, dass du mich geliebt hast, mehr als ich es je verdient hätte. Und ich liebe dich. Du bist der Grund, weshalb ich meine Sicht über die Liebe gänzlich geändert habe, wieso ich an so etwas wie Liebe überhaupt glaube.« Nach wie vor sieht er mich inbrünstig an und streicht mit seinem Daumen behutsam über meine Wange. Obwohl ich mich an unsere gemeinsame Zeit nicht im Geringsten erinnern kann, habe ich keinerlei Zweifel, dass jedes Wort von ihm wahr ist. Liebevoll reibt er seine Nase erneut an meiner und blickt mich fragend an. Aus einem spontanen Gefühl heraus lege ich behutsam meine Lippen auf seine und schließe die Augen. Sofort erwidert James zärtlich meinen Kuss. Ich lasse meine Hände langsam an seinen muskulösen Armen herabwandern, woraufhin er mich unvermittelt auf seinen Schoß zieht. Er streicht mir mit der einen Hand durchs Haar und schlingt seine andere um meine Taille. Eine gefühlte Ewigkeit gebe ich mich diesem Mann voll und ganz hin und genieße seine Berührungen mit jedem Atemzug. Nach einer Weile lasse ich widerwillig von ihm ab und schnappe, überwältigt von meinen Gefühlen, nach Luft. James blickt mich liebevoll an und schenkt mir ein arrogantes Grinsen. »Wow. Geht es dir jetzt besser?«, fragt er und zieht eine Augenbraue hoch. Unfähig irgendetwas zu sagen, grinse ich ihn wie eine Idiotin an. Als es plötzlich klingelt, zucke ich vor Schreck zusammen. Skeptisch schiebt James mich von seinem Schoß und verlässt die Couch, um die Tür zu öffnen. »Warte«, rufe ich ihm mit angehaltenen Atem hinterher. Hektisch werfe ich einen Blick auf James' Radiowecker, der mitten auf dem Couchtisch platziert ist. So ein Mist, ich habe gar nicht bemerkt, wie schnell die Zeit vergangen ist. »Das ist für mich, ich muss gehen«, erkläre ich und ziehe mir hastig meinen Strickmantel über. »Gehen? Wohin denn?«, fragt James verwirrt. Gehetzt rausche ich an ihm vorbei, öffne die Apartmenttür und lehne mich über das Treppengeländer. »Jackson?«, rufe ich und blicke nach unten. »Es wird Zeit Marissa«, ruft er zu mir hoch. »Ich bin in fünf Minuten da«, versichere ich ihm. Eilig gehe ich ins Apartment zurück und drängle mich an James vorbei, der mit einem riesigen Fragezeichen im Gesicht im Türrahmen steht. »Wo willst du hin und wer ist Jackson?«, fragt er aufgebracht. Unbehaglich sehe ich ihn an und überlege krampfhaft, wie ich James in wenigen Minuten erklären soll, dass ich eine Aufsichtsperson habe und praktisch Brians Gefangene bin. »Unterbrich mich bitte nicht, dann erkläre ich es dir«, sage ich und laufe zerstreut im Apartment auf und ab. James folgt mir sichtlich angespannt und packt mich schließlich am Arm, um mich zu zwingen, stehen zu bleiben und ihn anzusehen. »Erkläre es mir bitte, *jetzt*«, fordert er mich auf. Ich seufze kurz auf und versuche, meine sich überschlagenden Gedanken zu ordnen. »Ich bin vor einigen Tagen bei Brian ausgezogen, nachdem Ava mich über die vergangenen Monate aufgeklärt hat. Doch Brian hat mich dazu ...« Ich suche nach dem richtigen Wort, ohne zu viel zu verraten. »Er hat mich dazu gebracht, wieder bei ihm einzuziehen und jetzt lässt er mich nicht mehr aus den Augen. Jackson ist ein Mitarbeiter seiner Firma und er soll mich beaufsichtigen«, sprudelt es aus mir heraus. Empört schnaubt James auf und stürzt Richtung Apartmenttür. »James, nicht«, keuche ich und haste an ihm vorbei, um ihm den Weg zu versperren. »Marissa, du wiegst vielleicht 45 Kilogramm. Willst du mich tatsächlich aufhalten?« Unwillkürlich entfleucht ihm ein Grinsen, doch in der selben Sekunde wird sein Gesichtsausdruck wieder ernst. Dann hebt er mich ohne den geringsten Kraftaufwand in seine Arme und stellt mich im Wohnzimmer wieder auf die Füße. Abwehrend hebe ich die Hände und sehe ihn bittend an. »Warte! Jackson hat nach einigen Tagen erkannt, wozu Brian in der Lage ist und war bereit, mir zu helfen. Nur durch ihn bin ich heute überhaupt hier«, verteidige ich ihn. James blickt mich mit skeptischer Miene an. »Wenn ich nicht wieder zurückgehe, fliegt Jackson auf und ich will nicht wissen, was Brian dir antut, wenn er erfährt, dass ich hier war.« Ich sehe James bittend an. »Mir ist dieser Jackson doch vollkommen egal und ich kann selbst auf mich aufpassen. Aber du kannst es anscheinend nicht«, fährt er mich an und rauft sich aufgebracht durchs Haar. Als sich meine angestaute Verzweiflung einen Weg an die Oberfläche gräbt, kann ich meine Tränen nicht mehr zurückhalten. Augenblicklich fängt mein ganzer Körper unkontrolliert an zu zittern und mir entfährt ein lautes

Schluchzen. Erschöpft setze ich mich auf den Fußboden und halte mir die Hände vors Gesicht. *Was ist nur aus mir geworden? Ich habe das Gefühl, ich bin ein ausgelaugtes Wrack, das nicht mehr zu retten ist.* Auf der Stelle ist James' Wut wie verraucht und er kommt unvermittelt auf mich zu, um mich in seine Arme zu schließen. »Ich *kann* dich kein weiteres Mal verlieren Marissa«, haucht er und presst mir einen Kuss aufs Haar. »Das stehe ich kein zweites Mal durch.« Niedergeschlagen kralle ich mich an James' Arm fest und drücke ihm einen Kuss aufs Handgelenk. Dann hebe ich meinen Blick, um ihn anzusehen, doch ich habe Mühe, ihn durch meine Tränen deutlich zu erkennen. Als sich unsere Blicke treffen, erkenne ich nichts weiter als Liebe und Verzweiflung in dem Gesicht des Mannes, den ich liebe. »Ich erinnere mich nicht an dich, James«, flüstere ich und lege ihm meine Hand an die stoppelige Wange. »Egal, wie sehr ich es versuche, du bist wie ausgelöscht.« Ich mache eine kurze Pause und hole tief Luft. »Aber wenn ich die Augen schließe, kann ich es spüren, ich kann *dich* fühlen. Nachdem ich dich im Gefängnis besucht hatte, konnte ich nicht mehr aufhören, an dich zu denken. Und als wir uns geküsst haben, war es, als würde mir dein Kuss Leben einhauchen. Ich weiß, es klingt kitschig, aber nur wenn ich bei dir bin, fühle ich mich lebendig. Mein Wille zu kämpfen, von Brian loszukommen und meine Hoffnung im Inneren, das bist alles du. Ich brauche keine Erinnerungen, um zu erkennen, was mein Herz schon längst weiß. Ich liebe dich James und das wird sich niemals ändern«, sage ich aufrichtig. James stöhnt resigniert auf und wischt mir behutsam eine Träne von der Wange. Als es erneut klingelt, stehe ich widerwillig auf und wische mir mit dem Handrücken über die Nase. Auch James erhebt sich und steht betrübt dreinblickend vor mir. »Ich werde, sobald es geht, wieder zu dir kommen. Ich verspreche es«, sage ich wahrheitsgemäß und gehe widerstrebend zur Tür. Noch ehe ich sie öffnen kann, packt James mich am Arm und dreht mich unvermittelt zu sich. Mit einer Mischung aus Leidenschaft und Verzweiflung küsst er mich inbrünstig und presst mich mit seinem gesamten Körpergewicht gegen die Tür. Voller Hingabe erwidere ich seinen Kuss und vergrabe meine Hände in seinen widerspenstigen Haaren. Nach einer halben Unendlichkeit lösen wir uns unfreiwillig voneinander und ich verlasse beinahe fluchtartig das Apartment, damit ich meinem Versprechen Jackson gegenüber nicht wortbrüchig werde.

Als ich unten ankomme, hält Jackson mir höflich die Tür auf. Überwältigt von den Eindrücken und meinen Gefühlen, haste ich an ihm vorbei, um nach frischer Luft zu schnappen. Ergriffen, dass ich es bis hierher geschafft und tatsächlich Antworten bekommen habe, streiche ich mir durchs Haar und muss einmal laut kichern. »Alles okay?«, fragt Jackson und sieht mich belustigt an. Zufrieden nicke ich heftig und grinse ihn an. »Dann los, wir müssen zurück«, sagt er mit bedauernder Miene. Plötzlich öffnet sich die Tür hinter uns und James steht, mit nackten Füßen, mitten in der Auffahrt. Er beäugt Jackson misstrauisch und kommt schleppend auf uns zu. »James, was machst du denn hier unten?«, frage ich verwundert, doch er schenkt mir keinerlei Beachtung. Sein Blick ist starr auf Jackson gerichtet und ich meine so etwas wie Wut in seinen Augen zu erkennen. »Jackson, das ist James. James, das ist Jackson«, stelle ich die Männer etwas unbeholfen einander vor. Zuvorkommend streckt Jackson ihm seine Hand entgegen, die James nur widerwillig ergreift. Jacksons Lächeln sieht so herzlich und beinahe erleichtert aus, dass man den Eindruck bekommen könnte, als würden sich die beiden kennen. »Ich weiß, dass dir die ganze Situation sicher sehr sonderbar vorkommt, aber ich werde gut auf deine Freundin achtgeben«, beteuert Jackson mit höflicher Miene. »Ich werde sie dort rausholen, sobald sich eine Gelegenheit ergibt«, verspricht James. Verständnisvoll nickt Jackson ihm zu und wirft mir einen drängenden Blick zu. »Es wird leider Zeit Marissa.« Sehnsüchtig suche ich James' Blick und lächle ihm wehmütig zu. Augenblicklich zieht er mich in seine Arme und drückt mir einen ungezügelten Kuss direkt auf den Mund. Als er von mir ablässt, hebe ich überrascht die Augenbrauen, woraufhin er mir ein überhebliches Grinsen schenkt. Dann sieht er zu Jackson herüber und legt lässig seinen Arm um meine Taille. *Was soll das denn werden?* Markiert er etwa gerade sein Revier?, denke ich amüsiert. Ich küsse ihn noch einmal flüchtig auf den Mund und sehe ihn mit vollster Aufmerksamkeit an, um sein makelloses Gesicht nicht noch einmal zu vergessen. »Wir sehen uns so schnell es geht wieder«, verspreche ich und mache mich widerwillig mit Jackson auf den Rückweg.

Im Apartment angekommen herrscht ein unangenehmes Schweigen. Den ganzen Weg über hat Jackson schon kein einziges Wort verloren und ich frage mich allmählich, ob er seine Entscheidung, mir zu helfen, in irgendeiner Art und Weise bereut. Mechanisch stelle ich den Wasserkocher an und hole zwei Tassen aus dem Hängeschrank. Danach nehme ich zwei Teebeutel aus der Teebox und lege sie gedankenverloren in die Tassen. Jackson hängt seine Jacke über den Küchenstuhl und setzt sich wie gewohnt auf seinen inzwischen selbsternannten Stammplatz. Nachdenklich reibt er sich mit dem Zeigefinger über das Kinn und lässt seinen Blick ins Nirgendwo schweifen. In dem Moment, als der Wasserkocher einmal kurz aufpiept, ein unmissverständliches Geräusch dafür, dass das Wasser die gewünschte Temperatur erreicht hat, befülle ich unsere grün gestreiften Tassen mit heißem Wasser und stelle sie vor uns auf dem Küchentisch ab. »Habe ich irgendetwas falsch gemacht?«, frage ich zögernd und rücke mir einen Stuhl zurecht. Sofort blickt Jackson mich fragend an und schüttelt den Kopf. »Wie kommst du darauf?«, fragt er sichtlich überrascht. »Du warst den ganzen Weg so schweigsam und irgendwie hatte ich den Eindruck, dass du James heute nicht zum ersten Mal begegnet bist«, antworte ich argwöhnisch. Für den Bruchteil einer Sekunde weiten sich seine Augen kaum merklich, doch dann setzt er wieder einen betont lässigen Gesichtsausdruck auf. Noch ehe er etwas sagen kann, vibriert plötzlich sein Handy, das er vor sich auf die Tischplatte abgelegt hat. Nach einem kurzen, zögerlichen Blick auf das Display, nimmt er kur zerhand ab. »Amara, alles in Ordnung?«, fragt er besorgt und schlendert ins Wohnzimmer. Einige Minuten höre ich ihn beruhigend ins Handy murmeln, dann erscheint er mit einem sorgenvollen Blick wieder in der Küche. Stirnrunzelnd erwidere ich seinen Blick und sehe ihn fragend an. »Das war meine Freundin«, erklärt er in meinen erwartungsvollen Gesichtsausdruck hinein. Erstaunt ziehe ich eine Augenbraue hoch. »Brian soll von diesem Telefonat nichts erfahren. Versprichst du mir das?«, fragt er im nachdrücklichen Tonfall, doch in seinem Unterton schwingt auch noch etwas anderes mit, es ist unverhohlene Besorgnis. Perplex verspreche ich ihm, dass alles Gesprochene unter uns bleibt. Wie sollte ich ihm diese Bitte auch absprechen, wo er Kopf und Kragen für mich riskiert? »Jackson, wieso ist es dir so wichtig, dass Brian nicht weiß, dass du mit deiner Freundin telefoniert hast? Hat er dir verboten, private Gespräche zu führen oder was steckt dahinter?«, frage ich interessiert. Unbehaglich streicht er sich seine Haare aus dem Gesicht und beginnt erneut, nervös auf und ab zu gehen. Ich bemerke den innerlichen Kampf, den er mit sich führt. Ich vermute, dass er schon gerne reden möchte, sich aber nicht so ganz sicher ist, ob er es auch wirklich tun soll. Wie kann ich ihm begreiflich machen, dass er mir vertrauen kann? Obwohl ich ihn erst kurze Zeit kenne, würde ich behaupten, dass er so etwas wie ein Freund geworden ist. Die Umstände unseres Kennenlernens waren alles andere als normal oder vielversprechend, aber mit der Zeit hat er mir unverkennbar bewiesen, dass er ein gutes Herz hat und das ist alles, was für mich zählt. »Jackson«, sage ich und halte ihn am Arm fest, damit er stehen bleibt. »Was du für mich getan hast, vergesse ich dir nie. Dank dir hatte ich die Chance, James wiederzusehen und das bedeutet mir alles. Ich verspreche dir, du kannst mir vertrauen, so wie ich dir vertraue. Aber die Umstände, weshalb du überhaupt hier bist, sind nicht gerade... gewöhnlich.« Bei dem Gedanken, dass er mich hier praktisch als Geisel festhalten soll, rümpfe ich unwillkürlich die Nase. »Wieso hast du diesen sonderbaren Auftrag von Brian angenommen um eine dir völlig Fremde in ihrem eigenen Apartment festzuhalten? Du scheinst meines Erachtens nach einer von den Guten zu sein. Also, wieso hast du zugestimmt?«, frage ich, ohne ihn auch nur eine Sekunde aus den Augen zu lassen. Mit hängenden Schultern schlendert er wieder zurück in die Küche und setzt sich schwer ausatmend an den Küchentisch. Dann nickt er kurz zu dem Stuhl gegenüber von ihm, um mir zu signalisieren, dass ich mich ebenfalls setzen soll. Ohne zu zögern nehme ich Platz und sehe weiterhin erwartungsvoll in Jacksons angespanntes Gesicht. Er lehnt sich mit abgestützten Ellenbogen ein wenig nach vorne und sofort erscheinen erneut tiefe Sorgenfalten auf seiner Stirn. »Wenn ich dir *das* erzähle und du mit diesem Wissen zu Brian gehst...« »Jackson«, unterbreche ich ihn aufgebracht. »Dieser Mann sperrt mich hier ein, er benutzt mich, erniedrigt und quält mich. Er schottet mich von der gesamten Außenwelt ab und er hat mich geschlagen. Und da ziehst du ernsthaft in Erwägung, dass ich mich diesem Psychopathen anvertrauen würde?«, platzt es beleidigt aus mir heraus. Augenblicklich tritt ein schiefes Grinsen auf seinem Gesicht hervor und er greift über den Tisch, um mir mit seinem Daumen die tiefe Zornesfalte zwischen meinen Augenbrauen glatt zu streichen. »Du hast so ein mitfühlendes Gesicht, das steht dir nicht«, erklärt er in meinen irritierten Gesichtsausdruck hinein und zwinkert mir zu. »Baggern Sie mich an, Mr. Pierce?«, blödle ich herum, um die Stimmung etwas aufzulockern. Er schüttelt mit einem breiten Grinsen entschieden den Kopf. »Gut, dann haben wir ja jetzt die wichtigsten Punkte geklärt«, sage ich scherzhaft. »Bitte erzähl mir alles. Wenn ich dir irgendwie helfen kann, dann werde ich es tun«, füge ich mit ernster Stimmlage hinzu. Jackson stöhnt einmal auf und fährt sich angespannt durch sein lässig fallendes Haar. »Wie lange seid ihr verheiratet?« Überrascht ziehe ich meine Augenbrauen hoch. Wieso stellt er mir so eine Frage? Ist das wieder ein Ablenkungsmanöver? »Neun Jahre«, antworte ich mit gerunzelter Stirn. Mit einem angewiderten Blick schüttelt er schleppend den Kopf. »Wieso fragst du? Warum ist das wichtig Jackson?«, frage ich drängend. Nervös tippt er mit dem Zeigefinger auf der Tischplatte und vermeidet es meinen fordernden Blick zu begegnet. »Jackson?«, frage ich eine Tonspur lauter. Er sieht mich mit bedauernder Miene kurz an, dann senkt er seinen Blick wieder. »Ich will dir nicht weh tun. Das weißt du doch, oder?«, fragt er aufrichtig. Ungeduldig stöhne ich auf. »Lass mich nicht so zappeln, sag es einfach«, fordere ich ihn auf und versuche, die Aufgebrachtheit in meiner Stimme zu verschleiern. »Vor fünf Jahren hatte dein Mann eine kurze Affäre mit meiner Freundin. Allerdings waren wir zu diesem Zeitpunkt noch kein Paar«, erklärt er zögerlich und sieht mich bedauernd an. Ungläubig starre ich in sein entschuldigendes Gesicht. Brian hat mich betrogen? Das kann unmöglich wahr sein. All die Jahre hat er sich als heroischer, aufopfernder Ehemann aufgespielt und ist mit diesem Geheimnis herumgelaufen? Unwillkürlich kommt mir in Erinnerung, dass wir vor ungefähr drei Jahren versucht haben, ein Baby zu bekommen, um unsere Ehe zu stabilisieren. Doch ein Glück hat dieser idiotische Versuch nicht funktioniert. Er hat also mit mir geschlafen, Jahr für Jahr, obwohl er zeitgleich eine Affäre hatte? Augenblicklich spüre ich, wie mir Galle hochkommt und stürze hektisch ins Badezimmer, wo ich mich geräuschvoll übergebe. Wenige Sekunden später betritt Jackson das Bad, greift nach meinem mit Wolken verzierten Waschhandschuh, der über dem Waschbeckenrand liegt, hält ihn unter kaltes Wasser und legt ihn mir vorsichtig in den Nacken. Dankbar presse ich meine Hand auf den kühlen Waschhandschuh und schließe für einen kurzen Augenblick die Augen. Als die Übelkeit allmählich versiegt, betätige ich die Spülung und stehe auf, um mir den Mund auszuspülen. »Tut mir leid, dass du das mit ansehen musstest«, sage ich und blicke ihn beschämt an. Jackson legt seinen Kopf ein wenig schief und sieht mich mitfühlend an. »Ich mache dir jetzt erst mal einen Kamillentee, damit sich dein Magen beruhigt«, sagt er und streicht mir einfühlsam über den Rücken. Während ich Jackson langsam bis in die Küche hinterher trotte, wird mir kurzzeitig immer wieder schwarz vor Augen, so dass ich mich ausschließlich auf mein Gehör verlassen muss, indem ich einfach seinen Schritten folge. Mit wackligen Knien setze ich mich an den Küchentisch und stütze meinen Kopf resigniert mit den Händen. Einen kurzen Augenblick später stellt Jackson mir eine Tasse herrlich duftenden Kamillentee vor die Nase und setzt sich mir gegenüber. Ich greife nach dem Band des Teebeutels und wickle ihn mir gedankenverloren um den Zeigefinger. Allmählich scheint mein Verstand den ersten Schock überwunden zu haben, denn schlagartig hören meine Beine auf zu zittern und die Übelkeit, die bis gerade noch in meinem Magen wütete, wird nur durch etwas anderes ersetzt: Zorn! »Danke für den Tee«, flüstere ich und puste vorsichtig in die dampfende Tasse. Nachdem ich einmal vorsichtig an dem heißen Tee genippt habe, stelle ich meine Tasse wieder zurück auf die Tischplatte und sehe Jackson erwartungsvoll an. »Bitte erzähle mir, worauf du hinauswolltest und was das alles mit dir zu tun hat.« Meine Kopfhaut beginnt vor Anspannung zu prickeln. Eigentlich habe ich gar keine Lust auf weitere Überraschungen, aber ich habe schon einen wichtigen Teil meiner Erinnerungen einfach verloren, ich kann nicht weiter im Dunkeln tappen. »Amara war damals heftig in Brian verliebt, für sie war es mehr als eine bedeutungslose Affäre«, fährt er fort und lässt dabei seinen Blick gedankenversunken durch den Raum schweifen. »Sie wollte ihn sogar heiraten, für sie war es ein sehr... *passender* Zeitpunkt.« Jackson sieht mit gerunzelter Stirn in mein überfragtes Gesicht. »Amara kommt ursprünglich aus Kanada, Saskatoon, und sie hat bis heute kein gültiges Visum.« Schwermütig senkt er seinen Blick und knibbelt hektisch mit dem Daumennagel an seinem Ärmel herum. »Jedenfalls hat Brian ihr dann gestanden, dass er bereits verheiratet ist. Amara hat sich noch am selben Tag von ihm getrennt und wollte ihn nie wiedersehen. Kurz darauf habe ich sie kennengelernt und es war Liebe auf den ersten Blick.« Er grinst mich schief an und in seinen Augen bildet sich ein warmer Ausdruck. »Nach einigen Wochen hat sie sich mir anvertraut und befürchtete, dass ich denken könnte, dass sie mir nur etwas vorspielt, um an ein Visum zu kommen.« Bei dieser Erinnerung schüttelt er belustigt den Kopf. Jackson blickt mir eindringlich in die Augen. »Ich liebe sie, Marissa. Sie bedeutet mir alles. Und natürlich will ich sie heiraten, doch diese Termine nehmen einiges an Zeit in Anspruch und das ist unser Aufhänger.« Er spannt seinen Unterkiefer an und ballt die Hände zu Fäusten. Irritiert erwidere ich seinen Blick und fühle mich unfähig, irgendetwas zu erwidern. »Vor ein paar Monaten hat Amara mich aus dem Büro abgeholt. Während sie in der kleinen Cafeteria auf mich wartete, traf sie auf Brian. Natürlich war er genauso überrascht, sie wiederzusehen, wie sie und er nahm an, Amara wäre seinetwegen gekommen. Er wollte die Affäre fortsetzen und beteuerte, dass er sie lieben würde. Doch als ich dann dazu kam und er realisierte, dass wir ein Paar sind, wurde er...« Es scheint als würde Jackson nach dem passenden Wort suchen. »Er wurde missgünstig und regelrecht bösartig ... anders kann ich sein Verhalten nicht beschreiben. Zuvor war Brian für mich nichts weiter als mein Vorgesetzter. Wir haben uns nach Feierabend ab und an mal auf ein Bier getroffen oder ein, zwei private Sätze gewechselt, aber wir hatten nie ein freundschaftliches Verhältnis. Aber bis zu diesem Zeitpunkt kam er mir sehr nett vor.

Amara erzählte mir auf dem Rückweg von ihrer Vergangenheit mit Brian und was er ihr vorgeschlagen hatte.« Ihm entfährt ein abfälliges Schnauben. »Ich bin deinem Mann seither so gut es geht aus dem Weg gegangen. Doch dann kam er vor einigen Wochen mit der Forderung auf mich zu, dass ich dich beaufsichtigen solle. Du kannst mir glauben, dass ich aus allen Wolken gefallen bin und dies sofort verneint habe.« Jackson sieht mich aufrichtig an. »Und wieso hast du deine Meinung geändert?«, frage ich mit angehaltenem Atem. »In fünf Wochen haben wir einen Hochzeitstermin. Doch Brian drohte mir, Amara bei der Ausländerbehörde zu melden, wenn ich mich seinem Auftrag widersetze oder je mit jemanden darüber sprechen würde.« Ungläubig hebe ich die Augenbrauen und habe das Gefühl, dass mir jeden Moment die Kinnlade auf den Schoß fällt. »Sie ist schwanger, ungefähr in der elften Woche«, sagt er und sein Blick wird weich. »Ich kann sie dem ganzen Stress nicht aussetzen. Darum habe ich eingewilligt. Verstehst du das?«, fragt er und sieht mich unendlich traurig an. Zögernd nicke ich und greife über den Tisch nach seiner Hand. »Es tut mir so leid«, flüstere ich aufrichtig. Überrascht weiten sich seine Augen ein wenig, während er erstaunt einmal hörbar durch die Nase ausatmet. »Ich weiß dein Mitgefühl sehr zu schätzen Marissa, das tue ich wirklich. Aber nach alldem, was du über Brian erfahren hast, wundert es mich, dass du für mein Schicksal noch Anteilnahme erübrigen kannst.« Resigniert stehe ich auf und lehne mich mit dem Rücken gegen die kühle Kühlschranktür. »Es ist Brian, von dem wir hier reden. Natürlich hat es mich im ersten

Moment entsetzt, was ich heute zu hören bekomme habe, aber vielmehr hat es mich nur in meiner Entscheidung bestärkt, dass ich um jeden Preis von ihm wegkommen muss. Ich *verstehe* nur nicht, wieso er mich nicht einfach gehen lässt«, sage ich verzweifelt und reibe mir angespannt mit den Händen durchs Gesicht. Plötzlich kommt mir ein Geistesblitz und ich sehe Jackson argwöhnisch an. »Wenn ich dir helfe, Brian aus dem Verkehr zu ziehen, hilfst du mir dann, James' Unschuld zu beweisen?«, frage ich hoffnungsvoll. Interessiert neigt er seinen Oberkörper ein wenig nach vorne und zieht eine Augenbraue hoch. »Und wie sieht dein Plan aus?«, fragt er neugierig. Ich verziehe meinen Mund zu einem vielversprechenden Grinsen. »Ich weiß, dass Brian überall auf dem Gelände Überwachungskameras installiert hat. Ich habe kurz nach meinem Krankenhausaufenthalt seinen Computer durchsucht, doch ich konnte nichts finden. Ich wette, in seinem Büro gäbe es mehr Aussicht auf Erfolg.« Jackson sieht mich skeptisch an, doch zu meiner Erleichterung erhebt er bis jetzt noch keine Einwände. »Wenn du an dieses Video herankommen könntest, hätten wir eine Chance, seine Machenschaften ein für alle Mal zu beenden.« Innerlich bete ich, dass er meinen Vorschlag annimmt und mir hilft. Wenn er nicht gänzlich auf dem Kopf gefallen ist, woran ich keinen Zweifel habe, wird er insgeheim wissen, dass Brian immer etwas finden wird, um ihm sein Leben zu erschweren. Leute wie Brian werden ihr Machtgetue niemals einfach niederlegen. In Jacksons Augen erscheint ein seltsames Glitzern. Nach kurzem Zögern steht er auf, streckt mir seine Hand entgegen und setzt einen entschiedenen Gesichtsausdruck auf. »Ich bin dabei, Mrs. Harper«, sagt er und schenkt mir ein schiefes Grinsen. Dankbar ergreife ich seine Hand und schüttle sie einmal kurz. Wir haben also eine Vereinbarung.

Kapitel 8

Gefrustet stelle ich fest, dass es schon Freitag ist, der letzte Tag vor dem gefürchteten Wochenende, an dem ich auf mich alleine gestellt bin. Jackson hat mir versichert, dass er mir heute noch einmal die Möglichkeit einräumt, James zu besuchen. Nachdem ich die Vorbereitungen für Brians Abendessen schon mal erledigt habe, um kein Misstrauen bei ihm zu wecken und zu gewährleisten, dass sein Essen pünktlich fertig ist, machen wir uns auf den Weg zu James' Apartment. »Ich bin wirklich froh, dich um mich zu haben«, gebe ich zu und sehe Jackson ein wenig belustigt an. Wenn man die Umstände unserer Gesellschaft bedenkt, wirkt dieser Satz schon leicht ironisch. »Und ich bin froh, dass du nicht annähernd so bist, wie Brian es mir beschrieben hat«, entgegnet er mit leichtem Unbehagen in der Stimme. Verwundert bleibe ich mitten auf dem vermoosten Gehweg stehen und ziehe irritiert meine Augenbrauen hoch. »Was meinst du denn damit?«, frage ich skeptisch. Geblendet von der Sonne kneift er ein wenig die Augen zusammen und hält sich die Hand als Schattenspender gegen die Stirn. »Er machte mir unmissverständlich klar, dass du eine Art Geisteskrankheit hast und nicht annähernd weißt, was du tust«, erklärt er voller Verachtung. »Schon bei dieser Beschreibung über seine eigene Frau wusste ich, dass er kein anständiger Mensch sein kann«, fügt er hinzu. Obwohl es mich schmerzt, dass er so abfällig mit anderen über mich spricht, versuche ich, mich davon nicht runter ziehen zu lassen. Schließlich sehe ich James gleich wieder und das ist alles, was für mich eine Bedeutung hat. »Erst bei dieser Beschreibung fiel dir das auf? Ich hätte eher darauf getippt, dass du das erkannt hast, als er dich erpresst hat«, sage ich sarkastisch. Amüsiert über meinen Tonfall lacht er einmal kurz auf. »Ja, da hatte ich schon eine leise Ahnung«, entgegnet er mit ironischer Stimmlage. Um keine weitere Zeit zu verschwenden, gehen wir zügig weiter. Nach einer Weile der Stille schwirrt mir erneut ein Gedanke im Kopf herum, der mir gestern Abend, als ich den Tag nochmal revue geschehen lassen habe, schon nicht aus dem Gedächtnis gehen wollte. »Darf ich dich mal etwas fragen Jackson?« Sofort blickt er interessiert zu mir herüber. » Klar«, sagt er und zuckt lässig mit den Schultern. Grüblerisch suche ich nach den richtigen Worten und laufe eine Weile schweigsam neben ihm her. Keinesfalls möchte ich riskieren, dass er mich missversteht. »Du sagtest, dass Amara aus Kanada kommt«, beginne ich und mache eine kurze Pause, während er mich fragend ansieht. »Was spricht dagegen, dass du dich mit ihr aus dem Staub machst? Kanada ist doch ein friedliches und meiner Meinung nach sehr schönes Land. Wieso geht ihr nicht gemeinsam dorthin? So wärt ihr diesem Wahnsinn doch gar nicht ausgesetzt.« Nachdenklich hebe ich meinen Blick und betrachte sein Mienenspiel. Seine Gesichtszüge sind verhärtet, doch in seinen Augen liegt ein regelrecht verzweifelter Ausdruck. Im Sekundenbruchteil huscht ein ängstlicher Schatten über sein Gesicht. Als er meine Blicke auf sich bemerkt, schüttelt er energisch mit dem Kopf. »Jetzt ist nicht der richtige Zeitpunkt, um darüber zu reden, Marissa«, wiegelt er ab. Verdutzt senke ich meinen Blick und zermartere mir den Kopf darüber, was er vor mir verbirgt. Da er mich trotz der Umstände so fair und respektvoll behandelt und sogar eingewilligt hat, mir zu helfen, respektiere ich seinen Wunsch und hake nicht weiter nach – zumindest vorerst.

Da die Haustür wegen ein paar Möbelpackern sperrangelweit aufsteht, beschließe ich ohne Anzuklingeln nach oben in James' Apartment zu gehen. Anscheinend zieht gerade jemand aus, denn der gesamte Hausflur im Erdgeschoss steht voller Möbel und Kartons, die eilig von einigen Männern in den großen, blauen Transporter vor dem Haus getragen werden. Als ich im zweiten Stockwerk ankomme, stehe ich einen kurzen Augenblick mit angehaltenen Atem vor James' Apartmenttür. Aufgeregt klopfe ich mit raschem Herzschlag an. Wenige Sekunden später öffnet James und sieht mich erleichtert an. Er trägt eine dunkelblaue Jeans, die wie maßgeschneidert auf seiner Hüfte sitzt, sein Haar ist nass und hängt ihm wirr im Gesicht, sein Oberkörper und seine Füße sind nackt. Einen kurzen Augenblick stockt mir bei seinem Anblick der Atem. *War er das letzte Mal, als wir uns gesehen haben, auch schon so unverschämt sexy?* »Komm doch herein, ich war gerade duschen und muss mir nur schnell etwas überziehen«, sagt er entschuldigend und grinst mich verstohlen an. Hektisch

blinzelnd stehe ich vor ihm und schnappe unwillkürlich nach Luft. Ohne es zu bemerken habe ich den
Atem angehalten, während ich ungeniert seinen perfekt trainierten Oberkörper bestaunt habe. Langsam
betrete ich das Apartment und schließe die Tür. Als
ich mich herumdrehe, steht James wie angewurzelt
mitten im Raum und taxiert mich eindringlich mit seinen Blicken. Etwas verlegen erwidere ich seinen Blick
und merke, wie ich augenblicklich erröte. Für mich ist
es erst das zweite Treffen, wenn ich den Besuch im
Gefängnis außer Acht lasse, dennoch spüre ich ein
ungeheures Verlangen, über diesen Mann schamlos
herzufallen. Bei diesem Gedanken habe ich das Gefühl, dass meine Gesichtsfarbe allmählich der einer
Tomate gleicht, deshalb bemühe ich mich, meine Gedanken wieder unter Kontrolle zu bringen, während
ich nervös an einer meiner Haarsträhnen zupfe. James
entgeht meine Verunsicherung offenbar nicht. Er
kommt schleichend auf mich zu. Zaghaft legt er seine
Hände um mein Gesicht und streicht zärtlich mit seiner Nase über meine. Wohlwollend schließe ich meine
Augen und rücke so nah an ihn heran, dass ich die
Wärme seines Oberkörpers deutlich auf meiner Haut
spüren kann. Fordernd legt er seine Lippen auf meinen Mund und küsst mich erst sanft, doch als mir ein
leises Stöhnen entfleucht, wird sein Kuss schlagartig
drängender und leidenschaftlich. Als er kurz von mir
ablässt, um Luft zu holen, sieht er mich mit einer Mischung aus Leidenschaft und Zweifel an. Vorsichtig
streiche ich mit meinen Händen über seine nackte
Brust, woraufhin er mich unversehens in seine Arme
hebt. Mühelos trägt er mich ins Schlafzimmer und

übersät mit jedem Schritt, den er geht, meinen Hals mit hauchzarten Küssen. Mir ist bewusst, worauf das hinauslaufen wird und sofort übernehmen meine Selbstzweifel die Oberhand. Da ich mich selbst als sehr unattraktiv wahrnehme, habe ich bis jetzt nie darüber nachgedacht, mit jemand anderen als Brian zu schlafen. Er hat mich schließlich geheiratet und wir hatten ohnehin nie viel Sex. Und da es immer von ihm ausging, kamen mir solche Gedanken nur flüchtig. Allerdings waren James und ich scheinbar eine ganze Weile ein Paar, also ist es nur logisch, dass wir bestimmt auch miteinander geschlafen haben. *Er weiß also, was ihn erwartet, lass ihn doch einfach, wenn er damit kein Problem hat,* verspottet mich mein Unterbewusstsein. Als ich in die Augen des Mannes, den ich liebe blicke, werfe ich entschlossen alle Selbstzweifel über Bord und lasse mich mit einem leidenschaftlichen Kuss voll und ganz auf ihn ein.

Zufrieden und zeitgleich erschöpft liege ich in James' Armen. Verliebt schmiege ich mein Gesicht mit geschlossenen Augen an ihn und bedecke seine Brust mit hauchfeinen Küssen. Zärtlich hebt er mein Kinn etwas an und blickt mir grinsend in die Augen. Dann drückt er mir einen liebevollen Kuss auf die Stirn und schließt seine Arme mit ein wenig Nachdruck um meine Taille. Leise seufzend lege ich meinen Kopf wieder auf seine Brust und genieße einen kurzen Augenblick die Geborgenheit, die sich selig in mir ausbreitet. Nach ein paar Minuten setze ich mich widerwillig auf, um mich anzuziehen. James erhebt sich ebenfalls und zieht sich träge seine Shorts über. Als er seine Jeans angezogen hat, greift er nach einem weißen Hemd und trägt es offen, so dass ich weiter dem Anblick seines perfekt trainierten Körpers ausgesetzt bin. Unvermittelt huscht mir ein schüchternes Lächeln über mein Gesicht. »Was geht dir gerade durch den Kopf?«, fragt James, streicht mir über die Wange und blickt mir voller Wärme in die Augen. »Das war schön«, flüstere ich und senke verschämt den Blick. Vorsichtig hebt er mein Kinn etwas an, damit ich ihm in die Augen sehe. Um seine Mundwinkel bildet sich ein scheues Lächeln, doch sein Gesichtsausdruck ist ernst. »Ich liebe dich«, haucht er voller Inbrunst. »Und ich liebe dich«, erwidere ich und stelle fest, wie wahr das ist. Natürlich waren mir meine Gefühle für ihn auch schon vorher bewusst, doch genau jetzt, in diesem Moment, wird mir schmerzlich klar, wie *sehr* ich ihn liebe und dass ich es keinen weiteren Tag mehr aushalten kann, von ihm getrennt zu sein. Deprimiert über diese Erkenntnis schlendere ich in die Küche und hole mir eine Flasche Wasser aus dem Kühlschrank. Gedankenverloren befülle ich ein Glas, das auf der Anrichte steht und kippe das Wasser gierig meine trockene Kehle hinunter. »Was ist los, Marissa?« James taucht im Türrahmen auf und steht mit verschränkten Armen vor der Brust mit einem Fuß in der Küche und mit dem anderen im Flur. Auf seiner Stirn bilden sich tiefe Sorgenfalten. »Jackson wartet unten, ich kann nicht lange bleiben«, sage ich geknickt. Sofort kommt er auf mich zu und macht mit seinen Händen eine abwehrende Geste. »Nein, nein, nein, nein... Ich lasse nicht zu, dass du wieder zu diesem Irren zurück gehst. Du bleibst!«, sagt er entschieden, doch ich höre die deutliche Verzweiflung in seinem Unterton. Resigniert lehne ich meine Stirn an seine Brust und verkneife mir den Wunsch auszusprechen, was ich ihm so gerne sagen würde. *Natürlich bleibe ich bei dir. Ich vermisse dich so unendlich, dass es weh tut, wenn ich nicht bei dir sein kann. Hol mich aus diesem ganzen Wahnsinn, der mein Leben sein soll, einfach raus.* Stattdessen lasse ich die Vernunft aus mir reden. »Ich kann nicht, James. Auch wenn ich es gerne würde, mehr als du auch nur ansatzweise erahnen kannst, es geht nicht.« »Wieso nicht?«, presst er zwischen zusammengebissen Zähnen hervor und fährt sich mit der Hand wütend durchs inzwischen getrocknete Haar. Nervös knete ich an dem Stein um meiner Kette und weiß nicht was ich erwidern soll. Mein ganzes Leben ist so ein riesengroßes Durcheinander, dass ich es selbst kaum erklären kann. Als er die Kette um meinen Hals wahrnimmt, wird sein Blick unversehens weich, doch seine Laune ändert sich schlagartig als er meinen niedergeschlagenen Gesichtsausdruck sieht. »Geh nicht«, flüstert er nachdrücklich. »Geh nicht.« Noch ehe ich etwas sagen kann, klingelt es an der Tür. Wie selbstverständlich gehe ich ins Treppenhaus und rufe nach Jackson. »Wir müssen langsam gehen Marissa«, ruft er zu mir hoch. »Nein«, entscheidet James, der wie aus dem Nichts plötzlich hinter mir steht. »Ich lasse dich nicht mit einem wildfremden Typen zu deinem schlimmsten Albtraum zurückkehren, ehe du mir verrätst, was das alles soll«, sagt er aufgebracht. »Jackson, ich muss mit dir reden«, ruft James zu meiner sichtlichen Überraschung und schaut angespannt übers Treppengeländer. Einige Sekunden später höre ich Jackson die Stufen hinaufkommen. Ungläubig starre ich James wortlos an. Als sich die beiden Männer gegenüberstehen, sehen sie einander beinahe interessiert an. Höflich streckt Jackson James seine Hand entgegen und stellt sich nun nochmal offiziell vor. »Da es beim letzten Mal alles sehr schnell ging... Jackson Pierce. Ich bin ein... Freund von Marissa«, sagt er verunsichert und wirft einen kurzen Seitenblick zu mir herüber. »James Evans. Ich bin der *feste Freund* von Marissa«, entgegnet James mit Betonung auf „fester Freund" und legt seinen Arm um mich, um seinen Worten noch mehr Ausdruck zu verleihen. Peinlich berührt schenke ich Jackson ein entschuldigendes Lächeln. »Wir sollten uns unterhalten«, sagt James bestimmt. Als Jackson ihm einverstanden zunickt, gehen wir gemeinsam zurück in das Apartment.

In einer unbehaglichen Atmosphäre haben wir im Wohnraum Platz genommen. Jackson sitzt auf einem kleinen, grauen Hocker aus Lederimitat, der mir zuvor noch gar nicht aufgefallen ist. Irgendwie passt er zu nichts, was hier sonst in dem geschmackvoll eingerichteten Apartment steht. Wahrscheinlich stand er genau deshalb unauffällig unter dem Couchtisch versteckt. James hat mich direkt zu sich auf die Couch gezogen und sitzt ganz dicht neben mir, seine linke Hand verweilt einnehmend auf meinem Knie. Die Männer sehen sich aufmerksam an, während mein

Blick nervös von einem zum anderen wechselt. Jackson räuspert sich kurz und neigt seinen Oberkörper etwas nach vorn, ein deutliches Zeichen, dass er das Gespräch möglichst bald hinter sich bringen möchte. »Wieso folgst du meiner Freundin auf Schritt und Tritt?«, fragt James und drückt mein Knie dabei leicht. Fragend schaut Jackson zu mir herüber, woraufhin ich kaum merklich den Kopf schüttle. »Ich hatte keine Zeit, ihn über die Details aufzuklären«, murmle ich und sehe Jackson entschuldigend an. Gehetzt wirft er einen Blick auf den Wecker, der auf dem Couchtisch steht und verschränkt seine Finger ineinander. »Ich gebe auf Marissa acht«, beginnt Jackson und reibt sich verunsichert mit dem Daumen über die Handfläche. Ermutigend lächle ich ihn an. »Du kannst James vertrauen«, versichere ich ihm und lege meine Hand auf James' Handrücken. James sieht mich liebevoll an und sein Gesichtsausdruck wird auf der Stelle weich. Mit dem Blick auf Jackson gerichtet nickt James ihm bestätigend zu. Dann beginnt Jackson zu erzählen, einfach alles. Davon, dass Brian ihn genötigt hat mich zu beaufsichtigen, dass seine Freundin Amara kein gültiges Visum hat und wie er relativ schnell erkannte, dass ich kein bisschen so bin, wie Brian es ihm weiß machen wollte. Als Jackson erwähnt, dass er eine feste Freundin hat und sie sogar heiraten wollen, merke ich augenblicklich, wie James sich sichtlich entspannt. Unwillkürlich schnaube ich kaum hörbar verachtend aus und verkneife mir ein bissiges Grinsen. Denkt er wirklich, dass Jackson Interesse an mir haben könnte, oder noch schlimmer, dass *ich* Interesse an ihm haben würde? » Und wie lange soll das so weitergehen?«, fragt James und spannt frustriert seinen Unterkiefer an. Ich werfe Jackson einen prüfenden Blick zu, woraufhin er mir einverstanden zunickt. Sofort beginne ich James von unserem Plan zu erzählen, Brian das Handwerk zu legen. » Verstehst du? Nach alldem, was du je für mich getan hast, muss ich einfach alles daransetzen, dich von diesen Anschuldigungen zu befreien«, sage ich inbrünstig und lehne meine Stirn an seine. Zärtlich streicht James mir übers Haar und presst mir einen sanften Kuss auf die Stirn. »Auch wenn ich den Versuch, alles aufzuklären, zu schätzen weiß, halte ich es dennoch für keine sinnvolle Idee, dass du die ganze Zeit über mit diesem Tyrannen Tisch und Bett teilst.« James legt die Stirn sorgenvoll in Falten und schüttelt energisch den Kopf. Hilfesuchend blicke ich zu Jackson. »Ich werde auf sie aufpassen James, du hast mein Wort«, sagt er aufrichtig und hält James seine ausgestreckte Hand entgegen. Widerwillig ergreift er sie kurz und schenkt Jackson ein kleines, dankbares Lächeln. »Was ist in der Zeit, wo er nicht bei dir ist?«, fragt James an mich gerichtet und macht eine Kopfbewegung Richtung Jackson. »Wie willst du alleine mit Brian klarkommen? Jackson wird wohl kaum rund um die Uhr bei dir sein.« Er spricht Brians Namen wie ein Schimpfwort aus und presst die Lippen grimmig zusammen. Bemüht, mir meine Sorge und Verzweiflung nicht anmerken zu lassen, ringe ich mich zu einem abgekämpften Lächeln durch. »Es ist nicht immer einfach mit ihm, aber die meiste Zeit beachtet er mich ohnehin kaum«, lüge ich und vermeide es, seinem Blick zu begegnen. Gerade als James etwas zu entgegnen versucht, steht Jackson auf und schiebt den Hocker dabei geräuschvoll über die Fliesen. »Wir müssen jetzt wirklich gehen«, sagt er entschuldigend und schließt den Reißverschluss seiner schwarzen Jacke. Lustlos erhebe ich mich und schlinge meine Arme um James, der alles andere als zufrieden neben mir steht. »Ich weiß, wie schwer es dir fällt, einfach untätig dabei zuzusehen, wie ich wieder zurück in das Leben gehe, vor dem ich einst erfolgreich geflüchtet bin. Aber wenn du mich liebst, und ich weiß, dass du das tust, musst du unbedingt aus der Schusslinie bleiben.« »Vorerst«, flüstert er widerstrebend und küsst mich zum Abschied. Dann begleitet er Jackson und mich zur Tür und streckt Jackson seine Hand entgegen. »Pass gut auf mein Mädchen auf«, fordert er ihn auf. Jackson ergreift bereitwillig seine Hand und nickt ihm zustimmend zu. »Das werde ich«, versichert er. Mit einem letzten sehnsüchtigen Blick, den ich über meine Schulter werfe, verabschiede ich mich von James und werfe ihm ein resigniertes Lächeln zu. Noch ehe ich den Treppenabsatz erreicht habe, stürmt James auf mich zu und dreht mich unvermittelt zu sich. Fordernd legt er seine Lippen auf meine und schlingt mir seine Arme um die Taille. Ich lege meine ganze Liebe, die ich für diesen Mann empfinde, in meinen Kuss und genieße seine Nähe in vollen Zügen, denn ich weiß nicht, wann es mir das nächste Mal möglich sein wird, James wiederzusehen.

Kapitel 9

»Was soll diese Scheiße?«, höre ich Brian aus der Küche fluchen. Verschlafen setzte ich mich auf, um einen Blick auf den Wecker zu werfen. Es ist bereits zehn Uhr am Morgen, sofort reibe ich mir hektisch den Schlaf aus den Augen. »Marissa!«, brüllt Brian und knallt die Kühlschranktür zu. Gehetzt verlasse ich das Bett und eile in die Küche. Als ich den Raum betrete, blickt Brian mich mit wutverzerrten Gesicht an. Augenblicklich beginnt mein Magen sich vor Nervosität zusammenzuziehen. »Wieso ist der verdammte Kühlschrank leer?«, fragt er im eisigen Tonfall. Was ist das für eine hirnrissige Frage? Er selbst hat doch jemanden beauftragt, der mich rund um die Uhr bewacht, damit ich das Apartment nicht verlasse. Als ich mir die Freiheit herausnahm, etwas zu essen zu bestellen, hat er ein riesiges Drama daraus gemacht. Also was bitte soll ich ihm darauf jetzt antworten? »Ich... ich...«, stottere ich, ohne zu wissen, worauf ich hinaus will. »Ich, ich, ich!«, äfft er mich im angriffslustigen Tonfall nach und kommt einen Schritt auf mich zu. Instinktiv weiche ich augenblicklich zurück und versuche, meinen sofort hetzenden Herzschlag zu ignorieren. »Und jetzt? Du erwartest also, dass ich mich die ganze Woche in der Firma herumschlage, um Geld zu verdienen und zum Dank soll ich jetzt in meinem eigenen Apartment hungern?«, schreit er aufgebracht. Unverzüglich eile ich zu der großen, weißen

Schublade, in der ich sämtliche haltbare Lebensmittel verstaut habe, um nachzusehen, ob ich Brian irgendetwas anbieten kann, was sein Gemüt wieder beruhigt. Hektisch krame ich mich durch Nudeln, Reis und einige Fertigprodukte. »Wie wäre es mit Müsli?«, frage ich hoffnungsvoll und nehme die Packung aus der Schublade. Als ich zu ihm aufblicke, sieht er mich erbost an. »Ich bin doch kein scheiß Hamster, der sich von Hafer ernährt. Mein Gott, du bist so dämlich Marissa. Ich könnte jeden Morgen im Strahl kotzen, wenn ich dein dummes Gesicht sehe.« Verletzt von seinen Worten zucke ich unwillkürlich zusammen. Zornig rauft er sich durchs Haar. »Mach mir etwas zu essen, denn sonst und das schwöre ich dir, raste ich aus. Ich habe die Schnauze so voll von dir und deinem dämlichen Unschuldsgetue«, zischt er, macht auf dem Absatz kehrt und verlässt mit einem lauten Türknall das Apartment. In dem Moment, als die Apartmenttür ins Schloss fällt, hocke ich mich zusammengekauert auf den kühlen Küchenboden. *Ich will zu James.* Verzweifelt wische ich mir mit der Handfläche über die Wange, um mich von meinen Tränen zu befreien. Resigniert stehe ich auf und suche in der Schublade nach etwas, dass ich Brian zu essen machen kann. Da ich davon ausgehe, dass er sich im örtlichen Café etwas zum Frühstücken besorgt, beginne ich Reis und Soße vorzubereiten, um ihm ein anständiges Mittagessen zu gewährleisten. Dann hole ich geschnittene Paprikastreifen und Geflügel aus dem Tiefkühlfach und fange widerwillig zu kochen an. Während der Reis vor sich hin kocht, spiele ich in Gedanken mein bevorstehendes Wochenende durch. Es ist noch nicht mal Samstagmittag und ich sehne bereits jetzt die Arbeitswoche herbei. Deprimiert stochere ich im Reis herum und weiß nicht, wie ich diese zwei Tage durchstehen soll.

Als Brian das Apartment betritt, stelle ich sofort den Backofen an, wo sein Essen fertig zubereitet nur noch aufgewärmt werden muss. Mittlerweile ist es später Nachmittag, ich habe für ihn gekocht, alles sauber gemacht und mehrfach ein Stoßgebet gen Himmel geschickt, dass er einfach nicht wiederkommt. Aber Wünsche werden schließlich nur in den seltensten Fällen wahr, daher bin ich nicht überrascht, dass er wieder hier ist. »Dein Essen ist jeden Augenblick fertig«, sage ich, als er die Küche betritt. Sofort pfeift er verächtlich auf. »Soll ich dir dafür jetzt zu Füßen liegen?«, fragt er spöttisch. Irritiert über seinen Kommentar runzle ich die Stirn und beschließe, seinem Spielchen keine weitere Beachtung zu schenken. Mechanisch decke ich den Tisch und hole das Essen aus dem Ofen, während Brian chefmäßig mit verschränkten Armen hinter dem Kopf gelangweilt durch den Raum blickt. »Du isst nichts?« Überrascht zieht er die Augenbrauen hoch. »Nein«, antworte ich nur und sehe ihn skeptisch an. In den letzten Jahren haben wir nur in den seltensten Fällen mal zusammen gegessen, daher erscheint mir seine Frage äußerst merkwürdig. »Ist vielleicht auch besser so. Seitdem du dich hier im Apartment verbarrikadierst, hast du ganz schön zugelegt«, bemerkt er mit einem abwertenden Blick und greift grinsend nach einer Gabel. Ungläubig starre ich ihn an. Hat er das gerade wirklich gesagt? Noch bevor ich über seine geschmacklose Anmerkung nachdenken kann, spuckt er angewidert auf seinen Teller. »Was ist das denn für eine eklige Scheiße?«, fährt er mich an. Entgeistert bleibe ich mitten im Raum stehen, unfähig, irgendetwas zu entgegnen. »Wer soll das essen?«, fragt er entnervt. »Ich... ich habe alles so wie immer zubereitet. Ich kann mir nicht erklären, was mit dem Essen nicht stimmt«, murmle ich und versuche die Angst in meiner Stimme zu verbergen. Als er bemerkt, dass mir Tränen in die Augen steigen, kann er seine unverhohlene Wut nicht mehr zurückhalten. Er greift nach dem Teller und schmeißt ihn mit voller Wucht gegen die Wand. Dann springt er so zornig auf, dass sein Stuhl einfach rücklings auf dem Boden kracht. Mit hasserfüllter Miene kommt er auf mich zu und packt mich schroff an den Oberarmen. Eingeschüchtert kneife ich die Augen zusammen und halte verängstigt den Atem an. »Wieso bekommst du einfach nichts auf die Reihe Marissa? Du bist der unfähigste und dämlichste Mensch, der mir jemals unter die Augen getreten ist und da wunderst du dich tatsächlich noch, dass du völlig allein bist? Du machst es einem unmöglich, etwas Positives für dich zu empfinden«, brüllt er mich an. Da ich weiter regungslos mit geschlossenen Augen vor ihm stehe, wird er im Sekundenbruchteil von seiner Wut vollends überwältigt. Brians Griff um meine Arme wird so fest, dass es regelrecht anfängt zu schmerzen. Erschrocken reiße ich meine Augen auf und blicke in sein wutverzerrtes Gesicht. Völlig apathisch verfolge ich sein Mienenspiel, höre gedämpft, wie durch eine Blase, dass er mich anschreit, beobachte, wie die Ader auf seiner Stirn deutlich hervortritt und seine Gesichtsfarbe einen besorgniserregenden, dunkelroten Farbton annimmt. Doch ich nehme nichts von dem, was er brüllt, bewusst wahr, ich fühle mich wie in Trance. Während er sich in seine ungezügelte Wut immer mehr hineinsteigert, bemerke ich allmählich, dass meine Wangen ganz nass sind. *Weine ich schon wieder? Oder immer noch? Ich weiß es nicht.* Wie aus dem Nichts durchzuckt mich ein heftiger Schmerz, der in der gleichen Sekunde von einem schallenden Klatschen begleitet wird. Brian hat von mir abgelassen, um mir eine heftige Ohrfeige zu verpassen. Entsetzt halte ich meine Hand an die Wange und starre ihn an. Sein Gesichtsausdruck gleicht dem eines Kindes, das das erste Mal auf dem Jahrmarkt den Hauptgewinn gewonnen hat. Sein Mund ist zu einem zufriedenen Grinsen verzogen, seine Augen strahlen Selbstbewusstsein und Genugtuung aus. Er hat mich genau dort, wo er mich haben will. Weit weg von Ava, weg von James, gefangen als unterwürfiges Frauchen, das keine andere Wahl hat, als bei ihm zu bleiben. Angewidert von dieser Erkenntnis schlendere ich wie in Zeitlupe ins Bad und bin unendlich erleichtert, dass Brian sich nicht die Mühe macht, mir zu folgen. Als ich die Tür hinter mir geschlossen habe, gehe ich in die Hocke und ziehe den Stein meiner Kette aus meinem Pullover, den ich unentwegt vor Brian versteckt im Ausschnitt trage. Mein Gesicht brennt und fühlt sich unnatürlich warm an, doch während ich auf meinen totalen Zusammenbruch warte, empfinde ich, außer diesem körperlichen

Schmerz, rein gar nichts. In mir ist alles wie zerbrochen. Ich werde von einer unbeschreiblichen Leere und Gleichgültigkeit ausgefüllt. Wie betäubt verweile ich einen kurzen Moment auf den kühlen Badezimmerfliesen, als mir plötzlich eine Idee kommt. Auf Zehenspitzen schleiche ich mich aus dem Bad und hole beinahe lautlos Brians Schlüsselbund aus dem Schlüsselkasten. Mit angehaltenem Atem verstaue ich die Schlüssel in meinem schwarzen Strickmantel, der ordentlich an der Garderobe hängt. Mit höchster Wahrscheinlichkeit wird Brian das Apartment heute nicht mehr verlassen und ich werde die Gelegenheit nutzen, in dieser Nacht, wenn er schläft in die Firma zu schleichen, um seinen Computer nach Beweisen zu durchsuchen. Bei diesem Gedanken macht mein Körper mit wildem Herzklopfen und einem engen Gefühl in der Brust direkt auf sich aufmerksam. Selbst wenn er mitbekommt, dass ich draußen war, würde er niemals vermuten, welches Ziel ich verfolge. Ich *muss* dieses Risiko einfach eingehen, denn er hat mir in den letzten Wochen mehr als einmal deutlich gemacht, wozu er fähig ist. Seine Unberechenbarkeit versetzt mich in Angst und Schrecken, ich kann, nein ich *will* mein Leben nicht weiter nur so vor mich hinvegetieren. »Räum die Sauerei hier weg!«, ertönt es aus der Küche. Innerlich stöhne ich genervt auf. Unverhofft erscheint Brian mit verschränkten Armen im Türrahmen und beäugt mich mit skeptischer Miene. »Bist du taub? Mach die Scheiße weg«, fordert er mich im provokanten Tonfall auf. »Nein«, entfährt es mir, noch ehe ich weiß, wieso. Sofort spannt sich mein gesamter Körper beinahe schmerzhaft an. Mit einem boshaften Grinsen macht Brian einen Satz nach vorne und greift mir wie einem unerzogenen Hund in den Nacken. Zornig schleift er mich neben sich her, bis wir in der Küche angekommen sind. Dann drückt er mein Gesicht Richtung Boden, wogegen ich mich mit aller Kraft versuche zu wehren. »Räum es weg«, zischt er und spricht jedes Wort betont langsam aus, damit ich ihn auch sicher verstehe. Vor mir liegen nicht nur sämtliche Reste des Mittagessens, die beinahe durch die halbe Küche verteilt sind, sondern genau vor meinem Gesicht befinden sich auch noch vereinzelte Porzellanscherben von seinem Teller. Brian versucht weiterhin, meinen Kopf auf den Boden zu drücken, doch ich stütze mich beharrlich mit beiden Händen auf den beschmierten, weißen Fliesen ab und habe Mühe, mit den Handgelenken nicht umzuknicken. Als es ihm scheinbar langweilig wird, versetzt er mir einen kleinen Stoß und schnaubt verächtlich auf. »In zwei Minuten ist die Scheiße hier sauber«, befiehlt er harsch und verlässt den Raum. Eilig hole ich den kleinen roten Eimer unter der Spüle hervor und befülle ihn mit warmen Wasser und Reinigungsmittel. Mit zitternden Fingern greife ich nach einem Schwamm und beginne auf Knien, Lebensmittelreste und Scherben zu beseitigen. Während ich mechanisch über den Boden wische, den Schwamm säubere und im Wasser wieder auswringe, entweicht mir schlagartig der gesamte Sauerstoff aus meinen Lungen. Sofort lasse ich den Schwamm unbeachtet auf den Fliesen liegen und presse meine nassen Hände gegen meinen Brustkorb. *Das ist nur eine Panikattacke, mir passiert nichts. Ich muss mich nur beruhigen, alles wird gut.* Angespannt bemühe ich mich tief durch die Nase einzuatmen, danach, so lang es geht, ruhig durch den Mund wieder auszuatmen. Diesen Vorgang wiederhole ich einige Male mit mäßigen Erfolg. Als Brian erneut die Küche betritt und sieht, dass ich mit vor dem Brustkorb vorgehaltenen Händen auf dem Boden hocke, packt er mich kommentarlos bei den Haaren und zerrt mich wie besessen bis in den Flur. »Auaaaa! Hör sofort damit auf«, japse ich und kralle meine Nägel in seine Hand. Auf der Stelle lässt er von mir ab und zieht mich hoch, so dass ich unsanft auf meinen Füßen lande. In seinem Gesicht erscheint ein Ausdruck, den ich noch nie zuvor bei jemandem gesehen habe. Seine Augen sind von einem unheimlichen Glitzern gezeichnet und sein Mund verzieht sich zu einer schmalen Linie. Es scheint so, als wurde irgendein Schalter in seinem Kopf umgelegt. Seine ganze Aura wird von etwas Bösartigen umgeben, es ist förmlich spürbar. Mein Körper ist in höchster Alarmbereitschaft, meine Atemnot ist wie weggeblasen. Mit einem aggressiven Ausdruck in den Augen kommt er angriffslustig auf mich zu und umschließt meine Kehle in Sekundenschnelle mit seinen Händen. Dann wird sein Blick ausdruckslos und er drückt mit aller Kraft zu. Panisch haste ich angestrengt einige Schritte nach hinten, bis ich gezwungen bin an der Apartmenttür stehen zu bleiben. Brians eiserner Griff verstärkt sich mit jedem Versuch, von ihm loszukommen und ich spüre, wie mir allmählich die Luft ausgeht. Verzweifelt vergrabe ich meine Nägel in Brians Händen, die wie Schraubzwingen um meinen Hals liegen und versuche, mich panisch aus seinem Griff zu winden. Schneller als mir lieb ist, habe ich das Gefühl, bewusstlos zu werden. Doch gerade als ich bemerke, wie die letzte Energie meinen Körper verlassen will, höre ich James laut meinen Namen rufen. Erschrocken reiße ich die Augen auf und blicke mich um, doch von James ist nichts zu sehen. »Wehr dich Marissa, kämpfe!«, ertönt James' Stimme ohrenbetäubend laut in meinen Kopf. Ohne nachzudenken hebe ich mit letzter Kraft mein Knie und ramme es Brian schwungvoll mitten zwischen die Beine. Prompt lässt er von mir ab und krümmt sich mit schmerzverzerrtem Gesicht, die Hände in seinen Schritt gelegt. Angestrengt schnappe ich nach Luft. Als Brian hasserfüllt zu mir aufblickt, ergreift mich die pure Angst. Ich weiß, dass ich mir dadurch, dass ich mich zur Wehr gesetzt habe, gerade ein Loch zu meinem eigenen Grab geschaufelt habe, denn jetzt wird er mir keine weitere Gelegenheit mehr geben, ihm zu entkommen. Panisch fliehe ich ins Wohnzimmer und höre, wie Brian hastig aufsteht, um mir nachzujagen. Als ich mich gehetzt herumdrehe, steht er bereits hinter mir. Das Adrenalin schießt durch meine Adern, ich habe das Gefühl, mein gesamter Körper steht unter Strom. Ohne zu überlegen greife ich nach meiner kleinen, schweren Salzlampe, die dekorativ im Regal steht und schlage ihn mit einem Schlag nieder. Augenblicklich sackt er in sich zusammen und liegt regungslos auf dem Boden. Wie festgefroren starre ich mit weit aufgerissenen Augen auf seine klaffende Platzwunde direkt neben der Schläfe. *Er bewegt sich nicht.* Von Panik ergriffen schlüpfe ich in meine Schuhe, ziehe mir meinen schwarzen Strickmantel über und renne fluchtartig aus dem Apartment.

Den ganzen Weg gönne ich mir keine Pause, um nach Luft zu schnappen. Die Leute, an denen ich vorbei hetze, sehen mich irritiert an. Doch obwohl ich im Moment mehr als je zuvor gern unsichtbar wäre, ist mir diese Tatsache gerade völlig egal. Ich renne und renne und habe Mühe, einen Fuß vor den anderen zu setzen, da ich durch meine verweinten Augen kaum etwas sehen kann. Erst als ich vor James' Apartment stehen bleibe, gestatte ich mir, für einige Sekunden nach Atem zu ringen. Mit zitternden Fingern klingle ich bei James, erst einmal, dann noch einmal. Beim zweiten Klingeln macht er, ohne an die Gegensprechanlage zu gehen, sofort auf. Gehetzt stürme ich die Treppen hoch und betrete dabei nur jede zweite Stufe. Als ich vor James' Apartmenttür angekommen bin, klopfe ich ungeduldig dagegen. Sofort öffnet er die Tür. Bei meinem Anblick weiten sich seine Augen schreckhaft und er zieht mich eilig in das Apartment. Fürsorglich streicht er mir durchs Gesicht und begutachtet mich von oben bis unten, scheinbar sucht er mich nach Verletzungen ab. »Was ist passiert?«, fragt er aufgebracht und legt seine Hände so um mein Gesicht, dass ich ihm direkt in die Augen sehen muss. »Ich... James... ich...«, stottere ich. Es erscheint mir schier unmöglich, einen vollständigen Satz zu bilden. »Was ist passiert?«, fragt er erneut, diesmal jedoch eine Tonspur lauter und drängender. Zitternd löse ich mich von ihm und laufe wie ein aufgescheuchtes Huhn quer durchs Apartment. James folgt mir wortlos und stellt sich schließlich genau vor mir, damit ich endlich stehen bleibe. »Marissa, du musst mir unbedingt sagen, was passiert ist«, sagt er beruhigend und streicht mir vorsichtig über die Wange. Unwillkürlich zucke ich bei seiner Berührung zusammen. Verwirrt lässt er von mir ab und tritt einen kleinen Schritt zurück, seinen Blick noch immer fest auf mich gerichtet. Vorsichtig hebe ich meinen Blick und sehe ihm paralysiert in die Augen. »Ich habe ihn umgebracht«, flüstere ich. »Ich habe Brian umgebracht.« Alles um mich herum beginnt sich zu drehen, bis sich im Sekundenbruchteil nur noch ein schwarzes Nichts um mich herum ausbreitet.

»Marissa! Sweetheart, bitte mach die Augen auf.« James' besorgte Stimme dringt langsam in mein Bewusstsein. Angestrengt versuche ich meine Lider dazu zu bringen, dass sie sich öffnen. Bemüht blinzle ich einige Male, ehe sich meine Augen schließlich vollends öffnen. James hockt über mir und stützt meinen Kopf mit seiner Hand. Mit seiner anderen Hand streicht er mir vorsichtig einige, wirre Haarsträhnen aus dem Gesicht. Obwohl mir speiübel und schwindelig ist, versuche ich mich schleppend aufzusetzen. James hilft mir und zieht mich behutsam auf seinen Schoß. Müde lehne ich meinen Kopf an seine Brust und atme seinen unwiderstehlichen, beruhigenden Duft ein. Eine gefühlte Ewigkeit verweilen wir so auf dem Fußboden, während James mir die ganze Zeit beruhigend durchs Haar streicht und kaum merklich vor und zurück wippt. Als sich meine Atmung wieder normalisiert und mein Körper sichtlich entspannter zu sein scheint, steht James, mit mir in seinen Armen, auf und setzt mich vorsichtig auf die Couch. Eilig hastet er in die Küche und erscheint einige Sekunden später mit einem großen Glas Apfelsaft wieder im Raum. »Trink das, für deinen Kreislauf«, sagt er bestimmend und sieht mich auffordernd an. Bereitwillig nehme ich einen großen Schluck von dem Saft und stelle das Glas mit zittrigen Fingern vor mir auf dem Couchtisch ab. James mustert mich skeptisch und augenblicklich erscheinen tiefe Sorgenfalten auf seiner Stirn. »Wann hast du zuletzt etwas gegessen?«, fragt er beklommen und lässt seinen Blick aufmerksam über mein hervorstehendes Schlüsselbein streifen. »Ich weiß es nicht«, antworte ich beschämt. Mit einem besorgten Ausdruck in den Augen nickt er kaum merklich. Umständlich befreie ich mich aus meinem Mantel, da mir plötzlich unglaublich warm ist. Dann rutscht er dicht an mich heran und greift nach meiner Hand. »Du musst mir erzählen, was heute passiert ist Marissa«, sagt er beunruhigt und zieht die Augenbrauen sorgenvoll zusammen. Direkt schießen mir die Ereignisse des heutigen Nachmittags ins Gedächtnis, worauf mein gesamter Körper anfängt, wie Espenlaub zu zittern. Tröstend legt James einen Arm um mich und zieht mich näher an sich heran. Ich brauche einen Augenblick, um mich zu sammeln und schluchze einmal kurz auf. James wartet geduldig und streicht mir geruhsam über den Arm, bis ich mich wieder gefasst habe. Dann erzähle ich ihm von dem ereignisreichen Morgen, wie Ich widerwillig auf Brians Wünsche eingegangen bin und was ich mir alles gefallen lassen musste. Mit bebender Stimme berichte ich, dass er mir eine Ohrfeige verpasst hat und wie es schlussendlich so dermaßen eskaliert ist, dass ich mich nach seinem Angriff zur Wehr gesetzt habe. Die ganze Zeit über ist sein Körper sichtbar angespannt und die Wut, die er empfindet, erfüllt spürbar den Raum. Die Atmosphäre um uns herum ist erdrückend und ich habe Mühe, nicht schon wieder in Tränen auszubrechen. »Ich *wusste,* dass so etwas passieren würde«, presst er zwischen zusammengebissenen Zähnen hervor. »Ich hätte dich nicht wieder zurückgehen lassen sollen. Es tut mir so leid«, flüstert er und rückt ein wenig nach hinten, um mich ansehen zu können. Ausdruckslos sehe ich ihn an, während ich innerlich gegen das Gefühl der Leere anzukämpfen versuche. Alles fühlt sich so an, als würde ich träumen, ich kann kaum realisieren was heute passiert ist. Während ich immer tiefer in meinen Gedankensog versinke, steht James plötzlich auf, zieht sich geschwind seine Lederjacke über und schlüpft in seine braunen Doc Martens Sneakers. Verunsichert schaue ich ihn an. »Verlässt du mich jetzt?«, frage ich mit angehaltenem Atem. Sofort kommt er zu mir, hockt sich vor mich hin und greift nach meinen noch immer zitternden Händen. »Dich verlassen?«, fragt er ungläubig, während sich in seinen Augen ein liebevoller Ausdruck bildet. »Ich würde dich niemals verlassen Marissa«, verspricht er. Fragend schaue ich auf seine Jacke. »Ich werde rüber ins Apartment fahren, um die Lage zu checken«, erklärt er. »Hast du deinen Schlüssel zufällig dabei?« Bedauernd schüttle ich den Kopf. Doch dann fällt mir wieder ein, dass ich Brians Schlüsselbund eingesteckt habe. Sofort stehe ich umständlich auf, um nach meinem Strickmantel am anderen Ende der Couch zu greifen. Ohne James anzusehen hole ich den Schlüsselbund aus meiner Tasche und lege ihn vor ihm ab. Zärtlich streicht er mir über die Wange und hebt mich in seine Arme. Mit seinem auf mich gerichteten Blick trägt er mich ins Schlafzimmer und legt mich behutsam ins Bett. »Du stehst unter Schock Marissa. Du solltest dich unbedingt ausruhen. Ich werde so schnell es geht wieder hier sein«, versichert er mir und legt eine graue Wolldecke um mich. Liebevoll haucht er mir einen Kuss aufs Haar und verlässt den Raum. Wenige Augenblicke später höre ich, wie er die Apartmenttür hinter sich zuzieht, dann ist es still.

»Sweetheart, aufwachen«, flüstert James und streicht mir sanft über den Arm. Erschrocken reiße ich meine Augen auf und setze mich abrupt im Bett hin. »Ich habe gar nicht bemerkt, dass ich eingeschlafen bin«, murmle ich und reibe mir über die verschlafenen Augen. Als mir in Erinnerung kommt, dass James bei Brian war, bin ich sofort hellwach. Angespannt sehe ich James an. »Brian geht es gut. Du hast ihn nicht umgebracht«, erklärt er in meinen besorgten Gesichtsausdruck hinein. Augenblicklich habe ich das Gefühl, dass mir eine riesige Last von den Schultern fällt. Erleichtert schenke ich James ein müdes Lächeln. »Ich habe uns etwas zu Essen mitgebracht, komm«, sagt er und streckt mir seine Hand entgegen. Bereitwillig ergreife ich sie und schlendere James bis in die Küche hinterher. Gedankenverloren setze ich mich an den Küchentisch, während James zwei eingepackte

Plastikschüsseln aus einer brauen Papiertüte holt. Mechanisch entfernt er die Deckel, nimmt zwei Löffel aus der Besteckschublade, stellt die Suppen vor uns auf den Küchentisch und nimmt gegenüber von mir Platz. Sofort probiere ich den Nudel-Gemüse-Eintopf und stelle erleichtert fest, dass es sehr gut schmeckt und ich mich nicht zum Essen überwinden muss. Nach einer kurzen Zeit des Schweigens lege ich meinen Löffel in der Suppe nieder und sehe James nervös an. »Was genau ist passiert, als du zu Brian gefahren bist?«, frage ich und knete unter dem Tisch unruhig meine Finger. Sichtlich unwohl fährt er sich mit der Hand durchs Haar und lässt sein Essen ebenfalls, augenblicklich unbeachtet vor sich stehen. »Iss etwas Marissa. Du musst erst mal wieder zu Kräften kommen«, wiegelt er ab. Trotzig schiebe ich die Schüssel beiseite und verschränke meine Arme vor der Brust. Obwohl er genervt mit den Augen rollt, verzieht sich sein Mund zu einem amüsierten, flüchtigen Lächeln. »Während du isst, erzähle ich dir, was ich gerade beobachtet habe, einverstanden?«, fragt er erwartungsvoll, doch ich entnehme seiner Stimmlage, dass er keinen Widerspruch zulassen wird. Zustimmend greife ich nach meiner Schüssel und beginne ein wenig von der Suppe zu essen, während er mich gewinnend anlächelt. »Ich kann zuhören«, nuschle ich auffordernd und esse brav weiter. Mit dem Anflug eines Grinsens schüttelt er den Kopf und stützt seine Ellenbogen auf dem Tisch ab. Dann wird sein Gesichtsausdruck ernst, sein Unterkiefer wirkt angespannt. »Als ich die Stufen zu deinem Apartment leise hochgegangen bin, habe ich im Flur bereits aufgeregte Stimmen gehört. Ich bin so dicht an deine Apartmenttür herangeschlichen, dass ich die Stimmen einordnen konnte. Dieser Jackson war bei Brian und so, wie ich es verstanden habe, soll er sich auf den Weg machen um dich zu suchen. Ich denke, es ist nur eine Frage der Zeit, bis einer von den beiden vor meiner Tür steht.« Erschrocken lasse ich meinen Löffel in die Schüssel fallen, so dass ein Teil der Suppe unschöne Flecken auf der Tischplatte hinterlässt. »Jackson«, stoße ich empört hervor. »Ich habe gar nicht mehr an Jackson gedacht und was ich ihm damit angetan habe.« Entgeistert sitzt James mir mit offenem Mund und geweiteten Augen gegenüber. »Wie kannst du bei alldem noch an andere denken, Marissa?«, fährt er mich an und kommt zu mir herüber. »Du bist der gutmütigste und liebevollste Mensch, der mir je begegnet ist«, fügt er im sanfteren Tonfall hinzu und legt seine Hände um mein Gesicht. »Jackson ist mein Freund«, hauche ich entschuldigend. Obwohl sich um seinen Mund eine grimmige Linie bildet, wird sein Blick unversehens weich. »Ich verstehe das, Marissa. Aber *du* bist für mich der wichtigste Mensch auf der ganzen Welt und ich werde dich, so schnell es geht, hier herausschaffen«, sagt er energisch. Noch ehe ich etwas erwidern kann, klingelt es mehrfach hintereinander an der Tür. Vor Schreck zucke ich zusammen. »Du bleibst hier sitzen«, weist James mich streng an und öffnet unbeeindruckt die Tür. Mit angehaltenem Atem und verkrampften Händen sitze ich bewegungsunfähig in der Küche und höre wenige Augenblicke später zu meiner Erleichterung Jacksons vertraute Stimme. »Wir stecken richtig in der Scheiße«, ertönt es aus dem Flur.

Sofort befreie ich mich aus meiner Schockstarre und eile zu James. Als Jackson mich sieht, zeichnet sich eine Mischung aus Erleichterung und Ungläubigkeit in seinem Blick ab. »Dein Mann schickt mich. Was hast du dir nur bei der Aktion gedacht, Marissa? Ich dachte, wir hätten eine Vereinbarung«, sagt er aufgebracht. James stellt sich sofort schützend vor mich und verschränkt seine Arme vor der Brust. »Ist das dein Ernst? Willst du, dass sie sich totschlagen lässt, um euren bekloppten Deal einzuhalten?«, zischt James außer sich. Haareraufend stampft Jackson an uns vorbei und lässt sich mit vor dem Gesicht vorgehaltenen Händen auf der Couch nieder. Erschöpft seufzt er auf und tippt sich nervös mit den Fingern aufs Bein. James und ich setzen uns ebenfalls. Während die Männer sich angespannt anblicken, greife ich niedergeschlagen nach James' Hand. »Was war los?«, fragt Jackson an mich gerichtet. Ich senke meinen Blick und erzähle ihm kleinlaut von den Vorkommnissen des Nachmittags. Jackson hebt ungläubig die Augenbrauen und steht mit angespanntem Gesichtsausdruck auf. »Ihr müsst hier weg«, beschließt er. »Ich werde Brian sagen, dass ich keinen von euch hier angetroffen habe, aber damit wird er sich wohl kaum zufriedengeben.« Erstaunt schießen meine Augenbrauen in die Höhe. »Du willst mich einfach gehen lassen?«, frage ich ungläubig. Pikiert schaut James zu mir herüber. »Wir brauchen seine Erlaubnis nicht«, stellt er klar. Als ich James' verstimmten Unterton wahrnehme, drücke ich liebevoll seine Hand. »Er *muss* mich nicht gehen lassen. Du weißt ganz genau, was für ihn davon abhängt«, sage ich und werfe einen dankbaren Blick zu

Jackson herüber. Verärgert lässt er meine Hand los und stellt sich mit den Händen in die Hüften gestemmt vor mich. »Wenn du auch nur eine Sekunde glaubst, dass ich dich noch mal zu Brian zurückgehen lasse, dann hast du echt ein Rad ab«, fährt er mich harsch an. Erschrocken über seinen Tonfall zucke ich unwillkürlich zusammen. »James, das reicht. Das führt doch zu nichts«, mischt Jackson sich ein und stellt sich mit einem besorgten Gesichtsausdruck vor ihn. James Augen verengen sich und er zeigt warnend mit dem Zeigefinger auf ihn. »Deinetwegen ist Marissa doch erst in diese Lage gekommen. Wieso mischst du dich da überhaupt ein?«, blafft James ihn an. »Ich versuche, nur zu helfen«, erklärt Jackson beschwichtigend, doch James' Ausdruck in den Augen verhärtet sich mit jedem seiner Worte sichtbar. »Du hast wahnsinnig gut geholfen, vielen Dank«, sagt er verächtlich. »Dieses Schwein hat heute versucht, Marissa umzubringen, hast du nicht zugehört?«, brüllt er. »James!«, mahne ich ihn, während ich zu ihm herübergehe, um ihm meine Arme um die Taille zu schlingen. »Das war doch nicht Jacksons Schuld«, verteidige ich ihn instinktiv. »Es tut mir leid« Entnervt rollt er mit den Augen und seufzt angespannt auf. »Hör doch auf, dich ständig zu entschuldigen«, bittet er. »*Mir* tut es leid. Ich hatte kein Recht, so mit dir zu reden«, sagt er um Längen milder und haucht mir einen sanften Kuss auf die Stirn. Erleichtert, dass er sich allmählich zu beruhigen scheint, lächle ich ihn schüchtern an. »Wie können wir dir helfen, Jackson?«, frage ich zu James' sichtbarer Verwunderung. Einen kurzen Augenblick denkt Jackson angestrengt nach und streicht sich gedankenversunken mit seinem Zeigefinger über seine linke Augenbraue. Ehe er antwortet, blickt er prüfend zu James herüber. »Natürlich helfen wir dir, solange es Marissa nicht in Gefahr bringt«, lenkt James schließlich ein. Auf Jacksons Gesichtszüge zeichnet sich ein erleichterter Ausdruck ab. Geheimnisvoll tritt er einen Schritt näher an uns heran und schaut ein wenig nervös auf seine Armbanduhr. »Wir haben nicht viel Zeit, aber ich habe einen Plan und dafür brauche ich unbedingt deine Hilfe, Marissa«, teilt er mir angespannt mit. James' Arm, der um meine Taille liegt, spannt sich augenblicklich merklich an. Beruhigend streiche ich über seine Hand und schmiege meinen Körper nur wenige Millimeter dichter an ihn heran. Durch meine Nähe wirkt James schlagartig ein wenig entspannter. »Dann lass uns wissen, wie wir helfen können.«

Kapitel 10

Während James zügig einige Sachen zusammen-packt, stehe ich ein wenig überfordert von den Ereig-nissen des Tages untätig im Schlafzimmer und lasse die letzten Minuten vor Jacksons Aufbruch nochmal vor meinem geistigen Auge ablaufen.

»Dann melde dich, sobald du kannst, okay?« Nachdem Jackson seine Nummer in James' Handy eingespeichert hat, reicht er es ihm, doch sein Blick ist weiterhin auf mich gerichtet. Eifrig nicke ich ihm einverstanden zu und schenke ihm ein müdes Lächeln. Dann entferne ich den Schlüssel zu Brians Firma vom Schlüsselbund und gebe ihn Jackson. »Du hast James' E-Mail- Adresse, sobald sich eine Gelegenheit ergibt, schick mir Brians Dateien und ich werde alles dafür tun, um an belas-tende Informationen zu kommen. Du kannst dich auf mich verlassen, Jackson«, verspreche ich. Er grinst mich schief an, doch seine braunen Augen sehen un-sagbar besorgt aus. Gehetzt verstaut er den Schlüssel in seiner Jackentasche und streckt James die Hand entgegen. »Bring Marissa in Sicherheit.« James er-greift seine Hand und und nickt ihm einmal kurz zu. »Darauf kannst du dich verlassen«, versichert er. Einen flüchtigen Augenblick erscheint wieder dieser vertrau-te Ausdruck in Jacksons Augen und sofort gewinne ich den Eindruck, dass die beiden Männer sich kennen. Aber das ergibt keinen Sinn. Wahrscheinlich bin ich nur

durcheinander und sollte meine sich ohnehin überschlagenden Gedanken nicht noch mehr verwirren. Als
Jackson sich mir zuwendet, streicht er mir kurz mit der
Hand über meine Wange. »Pass gut auf dich auf«,
sagt er mit ernster Stimme. »Das werde ich«, verspreche ich und lege meine Arme dankbar um seinen Hals.
Jackson erwidert meine Umarmung und streicht mir
mit seiner Hand fürsorglich über den Rücken. »Danke,
dass du das alles auf dich nimmst. Du bist ein wirklich
guter Freund«, sage ich mit zitternder Stimme, als er
schon im Türrahmen steht. Er sieht mich ein wenig
gerührt an und zwinkert mir zur Verabschiedung zu.
Dann verlässt er das Apartment.

»Wo gehen wir denn hin?«, frage ich beunruhigt, als
James mit seiner dunkelblauen Reisetasche vor mir
steht und seine Jackentaschen abtastet, um zu über-
prüfen ob er alles Wichtige dabeihat. »Zu Moms
Haus«, antwortet er kurz angebunden. Mit gerunzelter Stirn sehe ich ihn verwirrt an. »Wir gehen zu deiner Mom?«, frage ich unbehaglich. Sofort hält er mitten in der Bewegung inne und sieht mich traurig an.
»Wir haben vieles zu besprechen, aber jetzt müssen
wir erst mal von hier verschwinden.« Er öffnet mir die
Apartmenttür, greift nach seiner Tasche und nimmt
seinen Motorradhelm von der winzigen, eintürigen
Kommode aus dem Flur. »Ich habe gar keine Sachen«,
stelle ich frustriert fest, als wir vor seinem Motorrad
stehen. James' Mundwinkel umspielt ein zartes Grinsen. »Diese Situation hatten wir schon einmal«, merkt

114

er an. Erneut runzle ich fragend die Stirn. James fährt sich mit der Hand durch sein zerzaustes, blondes Haar und reicht mir seinen Helm. »Ich erkläre es dir später«, verspricht er. »Und gleich morgen besorge ich dir etwas Neues zum Anziehen.« Nachdenklich setze ich den Helm auf und nehme hinter ihm auf dem Motorrad Platz. Sobald ich meine Arme fest um seinen Bauch geschlungen habe, gibt er Gas und wir fahren los.

Nach ungefähr zwanzig Minuten Fahrzeit bringt James das Motorrad zum Stehen. Gespannt setze ich meinen Helm ab und sehe mich aufmerksam in der idyllischen Umgebung um. Einige vereinzelte Sonnenstrahlen lassen die Grünflächen um uns herum in satten Tönen erstrahlen. Die kleinen Vorgärten sind durch und durch gepflegt und von weißen Lattenzäunen umgeben. Da es für meinen Strickmantel inzwischen zu warm ist, ziehe ich ihn aus und hänge ihn mir über den Arm. Die Häuser mit der gelben Außenfassade sehen einladend und wunderschön aus. Sofort frage ich mich, wie es wohl innen aussehen mag. »Kommt dir irgendetwas an diesem Ort vertraut vor?« James verfolgt interessiert meinen staunenden Blick. »Nein.« Betrübt schüttle ich den Kopf. James nimmt meine Hand und streicht zärtlich mit seinem Daumen meinen Handrücken entlang, während wir langsam zum Haus gehen. Drinnen angekommen schaue ich mich interessiert um und versuche zwanghaft, mich daran zu erinnern, dass ich hier schon einmal gewesen bin.

Doch wie in den letzten Wochen zuvor lässt mich mein Gedächtnis einfach im Stich. Obwohl mir hier nichts bekannt vorkommt, fühle ich mich dennoch nicht fremd. Das Haus ist liebevoll und ordentlich eingerichtet, die Innenwände sind ebenfalls in einem hauchzarten Gelbton gehalten. Auf den weißen Fliesen im Wohnzimmer liegt ein riesiger, aprikosenfarbiger Teppich, der hervorragend zu den Möbeln im zarten Eichenholz passt. »Ist deine Mom gar nicht zuhause?«, frage ich, als James auf mich zukommt. Kaum merklich schüttelt er den Kopf. Liebevoll legt er seinen Arm um meine Taille und führt mich in die Küche. Wortlos setze ich mich an den Küchentisch und blicke mich angespannt um, während er einen Teekessel mit Wasser befüllt. Die Küche ist eher spärlich eingerichtet, aber dennoch sehr wohnlich. Mitten im Raum steht eine kleine Kücheninsel, die sofort zum Kochen einlädt. Die weiße Küchenzeile ist eher schlicht gehalten und wirkt im Gegensatz zum restlichen Teil des Hauses, den ich bis jetzt gesehen habe, irgendwie langweilig. So als ob dieser Raum es nicht wert gewesen wäre, mehr Aufmerksamkeit zu erhalten. Als der Kessel auf dem Herd zu pfeifen beginnt, nimmt James ihn von der Platte herunter und schüttet das heiße Wasser in die zwei Tassen vor ihm, in denen je ein Teebeutelband herausragt. Vorsichtig stellt er die Tassen vor uns ab und setzt sich mit einem besorgten Gesichtsausdruck mir gegenüber. »Du hast heute viel durchgemacht«, sagt er und greift mitfühlend nach meiner Hand über den Tisch. »Ich möchte keine Geheimnisse vor dir haben, aber ich will dich nach dem heutigen Tag auch nicht überfordern. Du solltest es selbst entscheiden, Marissa. Was genau möchtest du denn wissen?« Er streicht mir fürsorglich mit dem Daumen über den Handrücken und blickt mich liebevoll an, obwohl seine Stirn tiefe Sorgenfalten bildet. Nach einem kurzen Augenblick des Schweigens drücke ich seine Hand kaum merklich und lehne mich entschieden ein wenig nach vorn. »Alles. Ich will einfach *alles* wissen«, sage ich nachdrücklich.

Durcheinander und erschrocken zugleich laufe ich unruhig vom Wohnzimmer in die Küche, von der Küche wieder zurück ins Wohnzimmer. »Marissa.« James stellt sich vor mich, damit ich stehen bleibe, doch ich hebe abwehrend die Hände und mache auf dem Absatz kehrt, um weiter ziellos durch die Räume umherzuirren. »Sweetheart, bitte.« Er blickt mich sorgenvoll an, doch ich schüttle kaum merklich meinen Kopf um ihm zu signalisieren, dass ich noch nicht bereit zum Reden bin. Aufgewühlt versuche ich die Informationen in meinem dröhnenden Kopf zu sortieren. Die ganze Zeit über habe ich James schweigend über die Ereignisse der letzten Monate berichten lassen. Interessiert und teilweise ungläubig habe ich ihm zugehört, als würde er mir eine Geschichte erzählen. Nun weiß ich detailgenau, wie wir zusammengekommen sind, von Brians Entführung, wie ich aus Liebe zu James zu Brian zurückgekehrt bin und mir erneut die Flucht gelang, dass James seinen Vater in Notwehr getötet hat und dass sich seine Mom das Leben genommen hat. Ich habe erfahren, dass wir hier, in diesem Haus, einige

Wochen zusammen verbracht haben und dass wir scheinbar bis zu meinem tragischen „Unfall" unheimlich glücklich waren. Angespannt zupfe ich so heftig an meiner Haarsträhne, dass es weh tut. »Ich muss hier raus«, presse ich kaum lauter als ein Flüstern hervor und verlasse panisch mit wild hämmerndem Herzschlag das Haus. Eilig hetzt James mir hinterher und stellt sich so vor mich, dass er mir den Weg versperrt. Niedergeschlagen sucht er meinen Blick und sieht mir traurig in die Augen. »Hast du jetzt Angst vor mir?«, fragt er mit erstickter Stimme. Überrascht ziehe ich die Augenbrauen hoch. »Nein«, antworte ich wahrheitsgemäß. »Haben sich deine Gefühle für mich verändert? Marissa, du musst nicht bei mir bleiben. Wenn du mich jetzt irgendwie anders siehst, dann gehe ich zurück in mein Apartment und du kannst gerne hierbleiben. Egal was passiert und ganz gleich, wie du nun zu mir stehst, ich lasse dich trotzdem niemals im Stich.« Als ich in seine aufrichtigen Augen sehe, beruhigt sich mein rasender Herzschlag allmählich. Mit einem hörbaren Seufzer lehne ich meine Stirn an seinen Brustkorb und schließe für einen Moment die Augen. James schlingt seine Arme um mich und presst mir einen zärtlichen Kuss aufs Haar. Eine ganze Weile stehen wir unbewegt einfach so da. Während James mir Zeit gibt, meine wirren Gedanken zu ordnen, sagt er kein einziges Wort. Betrübt blicke ich zu ihm auf und habe Mühe, gegen den Drang, einfach loszuweinen anzukämpfen. Mitfühlend legt er seine Hände um mein Gesicht und streicht mit seinem Daumen zärtlich über meine Wange. »Es ist alles so surreal James. In meinem Kopf herrscht so ein riesiges

Durcheinander, dass ich gar nicht weiß, wohin ich mit meinen Gedanken soll.« Resigniert streiche ich mit meinen Fingern zaghaft an dem Saum seines Shirts entlang. Als ich meinen Blick hebe, um ihm in die Augen zu sehen, macht mein Herz einen Sprung. James' blondes Haar wird so vom Sonnenlicht reflektiert, dass man den Eindruck bekommt, er würde wie eine Engelsgestalt leuchten. Seine blauen Augen sehen mich voller Wärme an, doch seine vollen Lippen, die sonst die meiste Zeit von diesem sexy Grinsen umspielt werden, sind zu einer schmalen, traurigen Linie verzogen. Bedächtig fahre ich ihm mit meinen Händen durchs Haar und streiche ihm zärtlich über den Nacken. »Alles hat sich für mich geändert, James. Ich habe teilweise den Eindruck, dass ich nicht mehr weiß wer ich überhaupt bin. Du und Ava erzählen mir Dinge, die ich kaum für möglich halten kann, doch einer Sache bin ich mir sehr sicher.« Sanft lege ich meine Lippen auf seine und atme seinen unwiderstehlichen Duft ein. Im Sekundenbruchteil umschlingt James meine Taille und erwidert meinen Kuss so leidenschaftlich, dass ich um Atem ringe. Mit einem schüchternen Lächeln löse ich mich von ihm und sehe ihm eindringlich in die Augen. »Ich liebe dich. Denn das ist nichts, was ich wissen muss, sondern ich fühle es, mit jedem Herzschlag und mit jedem Mal, wenn ich dich ansehe... Ich liebe dich so sehr, dass es mir beinahe Angst macht«, schwöre ich ihm aus tiefster Seele. Ehe ich mich versehe, liegen seine Lippen mit einem hingebungsvollen Kuss erneut auf meinen. Die wohl beste Art, ein wenig Zerstreuung zu finden.

»Versuch dich hochzuziehen.« »Ich kann nicht«, rufe ich angestrengt. »Verlass mich nicht«, fleht James mit verzweifelter Miene. »Es ist okay«, krächze ich und sehe ihm direkt in die Augen. »Du hältst dich gefälligst fest«, fordert er mit erstickter Stimme. Für den Bruchteil einer Sekunde präge ich mir das mit Schürfwunden verletzte Gesicht dieses makellos schönen Mannes noch einmal ein und treffe einen Entschluss. Da James durch die Glätte selbst immer weiter in den Schacht rutscht, will ich kein Risiko eingehen, dass er sich selbst noch weiter in Gefahr bringt. »Ich liebe dich, James«, sage ich, während sich meine Hand bewusst weiter von seiner löst. »Nein«, ruft er verzweifelt aus. »Ich liebe dich so sehr«, schwöre ich inbrünstig und lasse los. »Marissssaaa! Marissa!«

Mit wild klopfenden Herzschlag setze ich mich auf und schnappe mehrmals nach Luft. Verwirrt und hektisch zugleich sehe ich mich im dunklen Raum um, ehe ich nach einer scheinbaren Ewigkeit realisiere, wo ich bin. Aufgewühlt blicke ich zu James, der neben mir liegt und sich verschlafen die Augen reibt. »Hey, wieso bist du wach?«, fragt er gähnend, während er mir behutsam über den Rücken streicht. Ich umschlinge mit dem linken Arm meine angewinkelten Knie und fahre mir mit der anderen Hand aufgebracht durch mein wirres Haar. »An dem Tag, als ich in den Schacht gestürzt bin, hattest du da Schürfwunden im Gesicht?«, frage ich monoton. Irritiert setzt er sich ebenfalls auf und sucht meinen Blick. »Ja, wieso?«, entgegnet er angespannt. »Und hast du meinen Namen gerufen, als ich gefallen bin?«, frage ich mit gerunzelter Stirn. Sofort habe ich seine volle Aufmerksamkeit. »Du erinnerst dich?«, flüstert er und knipst die Nachttischlampe an, die er neben der Couch, auf der wir schlafen platziert hat. Ich halte mir kurz die Hand vors Gesicht, damit sich meine Augen an das Licht gewöhnen können. Verunsichert schüttle ich den Kopf. »Ich habe nur geträumt. Aber es fühlte sich so real an«, sage ich leise und sehe James verwirrt an. Skeptisch runzelt er die Stirn. »Ich denke nicht, dass das nur ein Traum war. Dafür hast du zu detaillierte Erinnerung.« Verachtend schnaube ich kaum hörbar auf. »Schürfwunden im Gesicht und dass du meinen Namen gerufen hast, würde ich jetzt nicht detailliert nennen. Außerdem, vielleicht habe ich nur in meinem Traum versucht zu verarbeiten, was du mir heute erzählt hast«, erkläre ich skeptisch. Entschieden schüttelt James den Kopf und greift nach meiner Hand. »Wieso sollte Ava dir erzählt haben, dass ich Wunden im Gesicht hatte? Dieses Detail ist doch völlig irrelevant. Und ich habe weder dieses, noch dass ich nach dir gerufen habe erwähnt und es war genau so.« In seinem nachdrücklichen Unterton höre ich Hoffnung aufkeimen. Träge schmiege ich meinen Kopf an seine Schulter und spiele die Bilder meines Unfalls gefühlte hundert Male in meinem Gedächtnis ab. Wieso sollte ich mich ausgerechnet jetzt wieder an diesen tragischen Tag erinnern? Besteht eine realistische Chance, dass ich mein gesamtes Erinnerungsvermögen wiedererlange? Nein, ich möchte mir keine Hoffnung gestatten. Die letzten

Monate waren schwer genug zu ertragen, es ist mehr als frustrierend, wenn einem Erlebnisse aus dem eigenen Leben wie ausgelöscht erscheinen. Ich habe keine Lust, mich in der blinden Hoffnung zu verrennen, dass ich mich eines Tages wieder an alles erinnern kann. James schlingt seinen Arm um mich und zieht mich zu sich. Niedergeschlagen lege ich meinen Kopf auf seinen Brustkorb und zeichne geistesabwesend die Konturen seiner perfekt trainierten Brust nach. »Lass uns noch ein wenig schlafen, es war ein anstrengender Tag«, raunt James mit schläfriger Stimme und streicht mir beruhigend durchs Haar. »Hmm«, hauche ich einverstanden, doch ich bezweifle sehr, dass ich mit diesem Gedankenkarussell auch nur ein Auge zubekomme.

Kapitel 11

Seit geschlagenen drei Tagen habe ich nichts von Jackson gehört. Ich fühle mich bei James sehr gut aufgehoben und unbeschreiblich wohl, doch diese Ungewissheit, was Brian als nächstes tun könnte, raubt mir schier den letzten Nerv. James kommt mit einigen Einkauftüten zur Tür herein und grinst mich frech an. »Ich habe dir etwas mitgebracht«, sagt er und kommt auf mich zu. Dann reicht er mir einen kleinen, rechteckigen Karton. Als ich den Karton öffne kommt ein kleines, schwarzes Prepaid Handy zum Vorschein. Fragend sehe ich James an. »Ich dachte, du fühlst dich wohler, wenn du wieder ein eigenes Handy hast«, erklärt er. Dankbar lächle ich ihm zu. »Das ist wirklich ein lieber Gedanke, aber ich habe nicht mal Avas Handynummer«, sage ich geknickt. Sofort wird sein Grinsen noch breiter. »Marissa, wir leben in Zeiten des Internets.« James zückt sein weißes, veraltetes Samsung Handy und tippt einige Augenblicke daran herum. Kurze Zeit später hält er mir das Display unter die Nase, während seine Mundwinkel von einem arroganten Lächeln umspielt werden. »Es ist nicht sonderlich schwer, eine Telefonnummer herauszufinden«, sagt er überheblich und zwinkert mir zu. Erleichtert schreibe ich mir Avas Kontaktdaten auf einem herumliegenden Zettel von der Kommode im Flur auf und beschließe, mein Handy erst später einzurichten, um dann *endlich* mit Ava zu telefonieren.

»Hast du etwas von Jackson gehört?«, frage ich ange-spannt. »Nein«, antwortet James kurz angebunden. Nervös setze ich mich an den kleinen Computertisch aus Eichenholz im Wohnzimmer und drücke den Ein-schaltknopf am PC. Während der Computer schlep-pend hochfährt, hockt sich James neben mich und setzt einen nachdenklichen Gesichtsausdruck auf. Gespannt öffne ich James' Mailordner und stelle ent-täuscht fest, dass keine Nachrichten von Jackson ein-gegangen sind. »Gib mir dein Handy, ich rufe ihn jetzt an«, sage ich und strecke James meine Hand fordernd entgegen. »Nein. Wenn du ihn unbedingt anrufen willst, dann warte bis heute Abend. Jackson mitten am Nachmittag zu kontaktieren halte ich nicht für einen genialen Schachzug. Er wird bestimmt noch bei Brian in der Firma sein«, wendet James ein. »Aber wieso meldet er sich denn nicht? Er muss doch wissen, dass ich mir Sorgen mache nach allem, was geschehen ist«, erwidere ich ungeduldig. Aufgelöst beginne ich im Raum umherzulaufen. James packt mich am Arm und dreht mich unvermittelt zu sich. »Jackson geht es bestimmt gut Marissa«, sagt er und blickt mir ein-dringlich in die Augen. »Oder er ist schon längst tot«, platzt es aus mir heraus. Erschrocken starrt James mich an. »Wie kommst du denn auf so eine Idee?«, fragt er entsetzt. Besorgt sehe ich ihm in die Augen. »Du selbst hast mir erzählt, was Brian dir angetan hat. Und ich weiß, was er mir angetan hat, dazu brauche ich meine Erinnerungen an die vergangenen Monate nicht. Mir reicht es, was ich in den letzten Wochen durchlebt habe.« Gerade, als James etwas sagen möchte, ertönt ein leises „Ping" im Raum. Wie in

Trance husche ich zu dem Computer und sehe die lang ersehnte rote Eins oben am E-Mailordner. James steht so dicht hinter mir, dass ich seinen Atem in meinem Nacken spüren kann. Angespannt öffne ich mit zittrigen Fingern die Mail des unbekannten Absenders. Da nichts geschrieben wurde, klicke ich sofort auf eine der ungefähr zehn angehängten Dateien und greife nach James' Hand, die auf meiner Schulter liegt, während wir ungeduldig warten, dass das Video lädt. Nach einer gefühlten Ewigkeit spielt das schwarz-weiß Video ab. Zu sehen ist das Firmengelände in der *Hastingsstreet,* jener Ort, wo sich vor einigen Monaten das Drama abspielte. Auf der Baustelle sind einige Bauarbeiter zu sehen. Ungeduldig spule ich das Video vor, doch als selbst nach zwei Stunden nichts Außergewöhnliches zu sehen ist, beende ich das Video und öffne erwartungsvoll eine andere Datei. Die nächste halbe Stunde klicke ich mich durch jedes Video, das Jackson uns geschickt hat, erst bei der vorletzten Datei drückt James angespannt meine Hand, als er drei maskierte Männer über den Bildschirm eilen sieht. Mit weit aufgerissen Augen sehe ich zu ihm hoch, als ich erkenne, dass die Typen James kurze Zeit später in seiner Gewalt haben. Brutal schlagen sie auf ihn ein, doch James lässt sich nicht einschüchtern und setzt sich entschieden zur Wehr. Schließlich gelingt es ihm zu entkommen und wenige Augenblicke später erscheine auch ich auf dem Bildschirm. Mit angehaltenem Atem krallen sich meine Nägel in James' Hand, ich fühle mich schlagartig wie paralysiert. Als ich James entdeckt habe, erkenne ich anhand seiner Gestik, dass er mich höchstwahrscheinlich gerade zu beruhigen versucht. Dieser bildschöne Mann wurde bedroht und zusammengeschlagen und dennoch setzt er es sich zur obersten Priorität, sich um mich zu kümmern. Ungläubig schüttle ich den Kopf. Nun beobachte ich, wie James mit mir quer über die Baustelle eilt und wir scheinbar nach einem Fluchtweg suchen. Doch der metertiefe Schacht, der sich rund um das Gelände zieht, hindert uns, einen Ausweg zu finden. Plötzlich erscheinen Brian und sein Schlägertrupp wieder auf der Bildfläche. James stellt sich sofort schützend vor mich, um Brian den Weg zu versperren. Auf Brians Handzeichen hin wird James von mir weggezerrt und gerät in eine handfeste Schlägerei, während Brian bedrohlich langsam auf mich zukommt. Wie gelähmt schaue ich mir mit angehaltenem Atem das Szenario an. Währenddessen schlägt James sich unerschütterlich mit diesen Männern weiter, als Brian mich mit wutverzerrten Gesicht bei den Schultern packt. Nachdem James die drei Typen außer Gefecht gesetzt hat und sich Brian widmen will, tut dieser das Undenkbare. Feige versetzt er mir einen Stoß, woraufhin ich rückwärts taumelnd den Halt verliere und ungehindert in den Schacht stürze. Brian geht auf James los, doch James versetzt Brian einen so heftigen Schlag, dass dieser fluchtartig von James ablässt. Dann versucht James mich verzweifelt an einer Metallkette, an der ich mich mühsam festklammere, hochzuziehen. Doch kurze Zeit später löst Brian die Kette vom sicheren Baugerüst, woraufhin ich unwillkürlich tiefer in den Schacht rutsche. Der sichtbar verletzte James verliert selbst immer mehr Halt durch die Glätte und einen kurzen Augenblick später verschwinde ich vollends in dem Schacht, während er verzweifelt weinend in sich zusammenbricht. Entkräftet rappelt er sich auf, eilt zu dem Baugerüst und befestigt die Kette, die Brian wenige Augenblicke zuvor gelöst hatte. Dann klettert er mit schmerzverzerrten Gesichtsausdruck in den Schacht hinein. Mit zittrigen Fingern drücke ich auf Pause. Ich weiß, was als nächstes geschieht, denn wie mir erzählt wurde, hat Brian die Polizei gerufen und James als Sündenbock dargestellt. Angestrengt konzentriere ich mich auf meine Atmung, doch mein gesamter Körper zittert so sehr, dass ich regelrecht verkrampfe und mir das Atmen immer schwerer fällt. Mit wackligen Beinen stehe ich auf und gehe nach draußen, um mich auf die Stufen vor dem Haus zu setzen. Wenige Sekunden später setzt James sich zu mir und legt beruhigend einen Arm um meine Taille. »Jetzt haben wir endlich einen Beweis«, flüstere ich und fange unkontrolliert zu kichern an. Im selben Augenblick merke ich, wie mir Tränen ungehindert die Wange runter rinnen, doch ich kann nicht aufhören zu kichern. Meine Hände und Beine zittern so sehr, dass ich den Eindruck habe, die Kontrolle über meinen gesamten Körper zu verlieren. James starrt mich ungläubig an, doch dann schlingt er mit einem besorgten Gesichtsausdruck seine Arme fester um meinen Leib, um mich zu beruhigen. »Marissa, versuche ganz ruhig zu atmen. Du bist in Sicherheit«, raunt er tröstend und schlingt seine Arme mit etwas Nachdruck um meinen Körper, bis ich mich nicht mehr rühren kann. Unentwegt weine und kichere ich weiter, obwohl mir weder zum einen noch zum anderen zumute ist. Meine Gedanken überschlagen sich so sehr, dass ich nicht mal weiß, woran ich überhaupt gerade denke. *Oh Gott, ich habe sicher einen Nervenzusammenbruch.* Nachdem sich mein Körper allmählich wieder beruhigt hat, sehe ich niedergeschlagen zu James auf. Beklommen erwidert er meinen Blick und presst mein Gesicht zärtlich gegen seinen Brustkorb, so dass ich unwillkürlich seinen unwiderstehlichen und beruhigenden Duft einatmen kann. Sanft streicht er mir durchs Haar, doch seine Brustmuskeln sind merklich angespannt. »Geht es wieder?«, fragt er leise. Statt einer Antwort nicke ich nur, denn irgendwie traue ich meiner Stimme nicht. Ich möchte nicht, dass James sich meinetwegen ständig Sorgen machen muss und ich befürchte, wenn ich auch nur einen Ton sage, werde ich wieder zu weinen anfangen. Eine ganze Weile sitzen wir schweigsam auf der Treppe und beobachten die kleinen Wolken, die zügig an uns vorbeiziehen. In meinen Gedanken spielen sich immer wieder die Szenen des Videos ab, doch so schrecklich das alles auch war, wie James verzweifelt in sich zusammengebrochen ist, versetzt mir eindeutig den größten Stich. Dieser Mann scheint mich aufrichtig zu lieben, falls es mir vorher noch nicht richtig bewusst war, habe ich jetzt zumindest keinerlei Zweifel mehr. Mühsam befreie ich mich aus seiner Umarmung und sehe ihm mit ernster Miene in die Augen. Obwohl ich mich innerlich noch immer sehr zittrig fühle und am liebsten den ganzen Tag weinen möchte, beschließe ich, James etwas zu sagen, das Allerwichtigste. »Ich liebe dich«, hauche ich mit bebender Stimme. Er sieht mich voller Inbrunst an und presst mir einen Kuss auf die

Stirn. Dann reicht er mir seine Hand und zieht mich vorsichtig hoch, um wieder ins Haus zu gehen.

Als wir das Haus betreten, fällt mein Blick sofort auf das Standbild des Computers. Mit eiligen Schritten geht James zum Monitor und schaltet diesen aus. Während ich noch immer bemüht bin, meine Fassung wieder zu erlangen, schlurfe ich in die Küche und befülle geistesabwesend den Kessel mit Wasser, um uns einen Tee zu machen. »Ich mache das schon«, sagt James, als er hinter mir auftaucht und nimmt mir den Kessel aus der Hand. Gedankenverloren setze ich mich an den Küchentisch und lasse meinen Blick aus dem kleinen Fenster neben mir schweifen. Nach wie vor kann ich nicht aufhören, an das Video zu denken. Es ist mir schier unbegreiflich, dass Brian, mein eigener Ehemann, ernsthaft versucht hat, mir das Leben zu nehmen. Ich hasse ihn so sehr, damit darf er nicht ungestraft davonkommen. Als das Teewasser fertig ist, höre ich, wie James unsere Tassen befüllt und vor uns auf die Tischplatte abstellt. Doch ich nehme alles nur gedämpft wahr, so als würde ich mich mitten in einer riesigen, imaginären Blase befinden. »Marissa?« James' sanfte Stimme holt mich aus meinen finsteren Gedanken. Sofort richte ich meinen müden Blick auf ihn. »Tut mir leid, dass ich vorhin die Nerven verloren habe«, entschuldige ich mich. »Dafür musst du dich nicht entschuldigen. Das wäre wohl jedem in deiner Situation passiert«, sagt er verständnisvoll. Er nimmt auf dem Stuhl neben mir Platz und setzt einen nachdenklichen Gesichtsausdruck auf. »Sollen wir die Datei einfach an die Polizei weiterleiten oder wie geht es jetzt weiter?«, frage ich angespannt. »Auf jeden Fall müsste die Staatsanwaltschaft dann den Vorwurf wegen versuchten Mordes gegen mich fallen lassen«, erwidert James abwesend. Unverhofft läutet es an der Haustür. James sieht mich skeptisch dreinblickend an und geht sofort zur Tür, um nachzusehen, wer draußen steht. Erschöpft bleibe ich in der Küche sitzen und überlege fieberhaft, wie es zukünftig weiter geht. Senden wir die Datei einfach an die Polizei, Brian wird festgenommen und alle können wieder friedlich ihr Leben weiterleben? Ist des Rätsels Lösung wirklich so lächerlich einfach? »Marissa!«, ruft James aus dem Flur und seinem erstickten Tonfall entnehme ich nichts Gutes. Auf der Stelle gehe ich mit zügigen Schritten zu James und reiße überrascht meine Augen auf, als Jackson mit einer zierlichen, jungen Frau in den Armen vor mir steht.

»Was willst du denn hier?«, fragt James gereizt und schließt hastig die Haustür. Doch bevor Jackson antworten kann, stürze ich mich erleichtert in seine Arme. Wohlgefällig erwidert er meine Umarmung und streicht mir tröstlich durchs Haar. »Ich habe mir solche Sorgen gemacht«, schluchze ich. Angestrengt konzentriere ich mich darauf, nicht erneut die Fassung zu verlieren und straffe meine Schultern. *Es ist genug, ich muss mich zusammenreißen!* »Es ist alles okay, ich konnte mich nicht eher melden«, flüstert er einfühlsam. Als ich mich von Jackson löse, strecke ich seiner hübschen Begleitung mit einem schüchternen Lächeln die Hand entgegen. »Du musst Amara sein. Ich bin Marissa und das ist mein Freund James«, sage ich und blicke zu James, der noch immer mit einem leicht verärgerten Gesichtsausdruck an der Tür steht. »Es freut mich sehr, euch kennenzulernen«, entgegnet Amara mit sanfter Stimme und ergreift freundlich meine Hand. Zaghaft streicht sie sich eine ihrer rotbraunen Strähnen ihres schulterlangen Haares hinters Ohr und sieht verlegen zu Jackson auf. »Wir müssen reden«, sagt Jackson an James gewandt. James deutet mit einer vagen Kopfbewegung Richtung Wohnzimmer, nimmt meine Hand und zieht mich angespannt neben sich her. Zögernd nehmen Jackson und Amara auf der linken Hälfte des Sofas Platz, während James und ich uns auf die andere Seite der Couch setzen. Gespannt sehe ich abwechselnd von Jackson zu Amara, die ein wenig niedergeschlagen blickend nach seiner Hand greift. Liebevoll legt er ihr seine Hand um die Taille und haucht ihr einen flüchtigen Kuss aufs Haar. »Wie hast du uns hier gefunden?«, fragt James und drückt meine Hand kaum merklich. »Ich bin euch gefolgt, als ihr aus dem Apartment ausgezogen seid«, antwortet Jackson mit leichtem Unbehagen in der Stimme. »Du bist was?«, ruft James entsetzt aus. Wütend springt er von der Couch und stemmt seine Hände in die Hüften. Auch Jackson erhebt sich und stellt sich mit einer abwehrenden Handbewegung James gegenüber. »Ich hatte nichts Böses im Sinn«, stellt er klar. Ich höre James abfällig ausschnauben. »Ist dir eigentlich bewusst, in was für eine Gefahr du Marissa damit bringst?«, funkelt James zornig und stößt Jackson ungehalten gegen den Brustkorb, so dass er unweigerlich einen Schritt zurückweicht. »James!«, rufe ich ungläubig aus und packe ihn am Arm, um ihn von Jackson wegzuziehen. Mit fassungslosen Blick starrt er mich an. »Ich wusste gleich, dass man ihm nicht trauen kann«, rechtfertigt er sich und rauft wütend sein blondes Haar. So aufbrausend kenne ich James gar nicht. »Wieso bist du uns gefolgt?«, frage ich Jackson und sehe ihn bittend an. Ich vermute, dass es eine harmlose Erklärung für sein Handeln gibt und ich möchte unbedingt vermeiden, dass James sich in seiner Wut verrennt. »Für den Fall, dass Amara Schutz braucht«, erklärt er und sieht schlagartig so hilflos aus, dass es mir einen kleinen Stich versetzt. Nun hat Jackson auch James' volle Aufmerksamkeit. »Was ist passiert?«, fragt er Amara und augenblicklich ist sein Tonfall freundlicher. »Brian hat mich in meiner Wohnung aufgesucht, während Jackson nach Marissa Ausschau halten sollte. Und er hat mir gedroht«, sagt sie kleinlaut und blickt mich beschämt an. »Sie ist in ihrer Wohnung nicht mehr sicher und ich habe keine Familie hier«, erklärt Jackson und sieht James mit einem undefinierbaren Ausdruck in den Augen an. »Ich brauche eure Hilfe.« Jackson wirft uns einen bittenden Blick zu. Einverstanden nickt James ihm zu, woraufhin ich ihm ein dankbares, kleines Lächeln schenke.

Nachdem James und ich unsere Gäste mit Tee und Kaffee versorgt haben, habe ich mich leise auf die

Treppe vor dem Haus geschlichen. Erschöpft atme ich einen wohltuenden, kühlen Windhauch ein und versuche die Geschehnisse zu verarbeiten. »Darf ich mich setzen?« Wie aus dem Nichts ertönt Jacksons Stimme hinter mir. Erschrocken zucke ich kurz zusammen, ich habe gar nicht bemerkt, wie die Tür hinter mir aufging. »Klar«, sage ich nur und nehme einen tiefen Atemzug. Jackson setzt sich neben mich und grinst entschuldigend. »James macht für Amara gerade das Schlafzimmer zurecht«, erklärt er mit anerkennender Miene. Während meine Mundwinkel ein erleichtertes Lächeln umspielt, schüttle ich kaum merklich meinen Kopf. »James ist ein *sehr* hilfsbereiter Mensch. Du darfst ihm nicht übelnehmen, dass er so dünnhäutig ist, wenn es um mich geht. Er meint es nicht so«, flüstere ich. Jackson nickt mir verständnisvoll zu. »Er liebt dich wirklich, das kann ich sehen. Und so wie er immer für dich kämpfen wird, so geht es mir mit Amara. Ich würde dich nie in Gefahr bringen Marissa, ich hoffe, das weißt du. Aber ich muss auch auf meine eigene Familie achtgeben. Amara ist alles, was ich habe.« »Ich weiß«, sage ich einsichtig. »Gut, dass sie jemanden wie dich an ihrer Seite hat.« Eine ganze Weile sitzen wir in einer behaglichen Stille da und genießen die Ruhe nach diesem anstrengenden Tag. »Wir sollten langsam mal wieder herein gehen«, schlägt Jackson vor und versetzt mir mit einem schiefen Grinsen einen leichten Klaps gegen mein Bein. »Warte«, bitte ich ihn und zupfe nervös an einer meiner Haarsträhnen. Sofort blickt er mir gespannt in die Augen. »Gerade jetzt, wo du Amara in Gefahr befürchtest, verstehe ich nicht, wieso ihr nicht zusammen zurück nach Kanada geht. So wärt ihr beide doch in Sicherheit. Was verschweigst du mir, Jackson?« Misstrauisch sehe ich ihn an, woraufhin er sichtlich mit jeder vergehenden Sekunde nervöser wird. »Darüber sprechen wir am besten in Amaras Beisein«, sagt er mit fester Stimme, steht auf und öffnet uns die Haustür. Perplex gehe ich an Jackson vorbei und knete nervös meine Finger.

»Ich danke euch wirklich sehr für eure Gastfreundschaft«, haucht Amara, als ich zur Tür hereinkomme und lächelt mich zaghaft an. Höflich erwidere ich ihr Lächeln und durchsuche mit Blicken den Raum nach James. Als ich ihn in der Küche umherlaufen sehe, gehe ich eilig zu ihm. »Ich dachte, ich bereite uns ein Risotto für heute Abend zu«, erklärt er und kramt in der Lebensmittelschublade herum. »Was für ein Tag, was?« Mitfühlend blickt er zu mir auf, während er noch immer vor der Schublade hockt. Als er meinen beunruhigten Gesichtsausdruck zur Kenntnis nimmt, steht er sofort auf und kommt angespannt auf mich zu. »Jackson und Amara haben uns etwas zu erzählen«, sage ich leise. »Noch mehr gute Neuigkeiten?«, fragt er mit einem zynischen Unterton und legt einen Arm um meine Taille. Schweigsam gehen wir in den Wohnraum, wo Jackson und Amara bereits Platz genommen haben und sich angeregt leise unterhalten. Erst als sie uns bemerken, hören sie auf zu tuscheln. Während Amaras Blick einen leicht panischen Ausdruck angenommen hat, versucht Jackson beinahe erfolgreich, seine Anspannung zu verbergen. Um Amara ein wenig zu beruhigen lächle ich ihr aufmunternd zu. Denn egal, was Jackson und sie uns zu erzählen haben, mein Entschluss, den beiden zu helfen, ist unumkehrbar. Erneut sitzen wir Paare uns auf der geräumigen Couch gegenüber. Eine tiefe Beklommenheit erfüllt den Raum, die Stille des Schweigens dröhnt beinahe ohrenbetäubend in meinen Kopf. »Mein Stiefvater hat mich als Kind missbraucht«, flüstert Amara in die Stille hinein. Erschrocken von diesem Geständnis sehen James und ich uns einen Augenblick fassungslos an, während Amara beschämend auf ihre ineinander verschlungenen Finger blickt. »Ich wohnte noch bis zu meinem 21. Lebensjahr bei ihm und meiner Mom, da ich sie nicht mit ihm allein lassen wollte«, fährt sie fort, noch immer ohne einen von uns anzusehen. Jackson streicht ihr eine Strähne aus dem Gesicht und legt liebevoll einen Arm um sie. »Als ich erwachsen wurde, habe ich mich gegen die Aufdringlichkeit meines Stiefvaters zur Wehr gesetzt und von da an begann für meine Mom ein Martyrium. Ich flehte sie an, ihn zu verlassen, doch sie verneinte meinen Vorschlag vehement. Und als er sie zum wiederholten Male vor meinen Augen schlug und erniedrigte, fasste ich kurzerhand einen Entschluss.« Ihre Stimme bricht und ihre Gesichtsfarbe nimmt einen unnatürlichen Weißton an. Ängstlich blickt sie zu Jackson und legt ihre Stirn in tiefe Sorgenfalten. Mit ausdrucksloser Miene sieht Jackson zu James und mir herüber. »Amara hat ihr Elternhaus in die Luft gesprengt, während ihr Stiefvater noch drin war.« Prüfend blickt er in unsere betroffenen Gesichter. »Judith, ihre Mom, hat

135

Amara an die Behörden verraten und seitdem ist sie auf der Flucht. Deshalb können wir nicht zurück nach Kanada.« Sorgenvoll hebt Amara ihren Blick, um James und mich eingehend zu beobachten. »Das heißt, du wirst wegen Mordes gesucht?«, frage ich heiser. Deprimiert nickt sie mir zaghaft zu und schaut erneut beschämt auf ihre ineinander verschränkten Finger. »Ist Amara überhaupt dein richtiger Name?«, erkundigt sich James skeptisch. »Mein offizieller Name ist Amara Thompson, aber ich wurde als Amelia Leighton geboren.« »Ich habe ihr einen falschen Pass besorgt, da wir Papiere für die Hochzeit brauchten und ich kein Risiko eingehen wollte«, wirft Jackson ein. »Doch das schützt uns nicht davor, dass sie jederzeit ausgewiesen werden kann.« Erschöpft lasse ich mich in James' Arme sinken und versuche die Neuigkeiten in meinem Kopf zu ordnen. Derweil beginnt Jackson nervös auf seinem Platz umher zu rutschen. »Ich muss wieder zurück in die Firma, bevor Brian misstrauisch wird«, stellt er mit einem Blick auf die Uhr entschuldigend fest und erhebt sich widerwillig von der Couch. »Auf ein Wort«, sagt James und nickt Richtung Küche. Als er den Raum verlässt, folgt Jackson ihm mit ernster Miene. Währenddessen sitzen Amara und ich uns schweigsam gegenüber. Unwillkürlich stelle ich gewisse Ähnlichkeiten zwischen James, mir und ihr auf, denn wir alle hatten einen Mann in unserem Leben, der uns die Kindheit schlichtweg zerstörte. Wenn auch auf ganz unterschiedliche Weise. Ich hatte es mit meinem Dad auch nie leicht, doch er missbrauchte mich „nur" auf emotionaler Ebene, mit seiner sturen Ignoranz. Und ich habe einen Mann geheiratet, der mir den letzten Lebenswillen aussaugte. Im Prinzip sind wir verwandte Seelen, die allein durch ihr Schicksal aufeinandergetroffen sind. Einige Augenblicke später erscheint Jackson wieder im Wohnraum und verabschiedet sich liebevoll von seiner Freundin. Um den beiden ein wenig Privatsphäre zu lassen, beschließe ich, nach James zu sehen. Mit gesenktem Blick steht er mitten im Flur und scheint angestrengt nachzudenken. Als er mich wahrnimmt erhellen sich seine Gesichtszüge kaum merklich. »Was hast du mit Jackson besprochen?«, frage ich interessiert. »Nur, wie wir weiter vorgehen. Die Einzelheiten erzähle ich dir später, wenn wir allein sind«, wiegelt er ab, da Jackson mit Amara im Arm auf uns zukommt. Zärtlich haucht er ihr einen Kuss aufs Haar und wirft mir einen sanften Blick zu. »Danke, dass ihr uns helft«, flüstert Jackson während er mich kurz zur Verabschiedung umarmt. »Das ist doch selbstverständlich, wirklich, mach dir darüber keine Gedanken«, sage ich und suche seinen Blick. Sichtlich erleichtert zwinkert er mir zu und setzt ein schiefes Grinsen auf. Bevor er das Haus verlässt, streckt er James die Hand entgegen und die beiden Männer verabschieden sich, diesmal ohne den geringsten Groll, freundlich voneinander.

Nachdem sich Amara kurz nach dem Abendessen direkt in ihr Zimmer verzogen hat und es nun schon seit mehr als einer Stunde still im Haus ist, beschließe ich, mich auch fürs Bett fertig zu machen. Als ich aus dem Bad komme und leise die Treppe hinunter ins Wohnzimmer gehe, sehe ich, dass James unsere Schlaf-couch inzwischen zurecht gemacht hat. Der Wohn-raum ist abgedunkelt, es brennt nur das kleine Licht der Nachttischlampe, welches den Schlafplatz nur umso einladender und gemütlicher erscheinen lässt. Als James mich sieht, hebt er verheißungsvoll die Bettdecke etwas an. »Leiste mir doch ein wenig Ge-sellschaft Sweetheart«, raunt er mit einem anzügli-chen Grinsen. Bereitwillig krieche ich unter die Decke und schmiege meinen Kopf an seinen nackten Ober-körper. Gedankenlos streife ich meine Hand über James' Bauch und male mit meinem Zeigefinger ima-ginäre Kreise nach. Abrupt hält er meine Hand fest und sieht mich belustigt an. » Das kitzelt«, beschwert er sich. »Weichei«, flüstere ich ironisch und muss kichern. Unversehens dreht er sich herum und legt sich mit seinem gesamten Körpergewicht auf mich, so dass ich mich nicht mehr rühren kann. »Entschuldige, kannst du das bitte noch einmal wiederholen?«, fragt er neckisch. In dem Moment, als ich mit einem beina-he selbstgerechten Blick Luft hole, um das Wort wie gewünscht zu wiederholen, wandert James blitz-schnell mit seinen Händen hinunter bis zu meiner Taille und kitzelt mich gnadenlos. Sofort entfährt mir ein lautes Kichern, welches ich unverzüglich mit mei-nen Händen zu ersticken versuche, um unseren Gast nicht aufzuwecken. »Halt, bitte, hör damit auf«, flehe ich lachend. Augenblicklich lässt er von mir ab und schenkt mir sein sexy Grinsen. »Wer ist *jetzt* das Weichei?«, fragt er schelmisch und sieht dabei so unverschämt attraktiv aus, dass mir kurz der Atem stockt. Zärtlich streiche ich ihm durch sein wirres Haar und beginne sein stoppeliges Kinn mit hauchzarten Küssen zu bedecken. Schlagartig ist die ausgelassene Stimmung um uns herum wie erloschen und wird durch eine knisternde Atmosphäre ersetzt. Begierig legt er seine Lippen auf meine und küsst mich, erst sanft, doch mit jedem weiteren Atemzug wird sein Kuss drängender und fordernder. Behutsam fährt er mit seiner rechten Hand meine Taille entlang, während seine andere Hand mich vorsichtig von meinem Shirt befreit. Augenblicklich beginnt er meinen Hals bis runter zu meinem Schlüsselbein mit weiteren Küssen zu bedecken. Lustvoll schließe ich die Augen und gebe mich dem Gefühl der Geborgenheit und Begierde voll und ganz hin. Die ganze Zeit während dieses innigen Moments frage ich mich, womit ich diesen Mann verdient habe. Er ist einfach perfekt, vom Scheitel bis zur Sohle. Und all das, was in ihm steckt, sein gutmütiges Herz, sein kämpferischer Mut und seine aufrichtige Liebe zu mir, lassen mich schier in der irrationalen Angst zurück, dass ich jeden Moment erwache und feststellen muss, dass all dies nur ein Traum war. Als James bemerkt, dass ich mit meinen Gedanken abschweife, stützt er sich auf den Ellbogen ab und sieht mich fragend an. »Wo bist du Marissa?« Vorsichtig streicht er mir mit dem Daumen eine Strähne aus meinem Gesicht. Ich ergreife seine Hand und drücke ihm einen Kuss in die Handfläche. »Ich bin hier, bei dir, genau dort, wo ich sein will«, antworte ich, überwältigt von meinen eigenen Gefühlen. Bei meinen Worten erscheint ein weicher Ausdruck in seinen blauen Augen. »Glaubst du an das Schicksal, James?«, frage ich nachdenklich. Gerührt und voller Liebe schaut er mir in die Augen und streicht mir sanft mit seiner Hand über die Wange. Dann presst er ein wenig nachdrücklicher seinen Mund auf meinen, bis ich den herrlichen Geschmack seiner Zunge wahrnehme. Genüsslich entfährt mir ein fast lautloses Stöhnen. »Spürst du es denn nicht, Marissa?«, raunt er heiser und legt meine Hand an sein Herz. »Vor wenigen Monaten waren wir uns noch völlig fremd und jetzt kann ich mir ein Leben ohne dich nicht mehr vorstellen. Jedes Lachen, jede Sorge, jeder Herzschlag und jeder Kuss sind beinahe einzigartig auf uns abgestimmt. Einfach alles passt perfekt zusammen. Wie sollte ich unter solchen Umständen das Schicksal noch in Frage stellen?« Anstelle einer Antwort umschlinge ich seinen Nacken und ziehe sein Gesicht so nah an meins heran, dass ich ihn unbeschwert küssen kann. »Ich liebe dich, James. Durch dich habe ich das erste Mal in meinem Leben wieder Hoffnung und du hast mich keine Sekunde enttäuscht«, hauche ich zwischen zwei Küssen und gebe mich dem Gefühl, so nah bei ihm zu sein wie es nur möglich ist, voll und ganz hin.

Kapitel 12

Das Licht der eindringenden Sonnenstrahlen lassen mich allmählich erwachen. Als ich mich verschlafen räkle, stelle ich überrascht fest, dass James nicht neben mir liegt. Verwundert ziehe ich mir meinen Bademantel über und schlurfe barfuß in die Küche. James steht vollständig bekleidet mit seinem locker sitzenden, hellblauen Hemd, das ich so liebe, vor dem Herd und rührt gedankenverloren in einem Topf herum. Ich bleibe lächelnd im Türrahmen stehen und betrachte diesen wunderbaren Mann mit voller Aufmerksamkeit. Vorsichtig nimmt er mit dem Kochlöffel ein wenig der breiartigen Masse aus dem Topf und nippt langsam daran. Augenblicklich verzieht er den Mund zu einer angeekelten Grimasse und schüttet etwas Agavensirup in den Kochtopf hinein. Bei dem Anblick seines Gesichtsausdrucks fange ich unweigerlich zu kichern an. Im selben Moment hebt James seinen Blick und entdeckt mich. »Guten Morgen, Sweetheart.« Grinsend legt er den Kochlöffel beiseite und kommt auf mich zu. Als er direkt vor mir steht legt er seine Hände um mein Gesicht und küsst mich ungestüm. Begierig schiebe ich meine Hände unter sein Hemd und streiche langsam an seinen Bauchmuskeln entlang. Ich kann von diesem Mann einfach nicht genug bekommen. Doch unser intimer Moment wird abrupt unterbrochen, als wir Amara die Treppen hinunterkommen hören. Sofort lassen wir voneinander ab und sehen uns verstohlen wie zwei Teenager an, die heimlich hinter der Sporttribüne knutschen und ertappt wurden. »Hey.«, begrüße ich Amara freundlich, als sie in meinem Blickfeld erscheint. »Hast du Appetit? Ich habe Marissas Leibspeise, Haferbrei mit Sirup, zubereitet«, sagt James und zwickt mir neckisch in die Hüfte. Oh ja, ich liebe Haferbrei, aber das mit dem Sirup halte ich für ein Gerücht. Insgeheim ist mir bewusst, dass James mich nur zum Essen animieren möchte. Da er sich stets so viel Mühe mit mir gibt, strenge ich mich wirklich an, meine Essensproblematik in den Griff zu bekommen - ihm zu Liebe. »Haferbrei klingt super«, entgegnet Amara mit einem abgekämpften Lächeln.

Nachdem ich den Tisch gedeckt habe, sitzen wir am Frühstückstisch und essen schweigsam. Ein Schleier der Stille ummantelt den Raum. Um das Schweigen zu durchbrechen, denke ich krampfhaft über ein unverfängliches Thema nach, doch noch ehe mir etwas einfällt, räuspert sich Amara und sieht James und mich ein wenig unbehaglich an. »Wann plant ihr das Video an die Polizei zu übergeben?«, fragt sie mit ihrer zarten Stimme und blickt uns abwechseln an. James fährt sich mit der Hand durch sein Haar und zuckt unentschieden mit Schultern. »Ich dachte, je eher, umso besser.«, sagt er, doch seine Antwort klingt beinahe wie eine Frage. Sichtlich erleichtert nickt Amara kaum merklich. »Ich bin so froh, wenn dieser Albtraum ein Ende hat«, flüstert sie und verlässt ihren Platz. »Kann ich kurz mit dir sprechen?«, fragt sie und sieht mich verunsichert an. »Äh, klar...«, antworte ich mit einem fragenden Blick in James' Richtung und folge ihr ein wenig irritiert. Als wir draußen auf der kleinen Veranda stehen, ziehe ich mir meinen Bademantel ein wenig verlegen etwas enger um den Leib. Irgendwie komme ich mir vollkommen nackt vor. »Ich weiß nicht, wie ich es sagen soll, also sag ich es einfach geradeaus«, beginnt Amara, ohne mich anzusehen. »Ich bin euch beiden, aber vor allem dir, unendlich dankbar, dass ihr Jackson und mir helft. Trotz der Umstände...« Beschämt hebt sie ihren Blick und sieht mir peinlich berührt in die Augen. Erst jetzt wird mir klar, worauf sie mit ihrer Aussage überhaupt hinaus will. »Ich wusste nicht, dass er verheiratet ist, Marissa. Das schwöre ich dir«, erklärt sie voller Demut in der Stimme. Wie sie so vor mir steht, beschämt, reumütig und verletzt, erinnert sie mich sofort an eine ganz bestimmte Person. Nämlich an mich selbst. Zu gut kenne ich das Gefühl der Scham und der Reue und weiß, wie sehr einen dies das letzte Stück Licht im Inneren rauben kann. Amara hat es nicht verdient, sich so zu fühlen, schließlich ist sie einfach nur auf Brians charmante Masche reingefallen. »Du musst dich nicht entschuldigen. Wirklich nicht. Dich trifft überhaupt keine Schuld«, sage ich aufrichtig und schenke ihr ein beruhigendes Lächeln. Augenblicklich huscht ein erleichterter Ausdruck über ihr Gesicht. »Ich danke dir«, erwidert sie und erweckt mit der Art, wie sie mit gestrafften statt hängenden Schultern vor mir steht, den Eindruck, als wäre ihr eine kiloschwere Last von der Seele genommen worden. Aber das ist es ihr wahrscheinlich auch. »Wir sollten wieder hinein gehen und besprechen, wie James' Plan für den Tag aussieht«, schlage ich vor. Einverstanden nickt sie mir zu.

Während ich mich gerade im Bad zurecht mache, klopft es zwei Mal leise an der Tür. Noch ehe ich etwas sagen kann, betritt James unaufgefordert den Raum. Schnell ziehe ich mir mein blaugepunktetes Kleid über und lächle James verstohlen an. Er erwidert mein Lächeln zwar kurz, doch seine Augen sehen besorgt aus. »Wieso wollte Amara dich sprechen?«, fragt er mit einem irritierten Gesichtsausdruck. »Es ging nur um alte Geschichten«, wiegle ich mit einer wegwerfenden Handbewegung ab. »Amara wird zusehends nervöser, James, und ich muss gestehen, mir geht es ganz genauso. Ich möchte diesem ganzen Albtraum endlich ein Ende setzen.« Verständnisvoll nickt er kaum merklich und kommt schleichend auf mich zu. Dann schlingt er seine Arme um mich und atmet einmal schwer aus. »Ich werde gleich zum Präsidium fahren und denen das Video aushändigen. Ich hoffe, danach kehrt Ruhe ein«, sagt er wenig überzeugt. Sofort macht meine Angespanntheit mit einem heftigen Herzrasen auf sich aufmerksam. Ich mag mir gar nicht ausmalen, wie sehr Brian vor Wut kochen wird, wenn er festgenommen wird. Aber wenigstens hätte der Schrecken so ein Ende. »Dann mach dich auf den Weg, ich werde in der Zwischenzeit mit Amara alles Weitere besprechen.« James haucht mir einen flüch-

144

tigen Kuss auf die Lippen und ist wenige Augenblicke später verschwunden.

»James hat was??«, ruft Jackson empört aus als, ich ihm erkläre, wo James gerade steckt. Nachdem ich Amara darüber aufgeklärt habe, dass James das Beweisvideo zum Präsidium bringt, hat sie Jackson eine kurze SMS zukommen lassen. Kaum eine Stunde ist vergangen, seitdem er hier so aufgebracht aufgetaucht ist. Mit irritiertem Gesichtsausdruck begegne ich seinem Blick. »Du hast uns doch die Dateien geschickt, um James' Unschuld zu beweisen und um Brian damit endgültig aus dem Verkehr zu ziehen«, stelle ich mit unüberhörbarer Verunsicherung in der Stimme klar. Verärgert rauft er sich das Haar und geht im Wohnraum ungeduldig auf und ab. »Marissa, ist dir bewusst, wie das alles ablaufen wird? Wenn jemand von Brians Polizisten-Freunden darauf aufmerksam wird, hat er die Gelegenheit, sich auf das Bevorstehende vorzubereiten und wird als erstes Amara bei den Behörden verpfeifen.« Seine Stimmlage ist laut und aufgeregt. *Daran habe ich gar nicht gedacht.* Augenblicklich merke ich, wie mir sämtliche Farbe aus dem Gesicht schwindet. Im selben Moment betritt James das Haus und schlägt die Tür mit einem lauten Knall hinter sich zu. »Wieso um Himmels Willen schreist du meine Freundin so an?«, fragt James entrüstet. Jackson geht wie ferngesteuert auf James zu, packt diesen am Arm und zieht ihn in die Küche. »Wieso hast du deine Aktion nicht mit mir abgesprochen?«, höre ich Jackson aufgebracht fragen. »Wie lange hätte ich denn deiner Meinung nach warten sollen? Mein Prozess sollte nächste Woche stattfinden, ich musste irgendetwas tun. Und außerdem will ich Marissa ein für alle Mal aus der Schusslinie bringen«, antwortet James harsch. Eine ganze Weile herrscht absolute Stille im gesamten Haus. Amara und ich sehen uns schweigend an und beschließen zeitgleich nachzusehen, was zwischen den beiden Männern los ist. In der Küche angekommen schließt Amara ihre Arme liebevoll um Jackson. »James hat Recht. Bei allem, was für ihn auf dem Spiel steht, hätte er das nicht weiter aufschieben können«, sagt sie verständnisvoll und verzieht ihren Mund zu einem kleinen Lächeln. Augenblicklich höre ich Jackson schwer ausatmen. »Mein Tonfall tut mir leid. Das ist gar nicht meine Art«, entschuldigt sich Jackson und sieht mich bedauernd an. »Mach dir darüber keine Gedanken«, wiegle ich ab und sehe nervös zu James auf, der resigniert dreinblickend neben mir steht. »Wir sollten dringend besprechen, wie es jetzt weiter geht«, schlage ich vor und nehme am Küchentisch Platz. Wenige Sekunden später tun James, Jackson und Amara es mir nach.

Während der letzten zwei Stunden haben wir vier uns die Köpfe darüber zerbrochen, was wir als nächstes tun sollen. Seelenruhig abwarten? Oder in Panik verfallen? Nach zweiterem wäre mir im Moment wirklich zumute. Da keiner von uns mit Sicherheit weiß, wann

Brian von den Behörden in Gewahrsam genommen wird, ist die Anspannung im Raum schier unerträglich. Wir können ja schlecht im Präsidium anrufen, um nachzufragen. Jackson ist sich ziemlich sicher, dass Brian aufgrund der eindeutigen Beweislast inzwischen festgenommen worden sein muss. Doch ein *„ziemlich sicher"* beruhigt keinen von uns wirklich. Als Jacksons Handy plötzlich vibriert, ist es augenblicklich totenstill. Sichtlich beunruhigt schaut er auf sein Display und nimmt zögerlich den Anruf entgegen. Zirka fünf Sekunden lauscht er gespannt, dann legt er das Handy wie in Zeitlupe auf den Tisch. Seine Augen sind vor Schreck leicht geweitet und sein Gesicht ist kreidebleich. Amara greift unter dem Tisch entgeistert nach seiner Hand. »Wer war das?«, fragt sie sichtlich nervös, doch insgeheim vermute ich, dass wir alle im Raum bereits wissen, wer für Jacksons Entsetzen verantwortlich ist. Angestrengt versucht er, seine Fassung wiederzuerlangen und erhebt sich. »Auf ein Wort«, sagt er an James gerichtet und geht schleppend Richtung Tür. Noch ehe er das Zimmer verlassen kann, erhebe ich Einwand. »Jackson, sag uns sofort, wer dich angerufen hat. Brian?«, frage ich mit angehaltenem Atem. Jackson blickt mit einem Hauch von Panik in den Augen zu James herüber, der ihn ebenfalls so gespannt ansieht wie ich. »Das war Brian«, bestätigt er aufgebracht. »Und er hat uns allen gedroht.« Schleunigst hastet er ins Schlafzimmer rauf und kommt wenige Sekunden später mit Amaras gepackter Tasche wieder herunter. Fassungslos sehen James und ich uns einander fragend an. »Wir müssen hier weg. Komm!«, fordert Jackson Amara auf und greift nach ihrer Hand. Sorgenvoll blickt James zu mir herab und drückt beruhigend meine Hand, als er meinen panischen Gesichtsausdruck sieht. »Wo wollt ihr denn hin?«, fragt James und sieht Jackson irritiert an. In der Zwischenzeit greift Amara nach ihrer luftigen Baumwolljacke und zieht sie sich hektisch über. »In ein Hotel«, antwortet Jackson knapp. »Und ihr solltet ebenfalls verschwinden.« Nach einem kurzen Zögern nickt James schließlich und beginnt eilig, einige von unseren Sachen in einer großen, schwarzen Reisetasche zu verstauen. Wie angewurzelt bleibe ich in meiner Schockstarre verharren und sehe mir das Schauspiel an. Ohne, dass ich ihn bewusst wahrnehme, kommt Jackson auf mich zu und drückt mich einmal fest an sich. »Passt gut auf euch auf.« Wortlos nicke ich. Dann geht er zu James herüber, um sich auch von ihm zu verabschieden. Als James ihm die Hand entgegenstreckt, lächelt Jackson ihn mit einem schiefen Grinsen an und schließt auch ihn einmal kurz in die Arme. Überrascht klopft James ihm zwei Mal sanft auf die Schulter. »Wir bleiben in Kontakt«, verspricht Jackson und wirft mir ein aufbauendes Lächeln zu, ehe er und Amara das Haus verlassen.

Nachdem wir ungefähr dreißig Minuten, die mir wie Stunden vorkamen, mit Vollgas durch die Gegend gefahren sind, bringt James sein Motorrad schließlich zum Stehen. Vor mir ist ein riesiges, beleuchtetes Gebäude mit der blinkenden Aufschrift „R&R Hotel", das für *Rest and Relax* steht. Ich kenne diese Hotelkette sehr gut, da Brian und ich damals öfter in einem der unzähligen Hotels in Halefordcity übernachtet haben. Da es dort sehr kostspielig und luxuriös ist, werfe ich James einen irritierten Blick zu. »Das *R&R Hotel*?«, frage ich zweifelnd. James nimmt meine Hand und zückt wie aus dem Nichts eine Kreditkarte hervor. »Die habe ich für Notfälle. Hier wird uns dieser Psycho am wenigsten erwarten«, erklärt er mit einem abschätzigen Unterton. Ohne Hast schlendern wir durch die kühle Abendbrise bis zum Eingang und bleiben erst am Empfang stehen. James ordert uns bei der Empfangsdame ein Zimmer, welches uns wenige Augenblicke später von einem Hotelier freundlichst zugewiesen wird. Als wir im Zimmer angekommen sind, schließe ich die Tür hinter mir und lehne mich erschöpft mit dem Rücken dagegen. Das angenehm belichtete Zimmer ist komplett mit weißen Marmorfliesen ausgelegt. Zu meiner Linken steht direkt an der schneeweißen Wand, die mit einem einzelnen, gerahmten Bild einer Insel verziert wird, ein überdimensional großes Doppelbett mit schwarz-weißer Seidenbettwäsche, welches mit zwei edlen, roten Zierkissen aus Satin verschönert wird. Rechts von mir wurden drei stilvolle, schwarze Ledersessel platziert, vor denen ein großer, runder Glastisch mit sorgfältig postierten Magazinen steht. In der Mitte des Raumes liegt ein großer, runder Hochflorteppich in edler Elfenbeinfarbe. Doch dies nehme ich nur für einen Sekundenbruchteil bewusst wahr, denn die gigantische Dachterrasse direkt gegenüber von mir hat sofort meine volle Aufmerksamkeit. Wie ferngesteuert schlüpfe ich aus meinen Sneakers und ziehe mir die Socken aus.

Dann gehe ich langsam über den kühlen Boden und stelle mich mit geschlossenen Augen auf die Terrasse. Einige Sekunden später legt James seine Arme von hinten um mich und streicht mit seiner Nase meinen Nacken entlang. »Was machst du da?«, raunt er und blickt ein wenig amüsiert auf meine nackten Füße. »Ich hatte gehofft, dass es etwas kühler ist. Ich wollte einfach etwas spüren...«, versuche ich zu erklären, doch mir fallen nicht annähernd die passenden Worte ein, um ihm begreiflich zu machen, was gerade in mir vorgeht. Sofort lässt er von mir ab und stellt sich vor mich. Zaghaft hebt er mein Kinn etwas an und blickt mir eindringlich in die Augen. » Was genau meinst du damit?«, fragt er mit gerunzelter Stirn. Vorsichtig löse ich seine Hand von meinem Kinn und gehe langsam bis zum Geländer. Unbeeindruckt von der Höhe des 8. Stockwerks lehne ich mich ein wenig darüber und schaue gespannt in die Tiefe. Doch mein Herzschlag beschleunigt sich nicht wie erwartet bei dieser Höhe, ich fühle rein gar nichts. »Manchmal beschert mir meine Angststörung eine unglaubliche Leere im Inneren«, erläutere ich ohne ihn anzusehen. »Auf dem Weg hierhin und auch schon davor im Haus war ich starr vor Angst. Jede Zelle meines Körpers war regelrecht mit Panik vergiftet. Ich hatte dieses Gefühl schon öfter in meinem Leben, jedes Mal, wenn Brian mit seinen Demütigungen viel zu weit gegangen ist. Immer wenn er unter Beweis stellte, wie hilflos ich ihm ausgeliefert bin und ich tief in mir drin wusste, dass es tatsächlich keinen Ausweg gibt.« Zögernd suche ich James' Blick, der mich mit einer Mischung aus Mitgefühl und Fassungslosigkeit anstarrt. »Nach dieser Emotionslawine ist es manchmal so, als würden meine Gefühle komplett verstummen. Das ist ein beängstigendes Gefühl. Und dann versuche ich mich davon abzulenken, indem ich mich beispielsweise barfuß auf eine kühle Terrasse stelle, nur um dieses Gefühl der Kälte in mir aufzunehmen, um ein *reales* Gefühl spüren zu können.« Unweigerlich stelle ich mir automatisch die Frage, ob jemand, der nicht so abgewrackt ist wie ich, dies auch nur ansatzweise nachvollziehen kann. Auf der Stelle bereue ich meine Ehrlichkeit und befürchte, dass James mich vielleicht mit anderen Augen wahrnehmen könnte. Doch James zieht mich wider Erwarten teilnahmsvoll in seine Arme und haucht mir einen Kuss aufs Haar. Nach einer Weile hebt er mich in seine Arme und geht mit mir zurück ins Zimmer. Vorsichtig setzt er mich auf die Bettkante und hockt sich vor mich hin. Als er eine ganze Zeit stillschweigend sanft über meine Oberschenkel streicht, suche ich seinen Blick. »Wie fühlst du dich in diesem Augenblick?«, fragt er heiser. Unschlüssig zucke ich mit den Schultern. Da mir die Situation plötzlich unangenehm ist, krabble ich in die Mitte des Bettes und rolle mich mit eng angewinkelten Knien zusammen. Deprimiert schließe ich die Augen und spüre deutlich, wie ich mit den Ereignissen von heute zu kämpfen habe. Behutsam legt James sich hinter mich und schlingt seine Arme um meinen gesamten Oberkörper. Intuitiv kralle ich mich an ihm fest und schmiege meine Nase ganz dicht an seine Hand, um seinen beruhigenden Duft einzuatmen. Allmählich habe ich den Eindruck, dass es mir mit jedem Atemzug spürbar besser geht. Mein Herzschlag beschleunigt sich auf eine angenehme Art und Weise und, so wie er mich an sich drückt und mir gelegentlich hauchzarte Küsse aufs Haar presst, breitet sich ein Gefühl des Friedens in mir aus. Ich bin immer wieder überwältigt, wie viel Einfluss James auf mein Gefühlsleben hat. Zaghaft drehe ich mich zu ihm herum, um ihm in die Augen zu sehen. »Mir geht es schon viel besser. Danke«, flüstere ich. »Danke? Wofür?«, fragt er überrascht und zieht die Augenbrauen in die Höhe. »Danke, dass du da bist. Danke, dass du mich nie aufgegeben hast und *danke*, dass du mich liebst«, hauche ich und schmiege meine Nase an seinen Hals, während ich ihm mit der Hand zärtlich durchs Haar streiche. »Ich liebe dich«, raunt er inbrünstig und schlingt seine Arme fester um mich. Mit dem Gefühl am sichersten Ort der Welt, in James' Armen zu sein, schließe ich die Augen und sinke in einen tiefen, erholsamen Schlaf.

Kapitel 13

Als ich meine Augen öffne, blicke ich direkt in James' besorgtes Gesicht. Er steht gegenüber von dem riesigen Hotelbett, mit dem Handy am Ohr und lauscht gespannt in den Hörer. »Dann sorgen Sie gefälligst dafür«, blafft er und beendet das Gespräch. Nervös setzte ich mich auf und reibe mir über die verschlafenen Augen. »Was ist denn los, James?«, frage ich angespannt. Sofort wendet er sich mir zu und kommt mit wenigen Schritten zu mir herüber. Mit angespannten Gesichtsausdruck greift er nach meiner Hand und sieht mir sorgenvoll in die Augen. »Das war Detective Romeo, er hat mich gerade darüber informiert, dass Brian nicht aufzufinden ist.« Schlagartig bin ich hellwach und mein gesamter Körper spannt sich unnatürlich an. »Ich dachte, sie hätten ihn schon längst festgenommen«, entgegne ich verwirrt. »Als sie ihn abführen wollten, haben sie ihn nicht angetroffen. Er ist auch nicht in seiner Firma zu erreichen, es ist, als hätte er sich plötzlich in Luft aufgelöst.« Wie vom Blitz getroffen springe ich aus dem Bett und ziehe mir hastig meine schwarzen Leggings und meine ärmellose, weiße Bluse über. James sieht mich irritiert an. »Dann müssen wir sofort von hier verschwinden«, sage ich leicht panisch und greife nach meinen Sneakers. Unvermittelt packt James mich bei den Schultern und stellt sich vor mich. »Marissa, atme«, raunt er und versucht angestrengt einen unbekümmerten Blick aufzusetzen. »Wo willst du denn hin?« Überfordert von seiner Frage beginne ich nervös im Zimmer umherzulaufen. »Keine Ahnung. Einfach von hier weg. Brian hat bisher immer eine Möglichkeit gefunden, uns aufzuspüren und das wird er jetzt sicher auch«, antworte ich mit einem leicht hysterischen Unterton. Erneut kommt James auf mich zu und schließt seine Arme so fest um mich, dass ich augenblicklich gezwungen bin, stehen zu bleiben. »Diesmal ist es etwas anderes«, verspricht er. »Nach Brian wird gefahndet und so wie ich diesen Feigling einschätze, hat er schon längst das Weite gesucht«, sagt er beruhigend. Zweifelnd runzle ich die Stirn und atme deprimiert in meine vor dem Gesicht gehaltenen Hände. »Dieser ganze Horror ist bald ausgestanden«, sagt James tröstend und nimmt vorsichtig meine Hände in seine. »Wir müssen nur noch ein bisschen durchhalten, dann können wir endlich ein normales, ruhiges Leben führen. Nur wir zwei. Wie klingt das?« Liebevoll streicht er mir eine Strähne aus dem Gesicht und fährt zärtlich mit seinem Daumen meine Unterlippe entlang. Für den Bruchteil einer Sekunde stelle ich mir vor, wie James und ich gemütlich auf einer Veranda sitzen, vor uns nichts außer blühende Blumen auf einer gepflegten, sattgrünen Wiese, die von einem weißen Lattenzaun umrandet wird. Unbeschwert genießen wir unseren kühlen Eistee und werfen uns verliebte Blicke zu. »Das klingt gerade jetzt sehr verlockend«, stoße ich atemlos hervor. »Ich mache dir einen Vorschlag. Wir nehmen jetzt eine erfrischende Dusche und huschen danach zurück ins Bett. Ich ordere uns etwas beim Zimmerservice und wir faulenzen den gesamten Tag.«

154

Schelmisch hebt er eine Augenbraue und grinst mich verschwörerisch an. Ich stelle mich auf die Zehenspitzen um ihm einen zaghaften Kuss auf die Lippen zu drücken. »So einladend das auch klingt, ich möchte lieber raus aus diesem Hotelzimmer«, sage ich widerstrebend. Natürlich weiß ich, dass James sich Sorgen macht und mich am liebsten rund um die Uhr bewachen möchte. Und selbstverständlich macht mir die Gesamtsituation eine verdammte Angst, aber ich bin es leid, mich so eingesperrt zu fühlen. »Das halte ich für keine gute Idee Marissa«, verneint James meinen Vorschlag. »James, ich möchte nichts weiter als einen völlig normalen Tag haben. Seitdem ich wieder bei dir bin, leben wir in ständiger Angst und sind unentwegt auf der Hut. Und im Endeffekt ist es alles meinetwegen. Würdest du mich nicht kennen, dann...« »Stopp. Kein weiteres Wort mehr«, mahnt er mich. »Einverstanden. Wir werden den Nachmittag über etwas unternehmen, aber danach bleiben wir hier. Und zwar so lange, bis du vollends in Sicherheit bist, Deal?« Obwohl James seinen letzten Satz wie eine Frage ausspricht, klingt es mit seinem strengen Unterton keineswegs danach. Zufrieden beiße ich mir auf die Lippen, um ein Grinsen zu unterdrücken und nicke ihm einverstanden zu. Augenblicklich erscheint ein amüsierter Ausdruck in seinen Augen. Unversehens beginnt er, sich wie in Zeitlupe die Knöpfe seines Hemds zu öffnen. »Aber eine Dusche ist im Zeitplan noch drin, oder?«, fragt er und wirft mir ein freches Grinsen zu. Belustigt verdrehe ich die Augen und ziehe mein Shirt aus. Als ob ich ihm je einen Wunsch abschlagen könnte.

Nachdem James das Motorrad nach einer fast zwei-
stündigen Fahrt endlich zum Stehen bringt, blicke ich
mich neugierig um. Da mir dieser Ort völlig unbekannt
ist und ich mich auf der Stelle ein wenig verloren fühle, macht sich mein rasender Herzschlag augenblicklich bemerkbar. Konzentriert atme ich in meinen
Bauch und versuche, meine aufkeimende Panik nicht
die Oberhand gewinnen zu lassen. *Es ist alles in Ordnung, versuche ich mir beruhigend einzureden.* Als
James meinen Helm verstaut hat, greift er nach der
kleinen, schwarzen Tasche, die er um den Lenker ge-
hangen hat. »Was ist da drin?«, frage ich, um meine
Gedanken möglichst rasch auf etwas anderes zu lenken. Anstelle mir zu antworten, kommt James mit
einem skeptischen Gesichtsausdruck auf mich zu.
»Alles okay?«, fragt er mit einer leichten Besorgnis in
der Stimme. Verunsichert nicke ich. »Marissa, du zit-
terst ja«, stellt er fest und sieht mich eindringlich an.
»Es geht gleich wieder«, verspreche ich und senke
verlegen den Blick. James atmet hörbar aus und
schließt seine Arme um mich. »Du wirkst trotz deiner
Angststörung immer so stark und kämpferisch, dass
ich manchmal vergesse, wie schwer du es eigentlich
hast«, flüstert er und haucht mir einen sanften Kuss
aufs Haar. Beschämt blicke ich zu ihm auf und schüttle
energisch den Kopf. »Es ist schon in Ordnung«, versichere ich ihm, während ich meine Nase gegen seinen
Brustkorb presse, um seinen beruhigenden Geruch
einzuatmen. »Ich möchte nur einen schönen Tag mit
dir verbringen, so als würde uns mein verrückter Ex
nicht im Visier haben und als hätte ich keine Angststörung, die einem alles verdirbt«, erkläre ich etwas

schwermütig. Mit ernster Miene nickt er kaum merklich. »Also, was ist in der Tasche?«, frage ich erneut und versuche ihm beruhigend zuzulächeln. »Ein Handtuch«, erklärt er geheimnisvoll. Belustigt runzle ich die Stirn und werfe ihm einen fragenden Blick zu. Grinsend ergreift er meine Hand. »Na komm, wir wollen keine Zeit verschwenden«, sagt er ohne eine weitere Erklärung. Kopfschüttelnd folge ich ihm mit einem amüsierten Grinsen. Wieso macht er so ein Geheimnis daraus, wo wir hingehen? Er kann mir doch auch einfach sagen, wohin er mich entführt, schließlich werde ich es gleich sowieso erfahren. Während wir ohne Eile über eine riesige, beinahe menschenleere Wiese gehen, sehe ich mich aufmerksam um. Um uns herum erstrahlt alles in sattem Grün, doch mehr gibt es hier auch nicht zu erkunden. Wir entfernen uns immer weiter von der Straße hinter uns, wo James sein Motorrad geparkt hat. Nachdem wir nun minutenlang praktisch auf ein großes Nichts zugegangen sind, laufen wir mittlerweile schnurstracks auf einige große, ungepflegte Büsche zu. »Hier müssen wir durch«, erklärt James geheimnisvoll und sofort verzieht er sein Gesicht zu einer belustigten Grimasse, als er meinen schockierten Gesichtsausdruck deutet. »Durch die Sträucher?«, frage ich ungläubig und runzle die Stirn. »Dahinter ist es wunderschön«, verspricht er verheißungsvoll und zieht mich regelrecht hinter sich her. Widerwillig kämpfe ich mich durch das stachelige Gestrüpp, während James mir, ganz der Gentleman, den Weg vor sich frei macht. Als wir endlich wieder klare Sicht haben, halte ich staunend den Atem an. Vor uns befindet sich feiner, beinahe weißer Pudersand auf einer Art winzigem Strand. Dahinter ist klares, hell-blaues Wasser, das in einer kleinen Bucht mündet. Und weit und breit sind keine Menschen zu sehen, es ist, als würde dieser traumhafte Strand nur für uns hier platziert worden sein. »Wo sind wir hier?«, frage ich völlig überwältigt. James lächelt mich liebevoll an. »Ich bin damals, immer wenn ich mich allein gefühlt habe, hierhergefahren und habe mir stundenlang das Wasser angesehen. Ich habe diese Bucht nur durch Zufall entdeckt und mir geschworen, dass ich eines Tages mit dir hier den Tag verbringen würde.« Über James' Gesicht huscht ein freudiges Lächeln. »Mit mir?«, frage ich überrascht. Nachdenklich reibt er sich mit dem Zeigefinger kurz über sein stoppeliges Kinn, während sich in seinen Augen ein weicher Ausdruck bildet. »An diesem Strand habe ich mir selbst ein Ver-sprechen gegeben. Ich werde hier nur gemeinsam mit der Frau auftauchen, die ich eines Tages heiraten werde. Und das bist in diesem Fall du«, flüstert er und legt seine Hände um mein Gesicht. Mit einer leichten Panik in der Magengrube weiten sich meine Augen kaum merklich. Heiraten? Hat er mir gerade indirekt einen Antrag gemacht? Ehrlich gesagt habe ich nie darüber nachgedacht, noch einmal zu heiraten. Vor allem bei dem, was im Moment los ist, habe ich für solche Gedanken gar keinen Raum in meinem Kopf. Aufmerksam beobachtet James mein Mienenspiel und setzt ein überhebliches Grinsen auf. »Du kannst wie-der atmen, Marissa. *Wenn* ich dir einen Antrag mache, dann wirst du dich nicht fragen müssen, ob es ein Antrag war oder nicht«, sagt er amüsiert. Überrascht von seiner Gabe zu erkennen, was in meinem Innersten vorgeht, entfleucht mir ein erleichtertes Kichern. Zärtlich drücke ich ihm einen flüchtigen Kuss auf die Lippen. »Schade, dass du so ein Geheimnis daraus gemacht hast, wo wir hinfahren. Das Wetter ist so herrlich und ich wäre liebend gern schwimmen gegangen«, stelle ich ein wenig enttäuscht fest. Mit verständnisloser Miene sieht James mich irritiert an. Während er sich Shirt, Jeans und seine DocMartens auszieht, unterdrückt er angestrengt ein Grinsen. Als er schließlich nur noch in Shorts vor mir steht, sieht er mich arrogant an. »Also, ich weiß ja nicht, was du vorhast, aber *ich* werde definitiv schwimmen gehen«, stellt er lachend klar. Ein wenig verunsichert blicke ich mich noch einmal prüfend um, nur um sicherzustellen, dass wir tatsächlich allein sind und beginne, mich unter James eindringlichen Blicken ebenfalls langsam zu entkleiden. Als ich in Slip und BH vor ihm stehe, macht er einen Satz auf mich zu und hebt mich überschwänglich in seine Arme. Vor Schreck kreische ich einmal lachend auf. Mit hastigen Schritten läuft er mit mir im Arm auf das klar wirkende Wasser zu. Nachdem er ein paar Schritte ins Wasser gegangen ist, stellt er mich vorsichtig wieder auf die Füße. Das Wasser reicht mir bis zum Schlüsselbein und der sandige Untergrund gibt unter mir nach. Ich weiß nicht, wann ich das letzte Mal schwimmen war, doch irgendwie komme ich mir gerade ein wenig verloren vor. *Wann kommst du dir mal nicht verloren vor?, ätzt mein Unterbewusstsein.* Da ich um nichts auf der Welt diesen schönen Augenblick zerstören möchte, schlinge ich meine Arme um James' sichere Schultern und blicke zufrieden in den wolkenlosen Himmel. »Es ist wirklich schön hier«, flüstere ich, während ich James zärtlich durchs Haar streiche. Eine gefühlte Ewigkeit verweilen wir so und genießen die friedliche Stille um uns herum. Hier mit James zu sein fühlt sich so an, als würden wir ein Paralleluniversum besuchen. Ich fühle mich vollkommen ausgeglichen und unsagbar entspannt. Nicht die kleinste Sorge dringt in mein Gedächtnis, es ist, als hätte James ein kleines Stück vom Himmel für uns geordert. »Wettschwimmen bis zur kleinen Bucht dort drüben?«, fragt James mich herausfordernd und hebt eine Augenbraue. »Sie unterschätzen meinen Fluchtinstinkt Mr. Evans. Gegen Sie zu gewinnen, ist doch ein Kinderspiel«, blödle ich herum, löse mich von ihm und tauche unter. So schnell ich kann, schwimme ich Richtung Bucht und versuche James, der sich mir im Eiltempo nähert, keine Chance zu lassen, mich zu überholen.

Träge liegen wir auf dem großen Handtuch im Sand und lauschen dem gleichmäßigen Rauschen des Wassers. Als ich meinen Kopf ein wenig anhebe, um James anzusehen, erwidert er meinen Blick mit einem arroganten Grinsen. »Was guckst du so selbstgefällig? Bildest du dir jetzt etwas darauf ein, gegen ein Mädchen gewonnen zu haben?«, ziehe ich ihn auf und unterdrücke ein Kichern. Unvermittelt legt er sich auf mich und streicht mir mit seiner Nase zärtlich über die meine. »Spielst du jetzt tatsächlich die *ich bin ein Mädchen- Karte* aus?«, fragt er entsetzt, doch im selben Moment bilden sich winzige Lachfältchen um seine blauen Augen. Gedankenverloren streiche ich ihm sein nasses Haar aus dem Gesicht. »Danke für diesen wunderschönen, unbeschwerten Tag«, flüstere ich und beginne seinen Hals mit hauchzarten Küssen zu bedecken. Genüsslich schließt er die Augen und legt seine rechte Hand um meine Wange. Dann presst er seine Lippen auf meine, schlingt seinen Arm um meine Taille und dreht sich mit mir auf dem Handtuch herum, so dass ich auf ihm liege. Ohne zu zögern erwidere ich seinen Kuss und gebe mich seinen Zärtlichkeiten bereitwillig hin.

Als es zu dämmern anfängt, kleiden wir uns widerwillig an, um uns auf den Rückweg zu machen. »Und so wurde aus einem Nachmittag ein kompletter Tag«, necke ich ihn, zufrieden, dass ich meinen Willen bekommen habe. »Dafür schauen wir heute Abend einen Film, den ich aussuche«, entgegnet er bestimmend und grinst mich an. Mit einem einverstandenen Gesichtsausdruck zucke ich mit den Schultern. »Und was schwebt dir da vor?« James nimmt seine Tasche und greift nach meiner Hand. In aller Ruhe laufen wir zu seinem Motorrad. »*Von Mäusen und Menschen.* Ein Klassiker, allerdings nicht ganz dein Jahrgang«, sagt er belustigt. »Du bist nur sieben Jahre älter als ich«, protestiere ich lachend. »Du alter, weiser Mann«, ziehe ich ihn auf. Mit einem breiten Grinsen drückt er mir einen Kuss auf den Handrücken, während wir ausgelassen weiter auf die Straße zugehen. Am Motorrad angekommen reicht James mir fürsorglich seinen Helm. »Sollen wir etwas beim Zimmerservice bestellen oder möchtest du unterwegs irgendwo halten, um etwas zu Essen zu kaufen?«, fragt er und nimmt auf dem Motorradsitz Platz. »Wie du magst«, sage ich unentschlossen und zucke mit den Achseln. Dann setze ich mich hinter ihm und schlinge James meine Arme um den Bauch. »Dann Zimmerservice«, beschließt er und lässt den Motor an.

Als wir den hell beleuchteten Gang des „R&R" Hotels entlang schlendern, sehe ich ein kleines, braunes Paket direkt vor unserer Zimmertür platziert stehen. Skeptisch sehe ich James an, der vor unserem Hotelzimmer angekommen, argwöhnisch das Paket begutachtet. »Es ist an dich adressiert«, bemerkt er misstrauisch. Sofort überkommt mich ein ungutes Gefühl. »Das ist Brians Handschrift«, stelle ich mit stockendem Atem fest. Hastig nehme ich James die Zimmerkarte aus der Hand und öffne die Tür. Im Hotelzimmer angekommen greife ich nach dem Motorradschlüssel den James gewohnheitsmäßig zuvor auf das Bett geworfen hat, schneide mit der Schlüsselkante das Paketband entlang und öffne wie ferngesteuert das Päckchen. Als ich einen Blick hineinwerfe, entfährt mir ein lauter, abgehackter Schrei. Inmitten von unzähligem Zeitungspapier liegt ein abgetrennter Schweinekopf, dem die Augen entfernt wurden. Bei diesem Anblick bildet sich auf meinem gesamten Körper Gänsehaut. Stürmisch nimmt James den Karton an sich und stellt ihn auf dem Glastisch vor sich ab. Unbeirrt von meinem Entsetzen schaut er in das Paket und hält sich angewidert die Hand vor den Mund. Zu meiner Verblüffung holt er etwas, das wie eine kleine Karte aussieht, aus dem Paket und reißt entgeistert die Augen auf. Wie paralysiert gehe ich auf ihn zu, um nachzusehen, was er dort in der Hand hält, doch James weicht instinktiv einen Schritt zurück. »Bleib, wo du bist«, weist er mich streng an. Für den Bruchteil einer Sekunde bleibe ich mitten in der Bewegung stehen, doch dann schüttle ich energisch mit dem Kopf. »*Was* ist das?«, presse ich angestrengt hervor. Da James in einer Art Schockstarre verharrt, eigne ich mir ohne den geringsten Widerstand das kleine, rechteckige Papier an und will meinen Augen nicht trauen, was ich dort sehe. Das, was ich vor einigen Augenblicken noch für eine Karte hielt, ist ein schwarz-weiß Polaroid, das Jackson und Amara auf dem Boden liegend zeigt. Es ist unmöglich zu erraten, ob sie noch leben oder nicht. Wie in Trance baumle ich drei Schritte nach hinten und lasse mich fassungslos auf dem Boden nieder. Der Albtraum, den ich so sehr verwünscht habe, fängt scheinbar gerade erst an.

Nachdem James sich wieder einigermaßen gefangen hat, wird er zusehends von einem stärkeren Gefühl übermannt: Wut. Aufgebracht klemmt er sich das Paket unter den Arm, hebt das Foto vom Fußboden auf und streckt mir seine Hand entgegen. »Steh auf.« Stirnrunzelnd schaue ich ihn an. »Wir fahren ins Präsidium, ich habe endgültig genug von diesen Psychospielchen«, entscheidet er mit fester Stimme. Müde schüttle ich meinen Kopf und umklammere mich selbst so fest, wie ich nur kann. James stellt das Paket hinter sich ab und hockt sich zu mir herunter. »Marissa, komm. Das war keine Bitte«, stellt er klar. »Ich lasse dich sicherlich nicht alleine hier, also los«, fordert er mich auf und streckt mir seine Hand weiter ungeduldig entgegen. »Er wird Jackson und Amara etwas antun, wenn wir damit zur Polizei gehen«, flüstere ich mit rauer Stimme. Schlagartig fühlt sich meine Kehle staubtrocken an. »Was willst du denn stattdessen tun?«, fährt er mich aufgebracht an. »Es ist das gleiche Spiel, wie vor einigen Monaten, bevor du deinen Unfall hattest. Wenn wir jetzt nichts unternehmen, sind wir geliefert. Wir können den beiden nicht helfen, zumindest nicht so, wie du dir das vorstellst.« James' Stimmlage ist streng und bestimmend, doch ich erkenne auch seine Verzweiflung. »Amara ist schwanger«, hauche ich mit Tränen gefüllten Augen. »Was würdest du erwarten, wenn es andersherum wäre? Wenn wir in Brians Fänge geraten wären und Jackson dieses Paket erhalten hätte? Er würde uns nicht im Stich lassen«, sage ich vorwurfsvoller, als beabsichtigt. James sieht mich einen Augenblick verständnislos an, doch dann plötzlich taucht ein Ausdruck des Zweifels in seinen blauen Augen auf. Die ganze Situation wirft mich in einen kompletten Ausnahmezustand, langsam gewinne ich den Eindruck, dass ich gar nicht fähig bin, eine kluge Entscheidung zu treffen. Im Endeffekt hat James mit allem, was er sagt, Recht, auch wenn es mir nicht gefällt. Was sollen wir tun? Warten bis Brian uns Anweisungen zukommen lässt? Und dann? Wir können gar nicht gewinnen. Umständlich stehe ich vom Boden auf und schlinge James meine Arme um die Taille. »Es tut mir leid«, flüstere ich. »Vielleicht hast du wirklich Recht und es ist das Beste, wenn wir zur Polizei gehen«, sage ich durcheinander, in der Hoffnung, mich selbst zu überzeugen, nachdem ich die Worte laut ausgesprochen habe. James haucht mir einen sanften Kuss auf die Stirn und klemmt sich das Paket samt Bild unter den Arm und greift mit seiner freien Hand nach meiner. Mit zittrigen Beinen verlassen wir das Hotelzimmer.

Angespannt nehme ich einen tiefen Atemzug und sauge die frische Luft begierig in meine Lungen. Es ist so still um uns herum, dass ich nichts weiter, als meinen in den Ohren pulsierenden, rasenden Herzschlag zur Kenntnis nehme. Während James vergeblich versucht, das Paket in seinen Motorradsitz zu stopfen, beobachte ich fasziniert einige Motten, die sich um das flackernde Laternenlicht einen erbitterten Streit um den besten Platz leisten. »So eine verdammte Scheiße...«, höre ich James leise vor sich hinfluchen. Ein wenig belustigt verzieht sich mein Mund zu einem Grinsen. James flucht nicht oft, aber jedes Mal, wenn er es tut, versucht er es zwanghaft so zu tun, dass es niemand mitbekommt. Vergebens. Plötzlich nehme ich im Augenwinkel eine rasche Bewegung wahr und drehe mich erschrocken um. Noch ehe ich etwas sagen kann, bekomme ich einen dumpfen Schlag auf den Hinterkopf und sacke in mich zusammen. Krampfhaft versuche ich, meine Augen nicht zu schließen. Als James sich zu mir herumdreht, wird er von zwei Männern, die ganz in Schwarz gekleidet sind, angegriffen. Einer der beiden stranguliert ihn von hinten, während der andere ihm immer wieder brutal ins Gesicht schlägt. Verzweifelt versuche ich, nach Hilfe zu schreien, doch es kommt kein Laut aus meiner staubtrockenen Kehle. Dann wird es um mich herum schwarz.

Kapitel 14

Schwerfällig zwinge ich meine Augenlider, sich zu öffnen. Ich fühle mich regelrecht benebelt und habe Mühe, etwas erkennen zu können. Als ich versuche, mich aufzurichten, durchzuckt mich augenblicklich ein stechender Schmerz, vom Kopf bis hin zu meinen auf dem Rücken gefesselten Handgelenken. »James?«, krächze ich in das Dämmerlicht hinein. Abgesehen von ein paar unscharfen Umrissen kann ich nichts deutlich erkennen, was weniger an dem Licht liegt, sondern mehr daran, dass ich mich wie auf Droge fühle. Vielleicht hat Brian mich betäubt? Der kalte, steinige Boden unter mir ist teilweise sandig und die Luft ist nasskalt. Wo zum Teufel bin ich? Links, ein paar Meter gegenüber von mir, nehme ich ein scharrendes Geräusch wahr. Sofort lege ich mein Gesicht wieder auf den Boden und halte angespannt den Atem an. »Marissa?«, flüstert eine mir sofort bekannte Stimme. »Jackson, bist du das?«, erwidere ich im selben Flüsterton und hebe angestrengt den Kopf, in der Hoffnung, etwas erkennen zu können, doch ich sehe alles nur verschwommen. Erneut dieses seltsame Geräusch, dann ein leises Stöhnen. Anscheinend ist Jackson dabei, sich aufzusetzen. »Jackson, was ist hier los? Wo sind wir? Und wo ist James?«, frage ich panisch. »Ich weiß es nicht«, antwortet er stockend. »Ich versuche mich von den Fesseln zu befreien, aber...«, er macht eine kurze Pause und pustet zornig aus. »Ich bekomme diese Scheißteile nicht ab.« »Marissa...?«, ertönt eine raue Stimme schwerfällig direkt neben mir. »James!«, rufe ich erleichtert aus. »James, ich bin hier. Geht es dir gut?«, schluchze ich. »Mein Schädel brummt ganz schön ...und mir ist schwindelig«, stellt er mürrisch fest. Konzentriert bemühe ich mich, so ruhig es geht ein- und auszuatmen. Indes robbt sich James über den Boden und rückt so dicht es geht an mich heran. Dann dreht er sich mit dem Rücken zu mir und greift nach meinen Händen. »Versuch mich loszubinden!«, sagt er im drängenden Tonfall. Sofort versuche ich seine Fesseln zu erreichen und nestle hektisch an ihnen herum. »Der Knoten ist zu fest, ich schaffe es einfach nicht«, stelle ich nach einer ganzen Weile frustriert fest. »Versuch es weiter Marissa«, fordert James mich ungeduldig auf. Erneut greife ich nach den Fesseln und hantiere planlos an dem Seil um seine Handgelenke herum. Als sich der Knoten allmählich ein wenig lockert, gelingt es James unversehens seine Hände zu befreien. Nachdem er seine Beine ebenfalls hastig von dem Seil befreit hat, steht er eilig auf, setzt sich aber sofort wieder. »In meinem Kopf dreht sich alles, so eine Scheiße«, flucht er. »Das kommt vom Chloroform«, ertönt Jacksons Stimme. »Dasselbe hat er bei mir auch gemacht, wahrscheinlich wollte Brian sicherstellen, dass wir wirklich außer Gefecht gesetzt sind.« »Chloroform?«, nuschle ich irritiert. Vorsichtig setzt sich James neben mich, richtet mich auf und beginnt meine Hände und Beine zu entfesseln. Da ich mich wieder uneingeschränkt bewegen kann, schleiche ich mit großen Schritten zum anderen Ende unseres Verlieses und versuche, auch Jackson loszubinden. Als seine Handgelenke befreit sind, macht er eine Kopfbewegung in die andere Ecke des Raumes. »Mach Amara los«, weist er mich fordernd an, während er seine Beine losbindet. *Amara? Sie ist hier?* Gerade als ich sie zusammengekauert in der hintersten Ecke entdecke, höre ich zügige Schritte, die sich der Tür nähern. Panisch halte ich den Atem an und husche in Windeseile rüber zu James, wobei ich Mühe habe, nicht zu stolpern, da mir noch ein wenig schummerig ist. Angsterfüllt klammere ich mich an ihm fest, doch er schiebt mich ein wenig zur Seite und verschränkt seine Hände hinter dem Rücken. »Tue es mir nach, sobald Brian diesen Raum betritt, gehen Jackson und ich auf ihn los. Er darf nicht bemerken, dass wir nicht mehr gefesselt sind«, flüstert er und wirft Jackson einen ernsten Blick zu, den dieser mit einem kaum merklichen Nicken erwidert. Wenige Sekunden später öffnet sich die schwere Metalltür mit einem lauten Knarren. Der Raum wird augenblicklich von einem einfallenden Lichtkegel erhellt. Geblendet verenge ich meine Augen, um erkennen zu können, wer an der Tür steht. Im Türrahmen bilden sich die Umrisse zweier Männer. Der vorderste ist schätzungsweise um die ein Meter neunzig groß und breitschultrig gebaut. Bedächtig kommt er einen großen Schritt auf uns zu. Gleich dahinter erscheint Brian. »Schön, euch mal wiederzusehen«, sagt der unbekannte Mann an James und mich gerichtet und verzieht seinen Mund zu einem niederträchtigen Grinsen. »Carlos«, presst James zwischen zusammengebissenen Zähnen angewidert hervor. Mit fragenden Blick schaue ich zu James herüber und versuche, meine sich aufkeimende Panik zu ignorieren. Ernst blickend schüttelt James langsam den Kopf und richtet seine Aufmerksamkeit wieder auf Carlos und Brian. Als Brian langsam zu der noch immer bewusstlosen Amara herüberschlendert, stürzt Jackson sich ohne zu zögern sofort auf ihn. Augenblicklich geht Brian zu Boden, doch Carlos eilt diesem schnell zur Hilfe. Im Bruchteil einer Sekunde hat Carlos Brian von Jacksons Angriff befreit. Noch ehe ich begreife, wie mir geschieht, drängt James sich zwischen die Männer. Dann geht alles ganz schnell. Carlos verpasst James einen heftigen Tritt in den Bauch, woraufhin er mit schmerzverzerrten Gesichtsausdruck zu Boden geht. Gleich darauf schlägt Brian James mehrfach mit der Faust ins Gesicht, bis James in sich zusammensackt. Carlos zückt eine Waffe und richtet sie direkt auf Jacksons Kopf, um diesen in Schach zu halten. Verunsichert blickt er in den Lauf der Waffe und weicht einen Schritt zurück. »Was jetzt, Boss?«, fragt Carlos ungeduldig. Ich merke ihm regelrecht an, wie sehr er handeln möchte. Brian wirft Jackson einen arroganten Blick zu und grinst boshaft. »Plan B«, sagt er knapp und nickt zu Amara herüber. Während er die Waffe weiter auf Jackson richtet, geht er einige Schritte auf Amara zu, bleibt vor ihr stehen und hebt sie mühelos hoch. Dann legt er sie sich wie einen Getreidesack über die Schulter und verlässt den Raum. Als Jackson erneut auf Brian zustürmen will, schlägt dieser Jackson mit einem gezielten Schlag k.o.. Derweil regt sich James allmählich wieder und hievt sich schleppend hoch. Augenblicklich zückt auch Brian eine Waffe und hält sie in die Luft. »Alle bleiben jetzt lieber auf ihren vorgegebenen Plätzen«, sagt er amüsiert und setzt einen irren Blick auf. Dann legt er den Zeigefinger auf seine Lippen und verzieht den Mund zu einem boshaften Grinsen. »Jetzt«, schreit er so unerwartet, dass ich vor Schreck zusammenzucke. Zwei Sekunden später ertönt ein lauter Schuss. Wie erstarrt bleibe ich regungslos auf dem kühlen Boden sitzen und reiße unwillkürlich meine Augen auf. Verzweifelt sehe ich zu James herüber, der ebenfalls wie angewurzelt völlig erstarrt vor mir sitzen bleibt. Schleichend kommt Brian auf mich zu, während meine panisch geweiteten Augen jeden seiner Schritte aufmerksam verfolgen. Dann packt er mich grob bei den Haaren und schleift mich in die Mitte des Raumes, so dass James und auch der gerade wieder zu sich kommende Jackson mich sehen können. Als Brian bemerkt, dass Jackson sich langsam aufrafft, nimmt er sich das herumliegende Seil und bindet Jacksons Hände und Beine zusammen, damit er sich nicht rühren kann. Die ganze Zeit über sieht James mir eindringlich in die Augen, so als ob er mir versichern wollte, dass es keinen Grund gibt, sich zu fürchten. Nachdem Brian mit Jackson fertig ist, stellt er sich erneut neben mich und grinst, er sieht überglücklich aus. »Jetzt sind wir nur noch zu viert«, stellt er gespielt wehmütig fest und reibt sich mit bedauernder Miene über das Kinn. Erst jetzt scheint Jackson zu realisieren, dass Amara nicht mehr im Raum ist. Fragend schaut er zu James, doch dieser senkt betrübt seinen Blick. Als Jackson seinen Blick auf mich richtet, fange ich einmal laut zu schluchzen an. Da begreift er. Fluchend zerrt Jackson an seinen Fesseln und windet sich auf dem sandigen

Boden. »Du mieser Wichser, ich mach dich fertig!«, brüllt er verzweifelt, während ihm Tränen der Wut die Wange herunter rinnen. »Hörst du mich? Ich werde dich töten, du Ausgeburt der Hölle!«, schreit er erneut, doch Brian ignoriert ihn gekonnt. Eine gefühlte Ewigkeit brüllt Jackson alle Drohungen und Schimpfwörter in den Raum, die ihm in den Sinn kommen, bis es schließlich vollends still wird. Resigniert sackt er in sich zusammen, sein Blick wird vollkommen leer und ausdruckslos. Ein lautes, hysterisches Kichern durchbricht die Stille. Brian kann nicht länger an sich halten und lacht aus vollem Halse. »Jetzt zu dir, du kleine Schlampe.« Grob packt er mich im Genick und spuckt mir mitten ins Gesicht. In der selben Sekunde verpasst er mir eine schallende Ohrfeige. Ungehalten stürzt sich James auf ihn, doch diese Reaktion konnte Brian mit Leichtigkeit vorhersehen. Noch ehe James Brian auch nur anrühren kann, verpasst er ihm einen heftigen Schlag mit dem Griff seiner Waffe gegen den Kopf. Dann stürzt er sich auf James und schlägt ihn so heftig ins Gesicht, dass James Nase augenblicklich zu bluten anfängt. Innerhalb weniger Sekunden ist James blutüberströmt. Panisch löse ich mich aus meiner Schockstarre und zerre an Brian. »Hör auf, hör sofort damit auf!«, schreie ich ihn an. Als Brian sich mir zuwendet, bleibt James regungslos auf dem Boden liegen. »Liebst du diesen Kerl?«, fragt er provozierend, sein Blick ist hasserfüllt. Demütigend tritt er dem bewusstlosen James in die Rippen. »Liebst du ihn?«, schreit er mich erneut an. Mühsam unterdrücke ich meine Tränen und balle meine Hände zu Fäusten. Ich bin auf mich allein gestellt und habe nicht die geringste Ahnung, was ich tun soll. Ich muss James helfen, doch Brian hält noch immer eine Waffe in der Hand. »Ja«, flüstere ich mit fester Stimme, während ich in seine kalten Augen blicke. Sichtlich beeindruckt hebt er die Brauen und pfeift anerkennend aus. Dann zielt er mit seiner Waffe auf James' Kopf und blickt mich beinahe erwartungsvoll an. »Ja, ich liebe ihn. Ich liebe ihn mehr als ich dich jemals geliebt habe, mehr als ich mein eigenes Leben liebe. Und das, obwohl mein Leben mit James an meiner Seite gänzlich perfekt ist. Ich liebe ihn so sehr, dass du mich auch gleich hier erschießen kannst, denn ohne ihn bedeutet mir mein Leben gar nichts.« Mit jedem meiner Worte wird der Zorn in Brians Augen mächtiger. Er beugt sich zu James herunter und schlägt ihm mehrfach mit der flachen Hand ins Gesicht. Als James seine Augen öffnet, zerrt Brian ihn hoch, bis er auf seinen Füßen steht. »Runter auf die Knie«, zischt Brian und richtet die Waffe erneut auf James. Zornig blickt er Brian in die Augen, rührt sich aber nicht. »Auf die Knie!«, brüllt Brian erneut und tritt ihm in die Kniekehle. Augenblicklich geben seine Beine unter dem Tritt nach. Plötzlich erscheint Carlos im Türrahmen. Er winkt Brian kurz zu sich herüber, der daraufhin prompt zu ihm geht. »Machst du auch nur die kleinste Bewegung, knall ich sie ab«, zischt er drohend in James' Richtung und wirft mir einen vernichtenden Blick zu. Während Carlos und Brian etwas unverständliches murmeln, sehe ich panisch zu James, der noch immer auf den Knien vor mir hockt. »Hör mir zu«, flüstert er so leise, dass ich Mühe habe, ihn zu verstehen. »Ich wette, Brian hat nicht die geringste Ahnung von Waffen.

Sobald er einen Schuss abfeuert, wird er das Gefühl haben, dass der Knall in diesem Bunker sein Gehör in Fetzen reißt.« Wie betäubt lausche ich seinen Worten, während James seine Stimme einen Deut anhebt. »Ich will, dass du dann rennst, Marissa. Lauf wie der Teufel und sieh zu, dass du von hier verschwindest.« Als sich seine Worte in meinen Gedanken verfestigen, füllen sich meine Augen mit Tränen. »Nein«, wispere ich, um Atem ringend. Hilfesuchend blicke ich zu Jackson, der regungslos hinter mir auf dem Boden liegt. »Jackson, tu doch was«, krächze ich, doch er rührt sich nicht. »Schnauze da drüben!« Brian knallt die Tür hinter sich zu und geht mit gezielten Schritten und vorgehaltener Waffe auf James zu. »Ich liebe dich. Tu *einmal*, was ich dir sage«, raunt James inbrünstig. Brian bleibt vor James stehen und zielt auf seinen Kopf. Unversehens entsichert er die Waffe und zuckt mit den Schultern. »Ich habe über deine Worte, dich zu erschießen, nachgedacht. Aber erst wirst du *ihm* beim Sterben zusehen«, sagt er gleichgültig und bewegt seinen Finger wie in Zeitlupe zum Abzug. »Schließ deine Augen, Sweetheart.« James blickt mich eindringlich und fordernd an. »Nein«, hauche ich mit erstickter Stimme. »Schließ deine Augen!«, befiehlt er im harschen Tonfall. Als mir bewusst wird, dass James ernsthaft darauf wartet, von Brian ermordet zu werden, entfleucht mir ein hörbares Wimmern. Impulsiv stürze ich mich mit einem lauten Schrei auf Brian und werfe ihn, zu meiner Überraschung, zu Boden. Erschrocken gleitet ihm die Waffe aus seiner Hand und landet zirka einen halben Meter neben mir. Brian packt mich, drückt mich mit aller Gewalt auf den Boden und schlingt mir seine

Hände um die Kehle. Dann drückt er zu. »Auf diese Art mach ich dich eh viel lieber kalt«, knurrt er mit zusammengebissenen Zähnen. Panisch versuche ich mich aus seinem Griff zu befreien, doch seine Hände bewegen sich keinen Millimeter. Als James versucht, ihn von mir wegzuziehen, stürmt Carlos in den Raum und liefert sich eine handfeste Auseinandersetzung mit ihm. Während mir zusehends die Kräfte schwinden, nehme ich noch einmal all meine Kraft zusammen und schlage Brian mit meiner Faust so kräftig auf die Nase, dass er erschrocken von mir ablässt. Dann krieche ich blitzschnell zu der Waffe, drehe mich zurück auf den Rücken und sehe Brian auf mich zustürmen. Noch ehe er mir oder James noch einmal zu nahekommen kann, betätige ich den Abzug und löse damit einen Schuss aus. Dann noch einen und noch einen. Blutend sackt Brian in sich zusammen.

Wie paralysiert starre ich auf Brians leblosen Körper, um dem sich mit jedem weiteren meiner hetzenden Herzschläge eine größere Blutlache bildet. Dass Carlos panisch aus der Tür rennt, nehme ich nur für einen Sekundenbruchteil wahr. Noch immer halte ich die Waffe fest umklammert in meiner Hand. In meinen Ohren hat sich ein unangenehmes Piepen aufgebaut, von dem ich unmöglich einschätzen kann, ob es von den Schüssen ausgelöst wurde oder ob mich mein Kreislauf allmählich im Stich lässt. Mit einem lautlosen Schrei zucke ich zusammen, als mich plötzlich jemand von hinten am Arm berührt. »Marissa«, flüstert James im beruhigenden Tonfall hinter mir und rutscht dichter an mich heran. Ausdruckslos sehe ich in sein verwundetes Gesicht, seine blaue Augen sehen mich besorgt an. Da ich mich nicht rege und auch sonst keine Anstalten mache, in irgendeiner Art und Weise zu reagieren, fährt James wie in Zeitlupe mit seiner Hand meinen Arm entlang und versucht vorsichtig, die Waffe aus meiner Hand zu lösen. Irritiert beobachte ich, wie er erst sanft, doch dann etwas nachdrücklicher an meinen Fingern zerrt. Es ist, als wäre meine Hand mit der Waffe verschmolzen. »Lass los Sweetheart«, fordert er mich auf. Einen Augenblick später hält er die Waffe in seinen eigenen Händen und steckt sie sich in den Bund seiner Hose am Rücken. Dann geht er mit fünf großen Schritten rüber zu Jackson und bindet ihn los. »Komm. Steh auf!«, sagt James und reicht mir seine Hand. Noch immer bin ich unfähig zu reagieren. Mein gesamter Körper fühlt sich an, als wäre er von einer starren, bleischweren Schicht überzogen. Es ist mir schier unmöglich, mich zu bewegen. Mit einem angestrengten Stöhnen hebt James mich in seine Arme. Als er mit mir in Richtung Tür geht, fällt mein Blick erneut auf Brian. Wie er so daliegt, regungslos auf dem kalten Boden, löst irgendetwas in mir aus. Ich kann nicht beschreiben, was es ist, doch ich verspüre ein unstillbares Bedürfnis, zu ihm zu gehen. Ruckartig springe ich aus James' Armen und stelle mich genau vor Brian. Dann hocke ich mich vor ihm auf den Boden und lege zaghaft meine rechte Hand auf seinen Brustkorb, als ob ich mich vergewissern müsste, dass er tatsächlich nicht mehr atmet. Sein hellgrauer Pullover wird von einem großen, dunklen Blutfleck verunstaltet, sein Gesicht ist aschfahl und seine Augen sind geschlossen. Auf einmal kommt mir dieser Mann, der mir beinahe acht Jahre meines Lebens in jeder Weise erschwert und ruiniert hat, kein bisschen mehr bedrohlich vor. Ein Gefühl von Schuld scheint mich allmählich zu ersticken, als James in mein Blickfeld gerät. Mit sorgenvoller Miene kniet er sich neben mich. Sofort drängen sich die Bilder, wie Brian James skrupellos niedergeschlagen hat, in mein Gedächtnis und mein Schuldgefühl wird augenblicklich durch verzweifelte Wut ersetzt. Hassgetrieben schlage ich Brian mit geballten Fäusten auf den Brustkorb und brülle seinen leblosen Körper an. »Ich hasse dich, ich hasse dich, du widerlicher Scheißkerl!« Hastig zerrt mich James von Brian weg und presst mein Gesicht mit ein wenig Nachdruck gegen seine Brust. »Pshht«, raunt er angestrengt und fährt mir vorsichtig mit der Hand durchs Haar. »Marissa, wir müssen hier raus. Du musst dich beruhigen.« Langsam hebt er mich erneut in seine Arme und überlässt Jackson den Vortritt. Achtsam öffnet er die Tür, James folgt ihm mit mir auf dem Arm. Als wir die schmalen Gänge unseres Verlieses entlang gehen, habe ich Mühe, etwas erkennen zu können, da meine Lider sich plötzlich unsagbar schwer anfühlen. Ich fühle mich wie betäubt und wünsche mir sehnlichst herbei, dass ich jeden Augenblick aus diesem Albtraum erwache. »Amara«, ruft Jackson angestrengt, während sich seine Schritte umgehend beschleunigen. Trotz der bleiernen Schwere, die sich in meinem gesamten Körper ausbreitet, löse ich meine Arme von James' Hals und stelle mich vorsichtig auf die Beine. Ungefähr einen Meter von mir entfernt kniet Jackson neben Amara, die sich allmählich rührt. Mit gerunzelter Stirn legt sie sich ihre Hand an die Schläfe und blickt sich verwirrt um. »Jackson, was ist passiert?«, stöhnt sie. Voller Leidenschaft schlingt er erleichtert seine Arme um sie und wippt mit ihr auf und ab. »Du lebst. Oh mein Gott, du lebst...«, flüstert er immer wieder in ihr Haar. James und ich sehen uns erleichtert an. »Jackson!«, ruft James nach einer Weile und macht eine Kopfbewegung zum Ausgang, als dieser ihm endlich Beachtung schenkt. Sorgsam hilft Jackson Amara auf. Langsam, aber mit gezielten Schritten, nähern wir uns dem Ausgang, als plötzlich dieser Carlos genau vor uns steht. Für den Bruchteil einer Sekunde weiten sich seine Augen beinahe schreckhaft, doch dann stürzt er sich augenblicklich auf Jackson, der am nächsten von ihm steht. Als Jackson zu Boden geht, zückt Carlos seine Waffe und richtet sie direkt in Jacksons Gesicht. Noch ehe ich begreife, was für ein Horrorszenario sich gerade abspielt, ertönt ein lauter Schuss direkt neben mir. Als ich meinen Blick auf James richte, sehe ich, wie er mit Brians Waffe, die er mir vor einigen Augenblicken abgenommen hat, auf Carlos zielt. Jackson drückt Carlos leblosen Körper angewidert von sich und steht auf. Dass Jackson ein lautloses *„Danke"* mit seinen Lippen formt, ist das Letzte, das ich bewusst wahrnehme, ehe ich mich erneut in James' Armen verkrieche. Mit fest zusammengepressten Augen drücke ich mein Gesicht an seinen Brustkorb und halte mir wie ein Kind, das nichts hören will, die Ohren zu, in der unrealistischen Hoffnung, meine eigenen Gedanken ausblenden zu können.

178

Kapitel 15

In James' Haus angekommen gehe ich wie in Trance die Stufen rauf ins Badezimmer. Mechanisch mache ich das warme Wasser an und stelle mich samt meiner Kleidung unter die Dusche. Als James plötzlich meinen Arm berührt, zucke ich vor Schreck zusammen. »Marissa, was tust du denn da?«, fragt er besorgt und dreht das Wasser ab. Ausdruckslos sehe ich ihm in die Augen und lasse meinen Blick wie in Zeitlupe herunter zu meinen blutverschmierten, zitternden Händen wandern. Sofort schießen mir die Bilder der letzten Stunden in ihrer gesamten Grausamkeit durch den Kopf.

James, wie er brutal niedergeschlagen wurde. Amara, die vor unseren Augen aus dem Keller geschafft wurde – dann der Schuss. Jackson, wie er verzweifelt in sich zusammengebrochen ist. Brian, der mir demütigend ins Gesicht spuckte und mich schlug. Wie er danach eine Waffe auf den Mann richtete, den ich über alles liebe. Und zu guter Letzt, wie ich das Undenkbare tat, und mehrere Schüsse auf Brian abgefeuert habe, bis er schließlich zu Boden ging.

Dort in meiner Brust, wo sich gerade noch eine tiefe Leere befand, breitet sich augenblicklich eine unmissverständliche Panikattacke aus. Mein Herzschlag klopft mir so heftig gegen den Brustkorb, dass ich nur noch stockend atmen kann. Um nicht in komplette Panik zu verfallen, hocke ich mich in die Dusche und umschlinge meinen Brustkorb so fest ich kann. Angestrengt atme ich gegen das Hämmern in meiner Lunge an und zähle, apathisch an die weißen Kacheln blickend, jeden einzelnen meiner galoppierenden Herzschläge. Als ich bei zweiundvierzig angelangt bin, hockt sich James, ebenfalls vollständig bekleidet, vor mich hin und hebt mein Kinn etwas an. Während ich in seine besorgten Augen sehe, werde ich von unzähligen Emotionen überrollt. Hilflosigkeit, Trauer, Wut, Fassungslosigkeit und Hass scheinen mein Innerstes vollends auszufüllen. Plötzlich fühle ich mich, als wäre ich außerhalb der Realität, gefangen in einem schlechten, dunklen Traum. Träge richte ich meinen Blick auf James, der mit überaus besorgter Miene auf mich einredet. Obwohl ich sehe, dass seine Lippen sich bewegen und sein Blick zunehmend erwartungsvoller wird, kann ich kein Wort von dem, was er sagt, aufnehmen. Da ich auf nichts reagiere, hebt James mich schließlich in seine Arme und stellt mich im Schlafzimmer wieder sanft auf die Füße. Nachdem er sich versichert hat, dass ich alleine stehen kann, huscht er in Windeseile zu der kleinen Kommode herüber und holt einige Kleidungsstücke heraus. Dann zieht er mir vorsichtig meinen durchnässten Pullover über den Kopf, wobei ich Mühe habe, meine bleiernen Arme anzuheben. Als es James gelingt, mich schließlich auch von meiner Hose zu befreien, greift er nach meinem Arm und versucht ihn vorsichtig in den Ärmel eines frischen Hemdes zu stecken. Sofort löse ich mich aus meiner Trance und entreiße ihm meinen Arm. Ohne ein Wort zu sagen marschiere ich zurück ins Badezimmer und beginne meine Hände von den Überresten von Brians Blut zu befreien. Hektisch halte ich meine noch immer zitternden Finger unter den Wasserstrahl im Waschbecken und beobachte, wie sich das klare Wasser immer wieder rot verfärbt, sobald es in die Keramik fließt. Panisch greife ich nach dem kleinen Stück Seife am Waschbeckenrand und reibe meine Hände hastig damit ein, bis ein klarer, weißer Schaum entsteht. Selbst als meine Hände schließlich von jeglichem Blut befreit sind, reibe ich die Seife weiter apathisch meine Finger entlang - minutenlang. Plötzlich stellt James das Wasser ab. Erschrocken blinzle ich durch meine wirren Haarsträhnen zu ihm herüber, ich habe nicht mal gemerkt, dass er mir ins Badezimmer gefolgt ist. »Es ist genug«, flüstert er, die Sorge in seiner Stimme ist unverkennbar. Teilnahmslos starre ich auf meine zittrigen und inzwischen aufgeweichten Finger und schüttle energisch mit dem Kopf. Sofort strecke ich meine Hand nach dem Wasserhahn aus, um mir weiter meine Hände zu säubern, doch James greift mir von hinten um die Taille und hält mich so fest, als wäre ich in einem Schraubstock gespannt. »Marissa, du machst mir allmählich Angst. Los, sieh mich an!«, fordert er mich auf. Langsam richte ich meinen Blick auf ihn. »Du solltest ein wenig schlafen, Marissa. Du stehst völlig neben dir. Ich werde dich nun ins Bett bringen«, raunt er heiser, während sich auf seiner Stirn zahlreiche Sorgenfalten bilden. Noch ehe James mich in seine Arme heben kann, winde ich mich aus seinem Griff und stoße ihm so heftig gegen den Brustkorb, dass er unweigerlich einen Schritt zurückweicht. Völlig entgeistert starrt er mich mit großen Augen an und hebt abwehrend die Hände. »Marissa, Sweetheart. Bitte beruhige dich«, bittet er im sanften Tonfall. »Du stehst unter Schock. Es wird alles wieder gut«, verspricht er. Ich höre zwar seine Stimme, aber ich kann die Bedeutung seiner Worte nicht erfassen. In meinem Kopf herrscht ein so wirres Bilderchaos, dass es mich schier um den Verstand bringt – wortwörtlich. Ich habe jemanden getötet! Immer wieder erscheint Brians lebloser, blutüberströmter Körper vor meinem geistigen Auge. Die Marissa, die noch vor wenigen Tagen existierte, gibt es jetzt nicht mehr. Einst hielt ich mich für gutmütig, ehrlich und rechtschaffen, doch das alles bin ich nicht mehr. Indem die Umstände mich zwangen zu tun, was ich getan habe, wurde ich ausgelöscht. Ich fühle mich wie im freien Fall, von der Marissa, die James zu lieben und zu kennen scheint, ist *nichts* mehr übrig. Paralysiert schaue ich in James' besorgtes Gesicht, der mich nach wie vor überaus sorgenvoll ansieht. Als er erneut einen Schritt auf mich zugeht, weiche ich instinktiv zurück. »Ich kann das nicht mehr.« Meine Stimme ist kaum lauter als ein Flüstern. Wortlos gehe ich ins Schlafzimmer, wobei ich Mühe habe mit meinen weichen Knien nicht zu stolpern, ziehe mir eine von James' viel zu großen Jogginghosen über und binde meine zerzausten Haare zu einem provisorischen Zopf. Dann schlüpfe ich in meinen Strickmantel und greife nach Avas Schlüssel, der ordentlich neben der kleinen Vase auf der Kommode liegt. Als ich mühsam meine Sneakers angezogen habe, greife ich, ohne mich nach James umzusehen, nach der Klinke und öffne die Apartmenttür. Doch im selben Moment schließt sich die Tür wieder, als James mit völlig fassungslosem Gesichtsausdruck mit seiner Hand dagegen drückt. »Wo willst du hin?«, fragt er mit angehaltenem Atem. Ohne ihm zu antworten strecke ich meine Hand erneut nach der Klinke aus, doch James stellt sich augenblicklich vor die Tür, sodass ich das Apartment nicht verlassen kann. »Lass mich gehen«, fordere ich ihn auf und vermeide es, seinem eindringlichen Blick zu begegnen. »Nein«, entgegnet er sofort entschieden. Sein Tonfall ist bestimmend. Widerwillig schenke ich James einen müden Blick und runzle die Stirn. »Ich muss hier raus James. Sperr mich bitte nicht ein.« Verwundert zieht er die Augenbrauen hoch und schüttelt verständnislos den Kopf. »Ich sperre dich nicht ein. Verrate mir doch einfach, wo du hin willst...Bitte.« In seinen blauen Augen bildet sich ein hoffnungsvoller Ausdruck. »Ich werde wieder bei Ava einziehen«, sage ich fest entschlossen. »Bei Ava einziehen?«, wiederholt James langsam, so als ob er diese Worte noch nie im Leben gehört hätte. »Du verlässt mich?«, fragt er ungläubig und hebt mein Kinn etwas an, um mich zu zwingen ihm in die Augen zu sehen. Anstelle einer Antwort nicke ich nur kaum merklich. Abrupt schnappt sich James seine Jacke und öffnet mir die Tür. »Ich werde dich begleiten«, beschließt er. Dankbar verlasse ich das Apartment, während James den gesamten Weg schweigend neben mir herläuft.

An Avas Wohnung angekommen öffne ich sofort die Tür. Wie selbstverständlich folgt James mir durch den Hausflur bis hin zu Avas Wohnung im ersten Stockwerk. Nachdem ich mir Zutritt verschafft habe, steht James mit einem fragenden Gesichtsausdruck direkt hinter mir. »Darf ich reinkommen?« Träge schüttle ich den Kopf. James blickt mich so schmerzerfüllt an, dass es mir unvermittelt einen Stich versetzt. Entgegen meiner Instinkte schließe ich die Tür und lehne meine Stirn dagegen. »Marissa«, ruft James von draußen mit erstickter Stimme. Resigniert schließe ich die Augen, um meine unterdrückten Tränen am Fließen zu hindern. »Marissa, bitte. Du solltest jetzt nicht allein sein. Mach die Tür auf!«, bittet er. Plötzlich klingelt sein Handy und ich nehme augenblicklich Gemurmel wahr. Einen kurzen Augenblick später widmet sich James mir wieder. »Sweetheart, hör zu. Ich werde mich jetzt um ein paar Dinge kümmern müssen. Jackson und ich fahren, zurück um uns um die Leichen...« Mitten im Satz verstummt er. »Ich werde alles regeln Marissa«, flüstert er gerade so laut, dass ich ihn halbwegs durch die geschlossene Tür verstehen kann. »Du hast nichts falsch gemacht. Du hast mir mein Leben gerettet und ich liebe dich wirklich sehr. Vergiss das niemals.« Wenige Augenblicke später höre ich James hastig die Stufen hinuntereilen. Erschöpft lasse ich mich mitten vor der Haustür nieder und sacke mit tränennassen Wangen einfach in mich zusammen. Mein gesamter Körper schmerzt vor Anspannung und obwohl meine Tränen mittlerweile unentwegt meine Wange hinunterrinnen, kommt kein Laut aus meiner Kehle. Apathisch fixiere ich eine der unzähligen Pflanzen mit meinem Blick und konzentriere mich nur noch darauf. Im finsteren Dämmerlicht erkenne ich kaum mehr als einen vagen Umriss. James sagt, er liebt mich. Wie kann er mich lieben, nachdem, was ich heute getan habe? *Ich bin eine Mörderin, ich habe Brian getötet... getötet!* Wer verdammt noch mal bin ich, um über Leben und Tod zu entscheiden? Die vertraute Panik steigt in meinem Brustkorb auf, meine Lunge fühlt sich plötzlich schwer wie Beton an. Panisch fasse ich mir an die Kehle, so als ob diese verzweifelte Geste irgendetwas ändern würde. Pure Angst vergiftet jede meiner Zellen, ich kann es deutlich spüren. Schleppend krieche ich in Avas Schlafzimmer und durchwühle hastig ihren Nachttisch. Als ich die kleine Dose mit den Schlaftabletten gefunden habe, schlucke ich gierig drei hintereinander herunter. Dann rolle ich mich vor ihrem Bett auf dem Fußboden zusammen und presse mir mit zusammengekniffenen Augen meine Hände auf die Ohren. Während ich mich einzig und allein auf meinen noch immer rasenden Herzschlag konzentriere, bemerke ich allmählich, wie mein Gedankenkarussell zu verstummen beginnt. Alles um mich herum fängt an, sich zu drehen, bevor ich in einen unruhigen Schlaf sinke.

Angestrengt zwinge ich meine Lider, sich zu öffnen. Von der Apartmenttür ertönt ein immer wiederkehrendes Klopfen, danach Gemurmel. Verwirrt stelle ich fest, dass es bereits hell ist. *Wie lange habe ich geschlafen?* Mit wackligen Beinen schleppe ich mich bis zur Tür und drücke gespannt mein Ohr dagegen. »Ich trete diese scheiß Tür jetzt ein, geh aus dem Weg verdammt.« Das ist James' besorgte Stimme. »Damit jemand die Polizei ruft? Marissa schläft bestimmt nur«, ertönt Jacksons Stimme gereizt. Es klopft erneut, doch diesmal lauter und ungeduldiger als zuvor. »Und wenn sie sich etwas angetan hat?«, fragt James entsetzt. Ich atme einmal hörbar aus und öffne die Tür widerwillig einen Spalt. Das erste, was ich sehe, ist James' besorgtes Gesicht. »Oh Marissa, Gott sei Dank geht es dir gut«, haucht er erleichtert und kommt ganz dicht an mich heran. Doch anstatt ihn hereinzubitten, bleibe ich wie festgefroren mitten in der Tür stehen. »Lass mich rein«, fordert James mich verständnislos auf. Träge schüttle ich den Kopf. »Mir geht es gut. Ihr könnt jetzt wieder gehen«, sage ich lahm und schieße unvermittelt die Tür. »Marissa, mach auf! Was ist denn los?«, ruft James ungläubig aus. Ich antworte nicht. Eine ganze Weile höre ich die Männer im Hausflur reden, James wird von Sekunde zu Sekunde immer aufgebrachter. »Geh nach unten, James. Gib mir nur fünf Minuten«, höre ich Jackson sagen. Es herrscht einige Augenblicke Stille, dann höre ich James die Stufen runter stampfen. Jackson klopft erneut leise. »Lässt du mich bitte rein? Wir müssen reden.« Nach einer kurzen Bedenkzeit öffne ich widerstrebend. »Danke«, sagt er sichtlich erleichtert und geht schnurstracks ins Wohnzimmer. Ein wenig irritiert folge ich ihm. »Was ist los, Marissa?«, fragt er knapp und zieht dabei sorgenvoll die Augenbrauen zusammen. Fragend blicken wir einander an. Was soll ich ihm darauf antworten? Ich weiß selbst nicht mal, *was* mit mir los ist. »Was habt ihr mit Brian und dem anderen Mann gemacht?«, frage ich stattdessen, meine Kehle fühlt sich staubtrocken an. »Darum haben wir uns letzte Nacht gekümmert«, entgegnet Jackson ausweichend. »Wieso willst du James nicht sehen?«, versucht er es erneut. Ohne ihm zu antworten verkrieche ich mich in die hinterste Ecke der Couch und lege meinen Kopf auf meine angewinkelten Knie. Sofort setzt sich Jackson neben mich und streicht mir flüchtig über den Rücken. »Du musst mit mir reden Marissa. Da draußen wartet der Mann auf dich, der ohne zu zögern für dich sterben würde. Und genau das hat er letzte Nacht fast getan. Du *weißt,* wie sehr er dich liebt und er ist wirklich am Verzweifeln. Das was dir widerfahren ist, ist auch *ihm* widerfahren. Keiner von euch beiden sollte jetzt alleine sein, ihr braucht einander.« Zögerlich hebe ich meinen Kopf, um Jackson in die Augen zu sehen. »Ich habe verloren«, stammle ich. »Verloren?«, hakt Jackson stirnrunzelnd nach. Zustimmend nicke ich ihm eifrig zu, dabei füllen sich meine Augen erneut mit Tränen. »Ich habe mich selbst verloren. Die Marissa, die James zu kennen und zu lieben glaubt, existiert nicht mehr. *Jetzt* nicht mehr.« Verständnisvoll nickt Jackson kaum merklich, so als ob ihm diese drei Sätze alles erklären würden. »Ich verstehe«, flüstert er in meine Gedanken hinein. »Bitte halte James von mir fern. Ich muss erst mal selbst einen Weg finden, mit alldem klarzukommen.« Ich sehe Jackson bittend an. Da ihm augenscheinlich nicht entgeht, wie ernst es mir mit meiner Entscheidung ist, steht er auf und geht Richtung Tür. »Nimm dir alle Zeit der Welt Marissa. Aber gib auf dich acht. Und melde dich jederzeit, wenn du irgendetwas benötigst.« Dankbar nicke ich ihm zu und wende meinen Blick schließlich von ihm ab. »Wie geht es eigentlich Amara?«, frage ich, ohne ihn anzusehen. »Sie kämpft sich durch, genauso wie du. Ohne sie an meiner Seite, wüsste ich nicht, wie ich das alles verarbeiten sollte.« Er macht eine kurze Pause. »Schließe James nicht aus Marissa. Du solltest nicht ausgerechnet die Person aufgeben, die es schafft, dass du froh bist am Leben zu sein.« Wenige Sekunden später höre ich, wie er mit einem leichten Ruck die Tür hinter sich schließt. Erleichtert lasse ich meinen angehaltenen Atem entweichen.

Kapitel 16

Sechs Wochen liegt der „Vorfall" mit Brian nun hinter mir. Zweiundvierzig Tage sind vergangen, seitdem ich Jackson das letzte Mal sah. Natürlich hat James meinen Wunsch nach Abstand nicht respektiert, aber ich schätze die Geste, dass er zumindest den Schein wahren will. Einen Tag nach dem knappen Gespräch mit Jackson lag ein Prepaid-Handy mit der Aufschrift „für alle Fälle" mit James' eingespeicherter Nummer auf meiner Fußmatte. Nach acht Tagen konnte ich mich das erste Mal überwinden, mich alleine in den kleinen Supermarkt zu schleppen. Nachdem ich mich mit dem Nötigsten eingedeckt hatte, stellte ich allerdings fest, dass ich so allein gar nicht war. James folgte mir mit einigen Metern Abstand, doch ich tat so, als würde ich ihn nicht bemerken. Drei Tage nach meinem spontanen Einkauf entschied ich mich, ein wenig fernzusehen, einfach, um meine Gedanken in eine andere Richtung zu lenken. Leider ohne Erfolg.

[» *Wie uns heute bekanntgegeben wurde, ist einer der erfolgreichsten Geschäftsmänner aus Halefordcity, Brian Cooper, nach wie vor nicht aufzufinden. Nach dem feigen Mordanschlag auf seine Frau, deren Namen wir heute aus rechtlichen Gründen nicht nennen dürfen, ist er spurlos verschwunden und wurde seitdem nicht mehr in Halefordcity gesichtet. Wie es*

189

scheint, ist er untergetaucht. Die Behörden ermitteln weiterhin mit Nachdruck.«]

Das war die letzte Information, die ich mit pochenden Herzschlag über Brian erfahren habe, danach habe ich mich nicht mehr getraut, den Fernseher einzuschalten. Als ich gewohnheitsmäßig einen Blick aus dem kleinen, seitlichen Wohnzimmerfenster werfe, sehe ich, wie jeden Tag, James die Straße auf und ab gehen. Halb verärgert und halb gerührt von seiner Hartnäckigkeit schüttle ich kaum merklich den Kopf und schließe einen kurzen Augenblick die Augen. Als ich meinen Blick wieder auf die Straße richte, schaut James mir direkt ins Gesicht. Sein Mund wird von einem kleinen, traurigen Grinsen umspielt. Vorsichtig hebe ich flüchtig meine Hand. James erwidert meine Begrüßung kurz und deutet mit dem Kopf zur Haustür. Zögerlich nicke ich ihm zu und öffne die Tür.

Wortlos steht James mitten im Türrahmen und sieht mich eindringlich an. Als ich ein wenig zur Seite trete, um ihm Platz zu machen, kommt er rein und bleibt im beengten Flur einfach stehen. »Wie geht es dir?«, fragt er nach einer kurzen Zeit der Stille. »Ich schlage mich durch«, antworte ich knapp und zucke mit den Schultern. Gedankenverloren nickt er kaum merklich und lässt seinen Blick durch den Raum schweifen. »Möchtest du Tee?«, frage ich schließlich und gehe, ohne eine Antwort von ihm abzuwarten, in die Küche. Mechanisch stelle ich den Wasserkocher an und nehme zwei saubere Tassen von der Spüle. Als ich mich herumdrehe sitzt James bereits an dem kleinen Küchentisch und stützt seinen Kopf mit den Händen. Noch ehe ich uns einen Tee zubereiten kann, durchfährt mich diese bleierne Übelkeit, die mich schon die letzten zwei Wochen belästigt. Konzentriert atme ich in meinen Bauch und versuche gegen den Drang, mich zu übergeben anzukämpfen – zu spät. Wie von der Tarantel gestochen renne ich ins Bad, woraufhin ich mich nur Sekunden später lautstark erbreche. Völlig entgeistert taucht James hinter mir auf und streicht mir einige meiner schweißnassen Strähnen aus dem Nacken. Als ich den Toilettendeckel schließe, legt er seine Hand auf meine Stirn. »Hast du dir etwas eingefangen?«, fragt er besorgt und schüttelt im selben Moment mit dem Kopf. »Erhöhte Temperatur hast du jedenfalls nicht«, stellt er skeptisch fest. »Isst du wieder nicht genug?« Tadelnd sieht er mir in die Augen. »Doch, ich esse genug«, entgegne ich leicht genervt. »Es geht auch schon wieder. Stress schlägt mir immer auf den Magen«, füge ich als Erklärungsversuch zu, da James mich weiter mit skeptischer Miene beäugt. Mit zittrigen Knien gehe ich zum Waschbecken und spüle mir flüchtig den Mund aus. Als ich nach meiner Zahnbürste greife und einen Klecks Zahnpasta auf die Bürste gebe, verlässt James den Raum, vermutlich, um mir ein wenig Privatsphäre zu gönnen.

Als ich die Küche betrete, sitzt James erneut am Küchentisch, die beiden dampfenden Tassen mit Tee stehen bereits auf der Tischplatte. James, wie immer ganz der Gentleman, steht auf, als er mich sieht und rückt mir einen Stuhl zurecht. Dann nimmt er gegenüber von mir Platz und greift nach meiner Hand. »Ich vermisse dich«, raunt er und schenkt mir ein trauriges Lächeln. Während ich in seine aufrichtigen, blauen Augen sehe, schießen mir unzählige Gedanken durch den Kopf. *Ich vermisse ihn auch, sehr sogar. Die letzten Wochen war ich in Gedanken ständig nur bei ihm. Ich liebe ihn, daran hat sich nichts geändert. Nur, wovor habe ich so schreckliche Angst?* Zärtlich lasse ich meinen Daumen über seinen Handrücken streifen. »Ich vermisse dich auch«, gestehe ich leise. Erleichtert atmet James einmal hörbar aus, steht auf und hockt sich vor mich. »Dann komm wieder zu mir zurück, Marissa. Wir werden für alles eine Lösung finden. Aber ohne dich zu sein, das ist ...« Er runzelt die Stirn und schüttelt den Kopf. »Das ist unnatürlich«, beendet er den Satz schließlich. Ernstblickend nicke ich kurz, denn ich weiß genau, was er meint. Die letzten Wochen waren völlig surreal. Nicht wegen den Ereignissen, sondern weil mir etwas fehlte, *er* mir fehlte. Jeder Tag war trist und grau, es war beinahe so, als hätte ein Teil meines Herzens außerhalb meines Körpers geschlagen. Jetzt, wo James wieder hier ist, fühle ich mich vollständig. Spontan lege ich behutsam meinen Mund auf seinen. Sofort schlingt James seine Arme um mich und erwidert meinen Kuss voller Leidenschaft. Sehnsüchtig vergrabe ich meine Hände in seinen Haaren und genieße den Geschmack seiner Lippen und den Duft seiner Haut. Als er sich schließlich von mir löst, sieht er mir liebevoll in die Augen.

»Heißt das, du ziehst wieder zu mir?« Die leichte Verunsicherung in seiner Stimme versucht er mit seinem altbekannten, arroganten Grinsen zu überspielen. Natürlich ziehe ich wieder bei ihm ein. Ich hatte die letzten Wochen genug Zeit, um nachzudenken. Ich habe mich allmählich, und auch James, genug bestraft. Was ich Brian angetan habe, werde ich mir nie verzeihen können. Aber er hat mir keine andere Wahl gelassen. Es ging um ihn oder James, Brian hat diese Regel selbst aufgestellt und ich weigere mich, mir selbst nach seinem Tod weiterhin mein Leben von ihm diktieren zu lassen. Noch immer sieht James mich erwartungsvoll an. Freudestrahlend nicke ich ihm zu und kann es kaum erwarten, endlich wieder bei ihm zu sein.

In James' Apartment angekommen fühle ich mich augenblicklich wie zuhause. Verwundert stelle ich fest, dass all unsere Sachen bereits wieder hier sind. »Was ist das?«, frage ich und deute auf einen Brief, der an mich adressiert auf seiner kleinen Kommode liegt. Beim genaueren Hinsehen stelle ich fest, dass der Umschlag bereits geöffnet ist. »Von deinem Anwalt.« Verdutzt ziehe ich die Augenbrauen hoch. »Ich habe einen Anwalt?« Mit einer Mischung aus Scham und Amüsement kommt er schleichend auf mich zu. »Während du weg warst, habe ich mich um einige Dinge gekümmert. Da Brian dir offensichtlich etwas antun wollte, wurde deinem Antrag auf eine Härtefallscheidung sofort stattgegeben. Sobald du die Papiere unterschreibst.« Mit geöffnetem Mund sehe ich ihn verwirrt an. »*Meinem* Antrag?« Schweigend sieht er mir in die Augen. James war also hinter meinem Rücken bei einem Anwalt und hat in meinem Namen die Scheidung eingereicht? Mir soll es Recht sein. Gleichgültig zucke ich mit den Schultern, woraufhin James mir ein erleichtertes Grinsen schenkt. Langsam schlendere ich rüber zur Couch und greife nach einer Jacke, die dort abgelegt wurde. »Was macht Jacksons Jacke hier?«, frage ich verwundert. Jackson und James stehen noch immer in Kontakt? Anscheinend ist mir in den letzten Wochen einiges entgangen. Mit sichtbaren Unbehagen setzt James sich und macht eine Kopfbewegung zur Couch, so dass ich ebenfalls Platz nehme. »Ich habe etwas über Jackson erfahren, dass ich dir nicht vorenthalten möchte«, beginnt James zögerlich und streicht sich angespannt über den Nasenrücken. Gespannt blicke ich ihn an. James atmet hörbar aus und verschränkt seine Finger ineinander. Nervös wippt er mit dem rechten Knie auf und ab und senkt den Blick. »Jackson und ich haben dieselbe DNA«, beginnt er, sein Blick ist nun fest auf mich gerichtet. »Wie meinst du das?«, frage ich irritiert. »Schon bevor Brian ihn engagiert hat, um dich zu überwachen, wusste Jackson über mich Bescheid. Nur deshalb ist er nach Halefordcity gezogen. Eigentlich wollte er mich kontaktieren um mich kennenzulernen, doch durch die Umstände...« James lässt den Satz unbeendet und beginnt nervös an dem Ärmel seines Hemdes herumzufummeln. »Jackson ist mein Bruder«, haucht er atemlos, in seiner Stimme liegt ein Unterton, den ich als Fassungslosigkeit interpretieren würde. »Dein... *Bruder*?«, frage ich irritiert und blicke in seine vor Ungläubigkeit aufgerissenen Augen. Seufzend fährt er sich mit der Hand durchs Haar und beginnt im Raum auf und ab zu gehen. »*Halbbruder,* um genau zu sein. Mein Vater...« Angeekelt rümpft er die Nase, ich höre Verbitterung in seiner Stimme. »Eine seiner unzähligen Affären wurde von ihm schwanger. Jackson hat mir ein Bild gezeigt, worauf er, seine Mom und der Mistkerl zu sehen sind. Die ersten zwölf Jahre hat er sich scheinbar immer mal wieder blicken lassen, ehe der Kontakt ganz abgebrochen ist.« Verständnislos zuckt er mit den Schultern. »Wow, das nenne ich mal Neuigkeiten«, sage ich beeindruckt. »Und wie kommst du damit klar?« Ein wenig verlegen blickt er zu mir herab, grinst schief und zuckt erneut mit den Achseln. »Nachdem ich dachte, dass meine gesamte Familie praktisch ausgelöscht ist, ist es irgendwie tröstlich, noch jemanden in seinem Umfeld zu haben«, erklärt er ein wenig wehmütig. »Wie hat Jackson von dir erfahren?«, frage ich mit gerunzelter Stirn. »Er hat von dem Tod unseres Vaters aus den Medien erfahren, gleich nachdem ich angeklagt wurde. So ist er auf mich aufmerksam geworden.« Überwältigt von dieser Information puste ich hörbar den Atem aus und gehe auf James zu, um ihm meine Arme um den Hals zu schlingen. »Das ist einfach... unglaublich. Ich für meinen Teil bin jedenfalls sehr froh, dass Jackson nicht aus unserem Leben verschwindet.« Er leichtert lächelt er mich an. »Dann hast du bestimmt nichts dagegen, wenn er und Amara heute zum Abendessen kommen?«, fragt er grinsend. Lächelnd schüttle ich den Kopf. »Ich freue mich drauf.« »Ich bin so froh, dass du nun endlich wieder bei mir bist. Die letzten Wochen waren nicht einfach«, merkt er mit ernster Miene an. Da ich nach wie vor bestrebt bin, die Ereignisse zu verdrängen, löse ich mich von James und schlurfe in die Küche. Auf der Anrichte liegen Salatgurken, Tomaten, abgepackter Rucola und einige Möhren. Ich greife nach einer auf der Arbeitsplatte platzierten Salatschüssel, um mit den Vorbereitungen fürs Abendessen zu beginnen. Als James die Küche betritt sieht er mich fragend an. »Ich werde mich um den Salat kümmern«, erkläre ich und zwinkere ihm zu. Er schüttelt kaum merklich den Kopf und verlässt amüsiert das Zimmer.

Als Jackson und Amara das Apartment betreten, bleibt mein Blick sofort an Amaras kleinem, aber mittlerweile unübersehbaren Babybauch hängen. »Lass dich mal umarmen«, begrüßt mich Jackson und drückt mich überschwänglich an sich. Mit einem breiten Grinsen erwidere ich seine Umarmung, während Amara amüsiert mit den Schultern zuckt. »Geht es dir gut?«, fragt Jackson mit leichter Besorgnis in der Stimme. Ich nicke und schenke ihm ein aufrichtiges Lächeln. »Leute, kommt rein und setzt euch. Es gibt Risotto, einen gemischten Salat und für alle, außer Amara, ein köstliches Glas Wein«, sagt James und zwinkert ihr scherzhaft zu. Liebevoll legt sie ihre Hände auf den Bauch und sofort wird ihr Blick weich. »Ich verzichte gerne«, entgegnet sie mit ihrer warmherzigen Stimme und grinst James an. Wie gebannt bleibt mein Blick erneut auf ihrem Bauch haften. Für mich wäre es unvorstellbar so eine Kugel vor mir herzutragen. Das würde optisch auch gar nicht zu meinem sonst so mageren Körper passen. Als ich zur Kenntnis nehme, dass Amara meinen bohrenden Blick auf sich bemerkt hat, schaue ich verschämt auf meine Füße und folge James in die Küche.

Nachdem Jackson und Amara sich auf den Weg nach Hause gemacht haben, beginne ich träge, die Spülmaschine einzuräumen. Als ich einen Teller mit Essensresten über dem Mülleimer entleere, wird mir erneut flau im Magen. Angeekelt stelle ich den Teller geräuschvoll auf die Spüle und halte mir die Hand vor dem Mund. Zu spät. Innerhalb eines Sekundenbruchteils spüre ich, wie es mir hochkommt. Hektisch renne ich ins Bad, knalle schwungvoll den Toilettensitz gegen den Spülkasten und übergebe mich mit einem lautstarken Würgen. Nachdem ich mir den Mund ausgespült habe und ins Schlafzimmer tapse, kommt James mir im Flur auf halben Weg entgegen. »Du siehst nicht gut aus«, stellt er besorgt fest und legt einen Arm um mich. Dankbar klammere ich mich an ihm fest, mein Kreislauf scheint sich allmählich zu verabschieden. Als ich mich behutsam ins Bett lege, geht es mir augenblicklich besser. Erschöpft schließe ich die Augen. James legt sich hinter mich und schlingt seine Arme um mich. Ich falle in einen friedlichen, kurzen Schlaf.

Als ich meine Augen öffne, stelle ich fest, dass die Betthälfte neben mir leer ist. Verschlafen werfe ich einen Blick auf den Wecker. Zwei Stunden vor Mitternacht. Ich strecke mich kurz und gehe schlaftrunken ins Wohnzimmer, um nach James zu sehen. Als ich ihn entdecke, stockt mir der Atem. James trägt ein weißes Hemd und eine schwarze Stoffhose. Er steht mit dem Rücken zu mir gewandt vor dem kleinen Couchtisch, der mit unzähligen Teelichtern dekoriert ist. Im Hintergrund läuft ein ruhiges Klavierstück. »James?«, frage ich lächelnd, woraufhin er sich sofort zu mir dreht. »Du bist wach, endlich!«, entgegnet er freudestrahlend und schließt mich in seine Arme. »Ich bin froh, dass ich den Abend doch noch so abschließen kann, wie ich es mir vorgestellt habe«, sagt er erleichtert, in seiner Stimme schwingt eine leichte Verunsicherung mit. »Was hat das alles zu bedeuten?«, frage ich atemlos und blicke mich lächelnd um. James räuspert sich kurz, greift nach meiner Hand und geht vor mir auf die Knie. Ein wenig verlegen sehe ich ihn fragend an. »Mein gesamtes Leben war ich auf der Suche nach dir, ohne dass mir deine Existenz überhaupt bewusst war. Du kamst völlig unerwartet in mein Leben und hast mich auf eine Weise berührt, wie es noch nie jemand geschafft hat.« Während James mich eindringlich ansieht, weiten sich meine Augen kaum merklich. *Was hat er vor?* »Ich erinnere mich, dass mein Leben in der Zeit, bevor wir uns begegnet sind, ein anderes war. Alles war grau, eintönig und manchmal schier unerträglich«, fährt er fort. »Ich habe mich immer einsam gefühlt Marissa, regelrecht verloren. Doch plötzlich bist *du* aufgetaucht und hast alles verändert. Ich kann mir keine Welt vorstellen, in der du nicht existierst, in der es kein *wir* gibt. In deinen Augen sehe ich Güte, Warmherzigkeit und Liebe. Für mich bist du der Inbegriff der Liebe.« Er räuspert sich erneut, greift in seine Hosentasche und zückt einen Ring in Weißgold mit einem winzigen, lila Stein drauf. »Werde meine Frau Marissa. Ich verspreche dir, dass ich dich lieben und achten werde, so lange ich lebe.« Mit einem scheuen Lächeln sieht er mich gespannt an. Ich muss heftig schlucken. Wie in Zeitlupe hocke ich mich zu ihm herunter und nicke überschwänglich. »Ja«, hauche ich mit tränenerstickter Stimme. Vorsichtig greift James nach meiner vor Aufregung zitternden Hand und streift mir den Ring über meinen linken Ringfinger. Er passt wie angegossen. Sanft haucht er mir einen Kuss auf den Handrücken und grinst mich überglücklich an. Zärtlich legt er mir die Hände um mein Gesicht und presst seine Lippen leidenschaftlich auf meine.

Kapitel 17

»Okay Marissa, es ist genug!« James blickt mich mit finsterer Miene an. »In den letzten drei Tagen hast du dir förmlich die Seele aus dem Leib gekotzt. Wir gehen jetzt zu einem Arzt!« *Oh oh, sobald James flucht oder Kraftausdrücke benutzt, weiß ich, dass er es todernst meint.* »Das ist nur der Stress«, jammere ich und vergrabe meinen Kopf unter die Fleecedecke. »Aufstehen«, fordert er und zieht mir die Decke weg. »Das ist ganz sicher nicht nur der Stress.« Als er mich in seine Arme hebt, sieht er mich schockiert an. »Du hast wieder abgenommen«, stellt er besorgt fest. Mürrisch stelle ich mich auf die Beine und rolle mit den Augen. »Ich kann alleine laufen.« Der Anflug eines Grinsens bildet sich um seinen Mund, doch sein Blick bleibt ernst. »Marissa, du wirst bald meine Frau«, sagt er, der Stolz in seiner Stimme ist nicht zu überhören. »Ich möchte ein glückliches und *langes* Leben mit dir genießen. Du musst wirklich endlich besser auf dich aufpassen«, tadelt er mich, doch sein Blick ist weich. »Schon gut, schon gut«, gebe ich mich geschlagen. Mit wackligen Knien schlendere ich ins Badezimmer und stelle mich unter die Dusche. Da ich mich unheimlich entkräftet fühle, ist es mir ein Rätsel, wie ich den Weg bis in die nächste Arztpraxis schaffen soll. Normalerweise würde meine Angststörung für dieses Unbehagen sorgen, doch seitdem ich bei Ava wohnte und auf mich allein gestellt war, habe ich mich besser im Griff. Nicht die Angststörung kontrolliert mich, sondern ich kontrolliere die Angststörung – das wäre die passende Bezeichnung für meinen derzeitigen Zustand. Nachdem ich mich bekleidet und mir die Haare geföhnt habe, steht James in voller Montur vor der Apartmenttür und greift ungeduldig nach meiner Hand. »Bereit?« Leidenschaftslos nicke ich ihm zu.

Die naheliegendste Arztpraxis ist gerade mal fünfzehn Minuten von James' Apartment entfernt. Ein Weg, der mir normalerweise einen riesigen Respekt einhauchen würde. Doch durch diese bleierne Übelkeit bin ich von meinen sonst so panischen Gedanken vollständig abgelenkt. Was ist nur los mit mir? »Was hältst du davon, wenn wir am Wochenende in Moms Haus ziehen?«, holt James mich aus meinen Gedanken heraus. Überrascht schießen meine Augenbrauen in die Höhe. »Es wäre doch zu schade, wenn dieses große Haus samt Garten einfach leer stünde«, sagt er achselzuckend. Nach einer kurzen Bedenkzeit nicke ich einverstanden. » Ich denke, das würde mir gefallen«, antworte ich und blicke zu James auf. Zufrieden grinst er mich an.

»Mrs. Harper, würden Sie mir bitte ins Sprechzimmer folgen?« Dr. Montgomery, eine brünette Frau um die Vierzig, sieht mich erwartungsvoll an. Ich werfe James einen flüchtigen Blick zu und erhebe mich vom Stuhl im Wartezimmer. »Bin gleich wieder da«, sage ich mit bebender Stimme. Da ich schon seit unzähligen Jahren keine Arztpraxis mehr betreten habe, fühle ich mich schlagartig völlig verunsichert. James erhebt sich ebenfalls und schnalzt missbilligend mit der Zunge. »Ich komme mit«, stellt er klar und greift nach meiner Hand. Amüsiert verdrehe ich die Augen und folge Dr. Montgomery ins Sprechzimmer.

»Bitte, nehmen Sie Platz«, weist mich die Ärztin freundlich an und setzt sich gegenüber von uns. »Wie kann ich ihnen helfen?« Ich starre auf meine im Schoß verschränkten Finger hinab. »Mir ist ständig übel«, beginne ich kleinlaut. Ich komme mir völlig dämlich vor, wegen so einer Lappalie einen Arzt aufzusuchen. Mit professioneller Miene rückt sie sich ihre Brille zurecht und macht sich einige Notizen. »Wann hat ihre Übelkeit begonnen? Haben Sie noch weitere Symptome?«, fragt sie monoton. Verlegen zucke ich mit den Schultern und runzle die Stirn. »Vor ein paar Wochen vielleicht. Ich weiß es nicht genau«, antworte ich leise. »Sie erbricht auch häufig«, klingt James sich in das Gespräch mit ein. Nachdenklich nickt Dr. Montgomery und steht auf. »Kommen Sie bitte mit rüber auf die Liege. Ich werde Sie fürs Erste einmal abtasten und einen Ultraschall machen.« Mit unverkennbaren Unbehagen lege ich mich auf die Liege und ziehe meinen Pullover ein wenig hoch, so dass mein Bauch unbedeckt ist. »Darf ich fragen, was Sie wiegen?«, erkundigt die Ärztin sich interessiert. »Etwa 43 Kilogramm.« Bei der Antwort wird mir schlagartig unwohl. Sie nickt und beginnt meinen Bauch mit einem leichten Druck abzutasten, ihr Blick bleibt, trotz meines geringen Gewichts, zu meiner Erleichterung wertungsfrei. »Tut Ihnen irgendetwas weh?«, fragt sie und erhöht den Druck. »Nein, es ist nur ein wenig unangenehm«, erwidere ich. »Dann machen wir jetzt einen Ultraschall.« Innerlich stöhne ich auf. Es ist absolut lächerlich, sich solche Umstände zu machen. Wahrscheinlich hatte ich nur einen Virus, gepaart mit Stress. Da kann einem schon mal übel werden. »Oh«, haucht Dr. Montgomery überrascht und zieht die Augenbrauen hoch. Ihr Blick haftet konzentriert auf dem Bildschirm. Dann drückt sie ein paar Knöpfe und dreht den Monitor in meine Richtung. »Sie sind schwanger. 9. Woche würde ich schätzen«, sagt sie und deutet mit ihrem langen Zeigefinger auf einen grauen Fleck auf dem Bildschirm. Hilfesuchend blicke ich zu James, der ungefähr einen halben Meter hinter Dr. Montgomery steht und dem gerade die Augen aus den Höhlen zu fallen drohen. Verunsichert kichere ich laut auf. »Ich kann nicht schwanger sein. Durch mein Untergewicht habe ich meine Periode so gut wie nie. Und meine Gynäkologin bestätigte mir schon vor Jahren, dass die Wahrscheinlichkeit schwanger zu werden, bei mir so gut wie ausgeschlossen ist«, belehre ich sie, doch mein Herz rast wie verrückt. Unbeeindruckt von meiner Äußerung zuckt sie mit den Schultern. »Die Natur findet immer einen Weg. Hier, schauen Sie.« Erneut deutet sie auf den Monitor. Als sie mit dem Ultraschall über meinen Bauch fährt, ertönt diesmal zusätzlich ein lautes, hektisches Geräusch. »Das ist der Herzschlag ihres Babys...« Am Ende des Satzes wird ihre Stimme leiser. Sie kneift die Augen zusammen und blickt eine gefühlte Ewigkeit konzentriert auf den Monitor. »Es sind zwei. Wie es aussieht erwarten sie Zwillinge«, sagt sie überrascht. In meinem Kopf beginnt sich schlagartig alles zu drehen. Überfordert von dieser Diagnose ziehe ich mir hektisch meinen Pullover wieder über den Bauch und starre entgeistert zu James herüber. Nach wie vor steht er völlig unbewegt im Raum, sein Blick ist fest in die Leere gerichtet. »Hier haben Sie ein Ultraschallbild. Ich würde ihnen empfehlen, sich schnellstmöglich an ihre Gynäkologin zu wenden.« Wortlos nehme ich das kleine Bild entgegen und stecke es geistesabwesend in meine Jackentasche. Wie in Trance schüttle ich Dr. Montgomery die Hand zur Verabschiedung und schleife James wortlos aus der Praxis.

Schweigend laufen wir nebeneinander her. Meine Übelkeit ist wie weggeblasen, ich fühle mich, als würde ich träumen. *Ich bin schwanger.* Wie kann das nur möglich sein? Schlagartig kommt mir unsere letzte Liebesnacht von vor einigen Wochen in den Sinn. Das letzte Mal, dass wir miteinander geschlafen haben, bevor der ganze Wahnsinn mit Brian die Überhand gewonnen hat. Ich erinnere mich vage, dass wir in jener Nacht übers Schicksal sprachen. Ist *das* mein Schicksal? Werde ich als alleinerziehende Mutter von zwei Kindern enden? *Zwei Kinder...*Wieso um Himmels Willen müssen es gleich zwei Babys sein? Vorsichtig blicke ich zu James auf, der völlig in seinen eigenen Gedanken verschwunden zu sein scheint. Da ich nicht weiß, was ich sagen soll, beschließe ich, James weiter seinen Gedanken nachgehen zu lassen. Bestimmt überlegt er sich gerade, wie er mich taktvoll verlassen kann. Bei dieser Überlegung, von der mein Kopf überzeugt zu sein scheint, mein Herz aber keineswegs, steigt das vertraute Zittern in meinen Beinen auf. Um keine Panikattacke zu riskieren, versuche ich diesen schmerzlichen Gedanken sofort auszublenden. Irgendwann wird James etwas sagen müssen. Schließlich sind wir beide erwachsene Menschen und er sagte mehrfach, wie sehr er mich liebt. *Das war bevor du ihm eine ganze Familie ans Bein binden wolltest.,* ätzt mein Unterbewusstsein. Ich versuche, diesen finsteren Gedanken zu ignorieren. Insgeheim habe ich mir schon immer eine Familie gewünscht, doch nur *theoretisch*. Ich hätte es niemals bewusst darauf angelegt, zumindest zu dem jetzigen Zeitpunkt nicht. Auf keinen Fall werde ich es zulassen, dass James aus reinem Pflichtgefühl bei mir bleibt. Während sich meine Gedanken immer weiter überschlagen, nähern wir uns allmählich James' Apartment. Spontan beschließe ich James mit meinen Überlegungen zu konfrontieren, sobald wir im Apartment sind. Und ich werde ihn nicht versuchen, an mich zu binden. Ich möchte, dass er eine ernstgemeinte Wahlmöglichkeit hat.

Im Apartment angekommen gehe ich schnurstracks in die Küche, um mir einen Tee zu machen. Während ich den Wasserkocher mit Wasser befülle, sortiere ich angestrengt meine Gedanken für meine bevorstehende Rede. Als James plötzlich hinter mir auftaucht, zucke ich schreckhaft zusammen und lasse den Wasserkocher unsanft in die Spüle fallen. Vorsichtig streicht er mir über die Oberarme und dreht mich unvermittelt zu sich. Ich kann anhand seiner Miene seine Stimmung nicht einordnen, doch in seinen Augen bildet sich ein warmer Ausdruck. »James«, beginne ich ohne nachzudenken. »Wenn du deinen Antrag zurückziehen willst, kann ich das verstehen. Ich möchte nicht, dass du denkst, dass du in der Falle sitzt. Ich weiß nicht wie, aber ich werde es auch ohne dich schaffen. Du hast mir gegenüber keine Verpflichtungen.« Obwohl ich jedes Wort ernst meine, schmerzt mich der Gedanke an eine Zukunft ohne ihn. Seine Augen weiten sich für den Bruchteil einer Sekunde, doch dann erscheint dieses gewohnt sexy Grinsen um seinen Mund. Sanft streicht er mir über die Wange und haucht mir einen Kuss auf die Stirn. »Ich liebe dich, du bildschönes, selbstzweifelndes Mädchen«, raunt er. Bei diesen sieben Worten fällt mir eine kiloschwere Last von den Schultern. »Und die beiden dort drin liebe ich auch.« Sein Blick wird beinahe ehrfürchtig, als er mir seine Hand auf den Bauch legt. »Es ist ein Wunder Marissa«, flüstert er. Erst als James mir mit seinem Daumen eine Träne von der Wange wischt, bemerke ich, dass ich weine. Überwältigt von seinen Worten lasse ich mich in seine Arme sinken und atme seinen beruhigenden Duft ein. »Ich liebe dich James. Ich kann dir gar nicht sagen, *wie sehr* ich dich liebe«, murmle ich und überdecke sein stoppeliges Kinn mit hauchzarten Küssen.

Kapitel 18

Mit raschem Herzschlag stehe ich vor dem großen Spiegel im Nebenzimmer der kleinen Kapelle und betrachte skeptisch mein Spiegelbild. Das enge, rosafarbige Kleid, das mit zarter Spitze besetzt ist, passt perfekt zu meinem blassen Teint. Da ich auf keinen Fall mit einer dicken Babykugel heiraten wollte, habe ich James die letzten zwei Wochen höflich, aber leicht panisch gebeten, den Hochzeitstermin vorzuziehen. Ursprünglich wollten wir irgendwann im nächsten Jahr heiraten. So hätten wir genug Zeit zum Planen gehabt. Aber da ich auf jeden Fall in dieses traumhafte, unverschämt enganliegende Kleid passen wollte, hat James sein Möglichstes gegeben, um den Termin vorzuziehen. Und hier stehen wir nun. Eine Augusthochzeit ist auch etwas Tolles, vor allem, wenn man den besten, liebevollsten und attraktivsten Mann der Welt heiratet. Vor knapp einem Jahr haben wir uns kennengelernt. Unglaublich, was in der Zwischenzeit alles geschehen ist. Lächelnd streiche ich mir über die Miniwölbung meines Bauches. Obwohl ich mich sehr bemühe, regelmäßig und ausreichend zu essen, bin ich laut James, noch immer sehr dünn. Daher ist diese zarte, aber gänzlich sichtbare kleine Rundung an meinem Bauch nicht zu übersehen. »Na, wo hat sich die Braut versteckt?« Eine völlig aufgeregte Ava betritt den Raum. Sie grinst breit und schließt mich sofort in ihre Arme. »Was machst du denn hier?«, rufe ich begeistert und sehe sie überrascht an. »Dein James hat nicht lockergelassen. Er hat mir jeden Tag in den letzten zwei Wochen auf die Mailbox gequatscht. Es tut mir so leid, dass ich so wenig präsent war.« Schuldbewusst senkt sie den Blick. »James hat es geschafft dich hierher zu locken, aber meine unzähligen SMS haben ihr Ziel verfehlt, verstehe«, sage ich ironisch und zwinkere ihr amüsiert zu. Als sie mein Grinsen bemerkt, ist die Stimmung zwischen uns sofort aufgelockert. »Du bist wie eine Schwester für mich, natürlich hätte ich nie im Leben deine Hochzeit verpasst. Aber wieso habt ihr es so eilig? Ist da etwas unterwegs?«, scherzt sie und legt ihre Hand lachend auf meinen Bauch. Prompt erröte ich und kann mir ein seliges Lächeln nicht verkneifen. Avas Augen weiten sich. »Ist nicht wahr. Du bist ja tatsächlich schwanger«, haucht sie um Atem ringend und starrt auf meinen kleinen Kugelbauch. Freudestrahlend nicke ich. »Ich wollte es dir lieber persönlich sagen. Und natürlich hast du mit deiner Vermutung absolut Recht. Ich habe keine große Lust in einem Umstandskleid vor den Altar zu treten. Aber wir heiraten nicht deswegen...«Ein wenig belustigt verziehe ich meinen Mund zu einem Grinsen und lege mir meine Hände zärtlich auf den Bauch. »James hat mir bereits einen Antrag gemacht, bevor wir von diesen Neuigkeiten erfahren haben.« Bei dem Gedanken an seinen Antrag huscht mir erneut ein Lächeln übers Gesicht. »Ich freue mich für euch. Wisst ihr schon, ob es ein Junge oder ein Mädchen wird?« Enthusiastisch legt sie sich die Hände auf den Brustkorb und starrt meine Minikugel an. Amüsiert schüttle ich den Kopf. »Nein, dafür ist es noch zu früh. Aber wir wissen, dass es zwei Babys werden.« Vor Überraschung schießen ihre Augenbrauen in die Höhe. »Oh. Mein. Gott«, lacht sie und legt noch einmal ihre Arme um mich. Mit einem herzlichen Gesichtsausdruck löst sie sich schließlich von mir und betrachtet mich eindringlich. »Du siehst wunderschön aus«, sagt sie und streicht flüchtig über eine meiner Locken. Etwas verlegen von ihrem Kompliment weiche ich ihrem Blick aus. »Die Haare hat Amara mir so gemacht.« Wie aufs Stichwort betritt Amara den Raum. Mit großem Respekt bleibt mein Blick auf ihrem gigantischen Bauch haften. »Marissa, bist du soweit?«, fragt sie mit ihrer zarten Stimme. Nervös nicke ich ihr zu, meine Kehle fühlt sich plötzlich staubtrocken an. »Hi. Ich bin Ava. Wir haben uns eben flüchtig im Gang gesehen«, stellt sie sich vor und reicht ihr die Hand. Schüchtern lächelt Amara ihr zu. »Schön dich kennenzulernen. Ich bin Amara.« Euphorisch klatscht Ava in die Hände und strahlt übers ganze Gesicht. »Na los. Jetzt wird geheiratet.«

Als der Hochzeitsmarsch von Wagner auf der Orgel angespielt wird, setze ich mit vollster Konzentration einen Fuß vor den anderen. Meine Nervosität hat inzwischen jede Zelle meines Körpers voll und ganz ausgefüllt. James und ich haben uns bewusst für die kleine Kapelle am Rande von Halefordcity entschieden. Denn dies war jener Ort, wo er mich damals das erste Mal motiviert hatte, über meine Angst hinauszuwachsen. Nur eine der wenigen Erinnerungen, die vor einigen Wochen zurückkam. In der ersten Reihe der rotbraunen Bänke haben Jackson und Amara zu meiner Linken Platz genommen, Ava sitzt zu meiner Rechten und strahlt übers ganze Gesicht. Doch die drei nehme ich nur für einen Sekundenbruchteil wahr, denn direkt als ich James erblicke, ist meine gesamte Aufmerksamkeit auf ihn gerichtet. In seinem schwarzen Anzug und dem weißen Hemd sieht er einfach unglaublich attraktiv aus. Als wir uns gegenüberstehen lächelt er mich so liebevoll an, dass ich das Gefühl habe, mein Herz setzt für einen Augenblick aus. Nachdem der Pfarrer seine Rede über die Ehe beendet hat, sind James und ich an der Reihe, unser Gelöbnis zu sprechen. »Marissa, ich möchte dir heute, vor unseren Freunden und unserer Familie schwören...« Bei diesen Worten huscht sein Blick kurz zu Jackson, der seinen Blick mit einem schiefen Grinsen erwidert. »Dass ich dich bis an mein Lebensende lieben und beschützen werde. Ich werde dich respektieren und immer an deiner Seite sein, dich aber niemals einengen. Ich werde dir immer ein wenig mehr zutrauen, als du dir selbst und ich werde dich an jeden Tag daran erinnern, wieso du es wert bist, geliebt zu werden.« James blickt mir liebevoll in die Augen und drückt meine Hand ein wenig. »Du hast mein Leben auf eine Weise verändert, wie ich es mir nie hätte vorstellen können. Darum gelobe ich aufrichtig, dich so sehr und so lange wie ich kann, zu lieben, bis zu meinem letzten Herzschlag.« Während ich angestrengt versuche, einige Tränen der Rührung zu unterdrücken, kommt Jackson auf uns zu und reicht erst James und dann mir unsere Trauringe. Vorsichtig streift James mir meinen Ring über den Finger und blickt mich beinahe stolz an. Erwartungsvoll, aber unverkennbar freundlich, nickt der Pfarrer mir zu. Nun bin ich mit meinem Gelöbnis an der Reihe. Ich sehe James tief in die Augen und versuche alle anderen auszublenden. Als ich mich in seinem Blick verloren habe, lasse ich mein Herz sprechen. »Bevor wir uns begegnet sind, war ich nur noch eine leere Hülle. Mein Herz hat geschlagen und meine Lunge hat mich mit Sauerstoff versorgt, doch ich habe nicht gelebt, in mir herrschte eine unüberwindbare Dunkelheit.« Bei dem Gedanken an mein altes Leben muss ich heftig schlucken. Doch nun bin ich hier bei James, dem wohl besten und schönsten Ort der Welt. »Bereits vom ersten Augenblick an, als ich dich sah, hast du ein Licht in mir entzündet. Seit jenem Tag machst du mir immer wieder aufs Neue bewusst, wie dankbar ich bin, dass ich dir begegnen durfte. Du gibst mir Sicherheit, auf dem Weg, der bisher ein einziges Fragezeichen war. Du bekämpfst meine größten Ängste und ersetzt sie durch Mut. Du verbannst jeden Zweifel und säst stattdessen Hoffnung. Du gibst mir das Gefühl, etwas Besonderes zu sein, obwohl ich weit weg von perfekt bin.« Zärtlich wischt James mir eine Träne von der Wange. Doch diesmal weine ich nicht, weil ich traurig bin, sondern vor Dankbarkeit. Ich bin unendlich dankbar, diesem Mann begegnet zu sein. »Selbst in den dunkelsten Stunden bist du niemals von meiner Seite gewichen. In dir habe ich meinen besten Freund, meinen Seelenverwandten und einen sicheren Ort gefunden. Ich liebe dich nicht nur James, ich liebe die Art, wie du mich liebst. Deshalb schwöre ich dir aufrichtig, immer an deiner Seite zu sein, niemals an dir zu zweifeln und dir bedingungslos zu vertrauen, bis zu meinem letzten Atemzug.« Mit diesen Worten streife ich James mit zitternden Händen seinen Ring über den Finger. Ich merke die Röte in meinem Gesicht aufsteigen, als ich einen Blick zu unseren Gästen werfe. Jackson wischt Amara sanft eine Träne von der Wange, Ava strahlt übers ganze Gesicht, als sich unsere Blicke treffen. »Hiermit erkläre ich sie zu Ehemann und Ehefrau. Sie dürfen die Braut nun küssen«, ertönt die Stimme des Pfarrers. Zärtlich legt James mir die Hände ums Gesicht und küsst mich so inbrünstig, dass es mir den Atem verschlägt. Als er sich von mir löst, huscht mir ein Lächeln übers Gesicht. Womit habe ich diesen Mann nur verdient? Ich kann mein Glück kaum fassen.

Erschöpft und aufgekratzt zugleich stehen wir vor der Apartmenttür. Es ist bereits drei Uhr am Morgen und ich bin völlig erledigt, daher haben wir die Feierlichkeiten für beendet erklärt. James öffnet uns die Tür und grinst mich spitzbübisch an. »Ich werde dich jetzt über die Schwelle tragen«, kündigt er lautstark an und hebt mich in seine Arme. »Pst, mach nicht so einen Lärm«, kichere ich. »Ich mache so viel Lärm, wie ich will«, lallt er und grinst breit. »Auf das letzte Glas Champagner hättest du wohl besser verzichtet«, bemerke ich amüsiert und verkneife mir ein Lachen. Augenblicklich wird sein Grinsen noch breiter. Nachdem er die Tür hinter uns mit der Hüfte geschlossen hat, stellt er mich sanft auf die Füße. Begierig lässt er seinen Blick an mir herab wandern und verzieht seinen Mund zu einem lüsternen Lächeln. »Meine bildschöne Frau, Marissa«, murmelt er. Wie er so dasteht und mich ansieht, mit seinem zerzausten Haar und dem sexy Grinsen, bemerke ich abrupt, wie mir die Röte ins Gesicht steigt. Für mich ist es schier unfassbar, dass das *mein Ehemann* sein soll. Wie in Zeitlupe gehe ich auf ihn zu, sein Blick taxiert mich noch immer. Als ich direkt vor ihm stehe, fahre ich mit meiner Hand langsam über sein Hemd. Durch den dünnen Stoff spüre ich deutlich seine Brustmuskeln. Auf der linken Seite seines Brustkorbs lasse ich meine Hand ruhen, um seinen Herzschlag zu fühlen. Als ich zu ihm aufsehe und sich unsere Blicke treffen, ist die knisternde Atmosphäre um uns herum beinahe mit den Händen greifbar. »Ich liebe dich«, hauche ich und knöpfe ihm sein Hemd auf. Mitten in der Bewegung umschlingt er meine Hände mit seinen. »Und ich liebe dich«, raunt er inbrünstig, sein Gesichtsausdruck ist ernst. Unvermittelt presst er mich gegen die Apartmenttür, befreit sich von seinem Hemd und zieht mir den Slip unter meinem Kleid aus. Vor Überraschung kichere ich laut auf. James' Mund verzieht sich zu einem arroganten Lächeln, dann bedeckt er meinen Hals mit hauchzarten Küssen. Hingebungsvoll schließe ich die Augen. »Ich sollte dich öfter Champagner trinken lassen«, stöhne ich, während seine Hände begierig meinen Körper erkunden. James' raue Atemzüge erfüllen die Stille. »Schlinge deine Arme um meinen Nacken«, weist er mich an. Ohne nachzudenken, tue ich was er sagt. Sofort hebt er mich in seine Arme und trägt mich küssend in die Küche. Fragend blicke ich ihn an. »Wollen wir nicht ins Schlafzimmer?« Kopfschütteln fegt er zwei Tassen vom Tisch, die augenblicklich klirrend zu Boden gehen. »Zu weit entfernt«, stöhnt er und legt mich auf die Tischplatte. Mein gesamter Körper wird von einem wohligen Schauer überfahren. Ich weiß, dass James ein leidenschaftlicher Mann ist, aber so ungestüm habe ich ihn noch nie erlebt. *Allerdings gefällt mir, was er tut.* Während seine Lippen drängend meinen Mund suchen, schiebt er den Saum meines Kleides etwas nach oben. Erneut lege ich meine Arme um seinen Hals und ziehe mich an ihm hoch, sodass ich auf der Tischkante sitze. Um Atem ringend öffne ich seinen Gürtel und ziehe ihm die Hose bis zu den Kniekehlen runter. James' Blick wirkt regelrecht animalisch, als er mich mit seinem Körpergewicht zurück auf den Tisch presst. Wollüstig drängt er seine Zunge in meinen Mund, sofort entfleucht mir ein ersticktes Stöhnen. Der unwiderstehliche Geschmack seiner Zunge und das raue Kitzeln seines stoppeligen Bartes, bringen mich schier um den Verstand. Ungehalten recke ich ihm mein Becken entgegen, woraufhin sich unsere Körper miteinander vereinigen.

Kapitel 19

Gedankenversunken liege ich auf der Couch und zeichne imaginäre Kreise mit meinem Zeigefinger auf meinem unübersehbaren, schwangeren Bauch nach. Die Hochzeit liegt bereits vier Wochen hinter uns, doch ich fühle mich noch immer wie in den Flitterwochen. Da James um mein Wohlergehen besorgter denn je ist, habe ich mich mit einem gemütlichen Wellness-Wochenende, statt einer Reise zufriedengegeben. Abgesehen von seiner Besorgnis hätte ich mir einen Urlaub ohnehin noch nicht zugetraut. Aber ich habe James fest versprochen, dass wir das noch nachholen, alles zu seiner Zeit. »Wie geht es meiner wunderschönen Frau?«, fragt James, als er das Wohnzimmer betritt. Anstelle einer Antwort gebe ich ein sarkastisches Schnauben von mir. »Wunderschön? Ich werde jeden Tag dicker und unansehnlicher«, jammere ich. Halb belustigt und halb verärgert schüttelt James den Kopf. Er setzt sich neben mich und legt mir mahnend seinen Zeigefinger auf die Lippen. »Ich erinnere mich, dass du mir gelobt hast, nicht an mir zu zweifeln. Du *bist* wunderschön«, raunt er. Ich beiße mir auf die Lippe, um ein Grinsen zu unterdrücken. »Ich liebe es, wenn du lächelst.« Sanft streicht James mir über die Wange. »Ich habe mir Gedanken über die Namen unserer beiden Mädchen gemacht.« Um seine Augen bildet sich ein warmherziger Ausdruck. Seitdem wir vor einigen Tagen erfahren haben, dass wir Mädchen bekommen, scheint James noch glücklicher über die Schwangerschaft zu sein, als ohnehin schon. Insgeheim habe ich mir ein Pärchen gewünscht. Mit einem kleinen, blonden Jungen, mit blauen Augen und den selben Grübchen wie sein Dad. Und ein kleines, bildschönes Mädchen, das möglichst keine Ähnlichkeit mit mir hat. Aber natürlich sind auch zwei Mädchen willkommen. »Was hältst du von Faye und Hope?«, reißt James mich aus meinen Gedanken heraus. »Wenn man bedenkt, *wann* die beiden entstanden sind, finde ich diese Namen sehr passend.« James lächelt anzüglich. »Faye klingt interessant und Hope gefällt mir sehr gut«, entgegne ich nachdenklich. »Hat der Name Faye eine besondere Bedeutung?«, frage ich interessiert. James Gesichtsausdruck wird weich, um seine Augen bilden sich einige Lachfältchen. »Faye ist die Ableitung von Faith, also *Glaube* oder sinngemäß *Schicksal*. Ich finde die Namen für die beiden sehr zutreffend.« Zärtlich streife ich über meinen Bauch und schmiege mein Gesicht an James' Schulter. »Wie es aussieht, habt ihr beide nun einen Namen«, flüstere ich und blicke auf meine Babykugel. James presst mir einen Kuss aufs Haar und schlendert zu einem der unzähligen Kartons, die im gesamten Haus verteilt stehen. »Ist es wirklich okay für dich, wenn wir dauerhaft in diesem Haus wohnen?«, frage ich James zum gefühlt zwanzigsten Mal. Er wendet sich mir zu und rollt belustigt mit den Augen. »Marissa, dieses Haus ist perfekt um eine Familie großzuziehen. Und da es bereits abbezahlt ist, können wir eine Menge Geld für die Miete einsparen«, entgegnet er. Deprimiert senke ich meinen Blick. Wenn ich in der Lage wäre, mein eigenes Einkommen zu verdienen, müsste James sich über Dinge wie die Mietkosten keine Gedanken machen. Als er meinen Blick deutet, kommt er sofort auf mich zu. »Hey«, raunt er. »Es ist wirklich okay für mich. Sogar mehr als das. Du machst dieses Haus zu einem Zuhause. Ich fühle mich sehr wohl hier.« Die Aufrichtigkeit in seiner Stimme beseitigt augenblicklich jeden Zweifel.

Es ist bereits später Nachmittag, als James sich mit einer Tasse Tee zu mir auf die Veranda setzt. Verträumt blicke ich ins Nirgendwo und fahre mit meiner Hand behutsam meinen Bauch auf und ab. Als ich ihn neben mir bemerke, nehme ich dankbar den dampfenden Tee entgegen. »Wir brauchen noch einen Tisch und eine weitere Bank, für Besuch und später auch für die Kinder«, stellt James nachdenklich fest. Zustimmend nicke ich. Es liegt noch so viel Arbeit vor uns, bevor die Mädchen auf die Welt kommen. Wir müssen ein Kinderzimmer einrichten, Möbel kaufen und vor allem noch alle Umzugskartons einräumen. Daher bin ich umso erleichterter, dass James bei allem so beherzt und voller Eifer dabei ist. »Was beschäftigt dich so?« James' Stimme klingt argwöhnisch. Ich greife nach seiner Hand und verschränke meine Finger mit seinen. »Ich bin glücklich«, hauche ich. Sofort wird sein angespannter Blick weich. »James, ich bin das erste Mal in meinem Leben so unendlich glücklich. Wenn du nur wüsstest, wie sehr ich dich liebe.« Zärtlich streicht er mir eine Träne von der Wange. »Hey, das weiß ich«, entgegnet er sanft. »Das sind nur die Hormone.«, sage ich und grinse entschuldigend. James schmiegt seine Hand an meine Wange und sieht mir eindringlich in die Augen. Mit vollster Aufmerksamkeit mustere ich diesen unwiderstehlichen Mann. Ich lasse meinen Blick über seinen stoppeligen Bart wandern, betrachte seine vollen Lippen und die kleinen Grübchen auf seinen Wangen. »Ich hatte so ein Glück dir zu begegnen«, flüstere ich überwältigt. »Wir hatten *beide* Glück, dass wir uns getroffen haben«, stellt er mit fester Stimme klar. »Weißt du denn gar nicht, wie viel du mir bedeutest?« Vorsichtig legt er seine Hand auf meinen Bauch. »Ich liebe dich Marissa«, betont er nachdrücklich. »Du bist mein Leben. *Ihr* seid mein Leben.« Erneut schlingt er seine Hände um mein Gesicht und streift meine Nase flüchtig mit seiner. »Ich kann dir nicht versprechen, dass wir niemals Fehler machen oder falsche Entscheidungen treffen. Aber ich schwöre dir, dass ich dich und die Kinder so sehr lieben werde, wie ich nur kann. Du bist bei mir in Sicherheit und ich werde immer zu dir stehen, so wie ich weiß, dass du auch immer hinter mir stehen wirst. Zweifle niemals daran. Und wenn...« Mitten im Satz unterbreche ich ihn, indem ich meinen Mund auf seinen presse. Lächelnd erwidert er meinen Kuss und vergräbt seine Hände in meinem Haar. »Ich bin überzeugt«, hauche ich zwischen zwei Küssen und klettere auf seinen Schoß. Sein Grinsen wird breiter. Nach einer gefühlten Ewigkeit löse ich mich von ihm. Als ich meinen Blick in die Ferne schweifen lasse, legt James lässig einen Arm um mich. Sofort schmiege ich meinen Kopf an seine Schulter. Hier sitze ich nun, auf *unserer* Veranda, vor mir ein weißer Lattenzaun und neben mir meine große Liebe. Es ist ein Leben, wie im Traum.

Kapitel 20

Zwei Jahre später...

Als James das Haus betritt, wird er von Hope sofort überschwänglich begrüßt. »Daddy«, trällert sie vergnügt und läuft mit ihrem tapsigen Gang, in seine Arme. »Da bist du ja, mein kleiner Engel.« Strahlend hebt er sie in seine Arme. »Wo ist Mommy?«, fragt er und blickt sich suchend um. »Ich bin hier«, flüstere ich, während ich schleichend die Stufen herunterkomme. »Faye ist gerade eingeschlafen«, sage ich eine Tonspur lauter, als ich unten im Flur angekommen bin. »Und diese kleine Elfe ist nun auch bettreif. Los, Zeit für deinen Mittagsschlaf.« Ich lächle sie liebevoll an. Mürrisch presst sie ihr kleines Gesicht an James' Hals. »Hope mag nicht schlafen«, nuschelt sie in seinen Hemdkragen. James versucht sich angestrengt ein Grinsen zu verkneifen. Amüsiert rolle ich mit den Augen, jeden Tag das gleiche Drama mit Hope. »Wie wäre es, wenn Daddy dir einen Vorschlag macht?«, flüstert James in ihr Ohr. Sofort hebt sie interessiert den Kopf. Er spricht so leise, dass ich ihn nicht verstehe. Doch Hope klatscht begeistert in ihre Händchen und strahlt nickend übers gesamte Gesicht. Freudig streckt sie mir ihre mit Babyspeck bedeckten Arme hin. »Darf ich dich ins Bett bringen?«, frage ich überrascht. Ihr Blick huscht kurz zu James, dann nickt sie eifrig. Gerade als ich sie in meine Arme schließen will, presst James sie wieder enger an sich. »Ich mache das schon«, sagt er, zwinkert mir zu und haucht mir einen flüchtigen Kuss auf die Stirn.

Als James einige Minuten später die Küche betritt, erwarte ich ihn schon mit seinem Essen. »Wie war dein Arbeitstag?«, frage ich und beginne den Tisch zu decken. Ohne etwas zu sagen, nimmt er mir den Teller aus der Hand und stellt ihn auf den Tisch. Zärtlich drückt er mir einen Kuss direkt auf die Lippen. »Anstrengend, aber es lohnt sich. Wenn Handerson mit meiner Arbeit zufrieden ist, werde ich mich vor Aufträgen nicht mehr retten können«, verkündet er freudig. »Und wie war dein Tag, Sweetheart?« Ich denke einen Augenblick über seine Frage nach und lächle genügsam. »Schön«, antworte ich. »Amara hat uns vormittags mit Tate besucht. Unglaublich wie sehr er Jackson ähnelt, und das nicht nur vom Aussehen«, stelle ich grinsend fest. »Jackson und Amara kommen am frühen Abend mit dem Kleinen noch vorbei. Ich hoffe, das durchkreuzt nicht irgendwelche Pläne, die du hattest.« Fragend sehe ich James an. Er schüttelt kaum merklich den Kopf und greift nach meiner Hand. »Hörst du das?«, fragt er und legt sich den Zeigefinger auf die Lippen. Angespannt lausche ich, doch es ist absolut ruhig im Haus. Irritiert schüttle ich den Kopf. »Absolute Stille.« Er grinst spitzbübisch. Interessiert hebe ich eine Augenbraue. »Was ist mit deinem Essen?« Überschwänglich hebt er mich in seine Arme. Noch bevor ich vor Überraschung aufkreischen kann, erstickt er den Laut mit einem ungezügelten Kuss. »Ich habe noch gar keinen Hunger«, merkt er zwischen zwei Küssen an und trägt mich zur Hintertür. »Das Babyphone«, sage ich und deute auf die Anrichte. Im Vorbeigehen greift er danach und steckt es in die Híntertasche seiner Jeans. Dann geht er mit mir im Arm in den kleinen Garten hinaus.

Zärtlich presse ich James einen Kuss auf seine nackte Brust und stütze mein Kinn auf seinem Oberkörper ab. Grinsend sieht er zu mir herunter. »Ich könnte den ganzen Tag hier mit dir liegen«, raunt er und streicht mir durchs wirre Haar. Ich gähne kurz und nicke zustimmend. Seitdem die Zwillinge regelmäßig einen Mittagsschlaf machen, haben James und ich es uns zur Gewohnheit gemacht, ab und an für ein paar gemütliche Momente ins Gartenhäuschen zu verschwinden. Es ist gerade groß genug, um ein Futon und eine kleine Kommode zu beherbergen. Inmitten des Häuschens liegt ein riesiger, roter Teppich, der perfekt zur haselnussbraunen Wandfarbe passt. *Unsere eigene, kleine Liebeshöhle.* »Was hast du Hope eigentlich versprochen, damit sie schlafen geht?«, frage ich beiläufig. Belustigt zieht James eine Augenbraue hoch. »Ein Eis.« Ich werfe ihm einen gespielt mahnenden Blick zu. »James«, schimpfe ich. »Du sollst die Mädchen nicht mit Süßigkeiten bestechen.« Entschuldigend hebt er die Hände, doch um seine Augen bilden sich unzählige Lachfalten. »Ich wollte aber mit dir allein sein. Nur für ein paar Minuten.« Angestrengt versuche ich meinen tadelnden Blick beizubehalten. »Ich habe dich vermisst«, raunt er. Unvermittelt schiebt er mich ein wenig zur Seite und legt sich auf mich. »Ich habe dich auch sehr vermisst«, gestehe ich lächelnd und fahre mit meinen Lippen sein Kinn entlang. James versucht ein Schmunzeln zu verbergen, während ein heiseres Stöhnen aus seiner Kehle dringt. »Nutzen wir die Zeit, bevor die Kleinen aufwachen«, schlägt er vor und presst seine Lippen begierig auf meine.

Wohlgesonnen döse ich auf dem Liegestuhl im Garten, während ich Faye und Hope beim Spielen lausche. »Onkel Jackson!«, ruft Faye begeistert. Als ich meinen Blick hebe, sehe ich Jackson mit einem schiefen Grinsen auf mich zukommen. Er beugt sich zu mir herunter und küsst mich zur Begrüßung flüchtig auf die Wange. »Du siehst müde aus«, stellt er fest und runzelt die Stirn. »Ich habe zwei Kinder, die sich leider nicht an die gängige Nachtruhe halten«, entgegne ich neckisch. Er antwortet mit einem breiten Grinsen. »Amara hat Salat zubereitet.« Wie zum Beweis hält er eine mit Alufolie abgedeckte Salatschüssel hoch. »Stell die Schale einfach auf den Tisch«, sage ich dankbar und deute mit dem Kopf in die hinterste Ecke des Gartens. Inzwischen steht Faye neben mir und blickt mich mit ihren großen, blauen Kulleraugen fragend an. »Jackson?« Ihre Enttäuschung ist unüberhörbar. Ich hocke mich zu ihr, befreie ihre Hände vom Sand und setze sie auf meine Hüfte. »Da drüben ist Jackson«, murmle ich beruhigend und zeige auf ihn. Als sie ihn entdeckt hat, schenkt sie mir ein strahlendes Lachen. Mit weit geöffneten Armen kommt Jackson mir entgegen. »Da ist ja meine Prinzessin«, sagt er begeistert und nimmt Faye an sich. Prompt kommt Hope in unsere Richtung gelaufen, ihr Blick ist streitlustig. Direkt neben mir bleibt sie abrupt stehen. »Hope!«, ruft sie aus und streckt ihre Arme fordernd zu Jackson. Ich knie mich zu ihr herunter und presse ihr einen liebevollen Kuss auf die Wange. »Gleich darfst du auch auf Jacksons Arm«, verspreche ich. »Magst du in der Zwischenzeit zu mir kommen?«, frage ich mit ausgestreckten Armen. »Amara und Tate sind bei Daddy in der Küche. Vielleicht sehen wir mal nach, was die drei dort machen.« Trotzig schüttelt Hope den Kopf und sieht zu Jackson, der ein wenig überfordert hilfesuchend zu mir blickt. Als sich Faye dann auch noch an ihn schmiegt und Hope gewinnend anblickt, kullern dicke Tränen, gefolgt von einem trotzigen Schrei, ihre Wangen herunter. »Wie wäre es, wenn du während des gesamten Abendessens auf meinem Schoß sitzen darfst?«, fragt Jackson, um sie zu beruhigen. Augenblicklich grinst sie übers ganze Gesicht und nickt einverstanden. Zufrieden klettert sie in meinen Arm. Als ich an Jackson vorbeigehe, verdrehe ich amüsiert die Augen. »Jedes Mal das Gleiche, wenn du kommst«, lache ich. Entschuldigend zuckt er mit den Achseln und zwinkert mir zu.

Als es zu dämmern anfängt, beschließen wir auf ein Glas Wein ins Haus zu gehen. James hat in der Zwischenzeit Faye und Hope ins Bett gebracht, und auch Tate reibt sich inzwischen müde die Augen. Als er seinen Kopf in Amaras Schoß legt, streicht sie ihm fürsorglich über sein dunkles Haar. »Möchtest du dich ein wenig bei James und Marissa ins Bett legen?«, fragt sie ihn. Tate antwortet mit einem lauten Gähnen. »Na komm, dann bringe ich dich ins Schlafzimmer.« Tate schüttelt so kräftig den Kopf, dass ihm einige seiner Locken vor die Augen fallen. »Marissa«, protestiert er und zeigt mit seinem kleinen Finger auf mich. Schmunzelnd blickt Amara mich an. »Wäre das okay für dich?« Gespielt überrascht reiße ich die Augen auf. »Ob das okay wäre? Niemand könnte mich davon abhalten, meinen kleinen Tate ins Bett zu bringen.« Lachend gehe ich auf ihn zu, woraufhin er mir bereitwillig seine Arme entgegenstreckt. Kopfschüttelnd kichert Amara kurz auf und wirft Tate einen Handkuss zu, den er mit einem fröhlichen Quieken erwidert.

Während wir gemütlich beisammensitzen und uns angeregt unterhalten, klingelt plötzlich mein Handy. Entschuldigend verlasse ich den Raum. »Hallo«, melde ich mich. »Habe ich dich geweckt?«, fragt Ava. Amüsiert schüttle ich den Kopf. »Nein, Amara und Jackson sind noch bei uns«, antworte ich grinsend. »Das beruhigt mich«, entgegnet sie. »Ich wollte dich eigentlich nur fragen, ob wir morgen shoppen gehen. Und bevor du jetzt nein sagst... es ist Wochenende und ich brauche wirklich deine Meinung. Ich habe am Sonntag ein Date mit Nathaniel. Bitte Marissa, James kümmert sich doch gern um die Mädchen«, fleht sie mit piepsiger Stimme. Ich beiße mir auf die Zunge, um nicht in schallendes Gelächter über ihren Tonfall auszubrechen. Natürlich begleite ich sie. Wie könnte ich ihr diesen Wunsch auch abschlagen, wenn sie endlich ein Date mit dem Mann hat, den sie schon seit der Highschool anhimmelt? »Ich denke, das lässt sich einrichten«, beruhige ich sie. Ich höre sie am anderen Ende der Leitung erleichtert aufatmen. »Aber...« »Ich hole dich mit dem Auto ab, wir bleiben nicht zu lange im Gedränge und wenn es dir zu viel wird, bringe ich dich umgehend nach Hause«, fällt sie mir ins Wort. »Es wird alles gut gehen, Marissa. Die letzten Male hast du es auch geschafft. Vergiss deine inzwischen unberechtigten Zweifel«, sagt sie motivierend. James betritt den Flur und sieht mich fragend an. „Ava", forme ich lautlos mit dem Mund und deute auf mein Handy. »Okay, wir sehen uns morgen«, sage ich. »Ich hole dich gegen Mittag ab«, beendet sie das Gespräch. James zieht eine Augenbraue hoch. »Bis morgen? Hast du Pläne, von denen ich nichts weiß?« fragt er lächelnd. »Ava hat mich gebeten, sie beim Shoppen zu begleiten. Ist das okay für dich, wenn du ein paar Stunden mit den Zwillingen alleine bist?« Er haucht mir einen sanften Kuss aufs Haar und schlingt seine Arme um mich. »Es ist mehr als okay. Ich freue mich so sehr, dass du kontinuierlich Fortschritte machst. Ich weiß, wie schwer das alles für dich ist und du beklagst dich nicht einmal.« Fragend sehe ich ihn an. Er nimmt meine Hand und öffnet die kleine Vorratskammer neben der Küchentür. »Du warst einkaufen«, bemerkt er und deutet auf die Lebensmittel in den Regalen. »Ach, das«, wiegle ich ab. »Ich habe auch von Mrs. Conray erfahren, dass du sie jeden Donnerstag auf den Mark begleitest und ihr beim Tragen hilfst«, bemerkt er und sieht mich beeindruckt an. Da mich unsere Nachbarin Mrs. Conray irgendwie an meine verstorbene Großmutter erinnert, finde ich es schön, von Zeit zu Zeit ein wenig Zeit mit ihr zu verbringen. Ich mache eine wegwerfende Handbewegung und schaue beschämt auf meine Füße. Vorsichtig hebt er mein Kinn an und blickt mir liebevoll in die Augen. »Ich meine das nicht überheblich, aber ich bin stolz auf dich.« Sanft presst er seine Lippen auf meine. »Danke«, hauche ich an seinen Hals.

Nachdem wir Jackson und Amara verabschiedet haben, schleichen wir uns die Treppe rauf ins Badezimmer. Nach einer ausgiebigen Dusche stehen James und ich im Schlafzimmer vor dem großen Gitterbett und betrachten unsere schlafenden Töchter. »Die beiden sind wunderschön«, flüstert James und sieht mich liebevoll an. »Ja, das sind sie«, stimme ich ihm lächelnd zu und streiche erst Faye, dann Hope behutsam durchs blonde Haar. »So wie du«, raunt James. Ich verkneife mir eine sarkastische Bemerkung und schmiege mich enger an ihn. Nach einer Weile greift er nach meiner Hand und zieht mich ins Bett. Zufrieden kuschle ich mich in seine Arme und presse James einen flüchtigen Kuss auf den Hals. »Gute Nacht«, murmle ich und schließe die Augen. James schlingt seinen Arm etwas enger um mich und streicht mit seiner Nase über mein Haar. »Schlaf gut.«, flüstert er heiser. Als ich beinahe eingeschlafen bin, legt James mir seine Hand an die Wange. »Ich liebe dich, Marissa. Und ich möchte, dass du weißt, dass ich dich *für immer* lieben werde«, flüstert er in mein Haar. »Und ich liebe dich, bedingungslos«, antworte ich schläfrig und vergrabe mein Gesicht so tief es geht an seinem Hals, um seinen unwiderstehlichen Geruch einzuatmen. Ich spüre ihn im Dunkeln zufrieden lächeln.

Epilog

Es ist nicht das Schlimmste, nicht zu wissen, wer man ist. Doch es ist eine Grausamkeit, nicht zu wissen, wen man vergisst.

DANKSAGUNG

Ein ganz besonderes Dankeschön möchte ich an meine gute Freundin Karina Schäfer richten. Dank Deiner unermüdlichen Beratung und Unterstützung, habe ich den Mut gefunden, nicht aufzugeben.

Ich möchte meiner Schwester Jacky M. und meiner treuen Freundin Ida W. danken. Ich bin froh, Euch immer an meiner Seite zu haben.

Und natürlich möchte ich mich bei all meinen Lesern und Leserinnen bedanken! Danke!!!!

Liebe Leser und Leserinnen,

wie auch im letzten Buch möchte ich mich mit einer kleinen Bitte an Sie wenden. Der psychische Druck unserer Gesellschaft wird immer größer und viele geben unter ihm einfach nach. Wir müssen hochgradig gebildet sein, den am bestbezahlten Beruf ausüben, dabei aber natürlich immer makellos aussehen. Wer überfordert ist oder einfach mal keine Kraft mehr hat, wird wie selbstverständlich als „schwach" angesehen und passt nicht in das Bild unserer Gesellschaft. Dadurch entsteht ein Druck, der mit Leichtigkeit in die Depression oder anderweitige seelische Belastungsstörungen führen kann. Und wenn dieses unerträgliche Leiden nicht ernst genommen oder gar ignoriert wird, ganz gleich, ob vom Betroffenen selber oder von den Mitmenschen, ist der Weg in die Isolation und Verzweiflung widerstandslos geebnet. Bitte lassen Sie das nicht zu! Bieten Sie Ihre Hilfe an, wenn Sie den Verdacht haben, dass jemand diese benötigt. Lassen Sie uns aufhören, unsere Mitmenschen zu bewerten, zu verurteilen und zu kritisieren! Helfen auch Sie ganz aktiv dabei mit, dass unsere Kinder in einer Gesellschaft aufwachsen dürfen, in der es um mehr als Druck und Perfektionismus geht. Und wenn Sie selbst betroffen sind, schämen Sie sich nicht! Suchen Sie sich aktiv Hilfe, je eher, desto größer sind die Heilungschancen. *Niemand* sollte sich wegen eines seelischen Leidens schämen müssen - wirklich niemand! Diese

Worte lagen mir sehr am Herzen. *Vielen Dank für Ihre Unterstützung!*